回忆一些事

文学、风物与诗意的行吟

叶兆言◎著

贵州出版集团

贵州人民出版社

图书在版编目（CIP）数据

回忆一些事：文学、风物与诗意的行吟 / 叶兆言著. 一
贵阳：贵州人民出版社，2021.10
ISBN 978-7-221-16695-1

Ⅰ.①回… Ⅱ.①叶… Ⅲ.①散文集 – 中国 – 当代
Ⅳ.①I267

中国版本图书馆CIP数据核字（2021）第175849号

回忆一些事：文学、风物与诗意的行吟

叶兆言 / 著

出 版 人：王　旭
选题策划：京贵传媒
责任编辑：刘旭芳
出版发行：贵州出版集团
　　　　　贵州人民出版社
　　　　　（贵阳市观山湖区会展东路SOHO办公区A座）
邮　　编：550001
印　　刷：天津行知印刷有限公司
开　　本：880mm×1230mm　1/32
印　　张：9.5
字　　数：200千字
版　　次：2021年10月第1版
印　　次：2021年10月第1次印刷
书　　号：ISBN 978-7-221-16695-1
定　　价：56.00元

目录

第一章　南京明月

2　文化中的南京

4　诗人眼里的南京

11　桃花扇底看前朝

21　杀了金圣叹

32　南京城里的"柏林墙"

42　南京的老照片

44　南京的民国老建筑

46　说不完的玄武湖

48　江宁镇的前世今生

50　芥子园在什么地方

52　记忆八卦洲

54　春游良可叹

第二章　江南春色

58　江南，天堂和生态

62　江南女子

91　江南文人

124　关于桥

129　关于流水

134　苏州印象

137　苏州人牛在哪

139　上海格调

142　沪宁线上

144　喜欢杭州的理由

148　金华的双龙洞

第三章　文学之路

152　唱情歌的季节

156　想上大学的日子

161　大学不喜欢告密者

163　文学没有世家

165　文学少年

175　人，诗，音乐

183　发表第一篇小说

185　阅读是一种生活方式

188　写作是一种修炼

第四章　中外文友

　　192　闲话余华

　　196　闲话王朔

　　200　闲话格非

　　204　闲话池莉

　　208　闲话王安忆

　　212　苏童和我

　　214　梁启超

　　220　闻一多

　　226　想起了老巴尔扎克

　　231　路过歌德故居

　　233　托尔斯泰庄园

　　235　赛珍珠眼里的中国

第五章　亲情音符

　　238　纪念父亲

　　240　父亲的话题

　　246　太太学烹饪

　　250　女儿语录

　　253　女儿的秘密

　　255　对女儿的期待

　　257　为女儿感动

第六章　故人故事

262　徐老师

265　陈瘦竹先生

267　在先锋书店喝茶

269　处境

272　纪念一个朋友

279　回忆两个人

288　拿到新房钥匙以后

293　把钟拨快些

第一章　南京明月

文化中的南京

南京这城市，很容易先入为主，给人良好印象。许多人还没亲历现场，心已事先被折服。譬如唐朝的刘禹锡，根据施蛰存先生考证，他并没有以旅游者身份来过南京，可是没调查就没发言权这话对他不适用，在这位大诗人眼里，六朝古都不过是一座纸上的城市，他眼红别人写的几首关于金陵的诗，技痒难熬，也一气写了五首。其中两首七绝成为南京最著名的商标，为有名或无名的书画家所热爱，挂在各大宾馆酒店的墙壁上供人瞻仰。"山围故国周遭在，潮打空城寂寞回"，是咏石头城；"旧时王谢堂前燕，飞入寻常百姓家"，是今昔的对照和感叹。

唐诗宋词中，南京充满文化。文化的味道有点酸，也有点自娱自乐。文化人通常都不会太得志，不得志，借着南京的悠悠历史，便可以弄点小酒，追古抚今，发个牢骚。风吹柳絮，吴姬压酒，李白很潇洒地来了，先一个劲儿猛喝酒，干杯干杯再干杯，然后玩一回"开心辞典"，考考前来送行的金陵子弟。"请君试问东流水，别意与之谁短长"，这两个东西没办法比，无形的别意与有形的流水，没办法比就是文化，就是诗。

浮云蔽日，长安难见，南京这城市有着太多历史的含金量，因为多，常把访问者绕糊涂了。外地的文化人来南京，借着知道的那点唐诗宋词，动不动就要问起"无情最是台城柳"的台城，就要问起"二水中分白鹭洲"的白鹭洲，这些地名旅游图册上仍然还有，但是你如果真相信了，那就只能上当。

也还是在唐朝，杜牧的"商女不知亡国恨，隔江犹唱后庭花"，活生生把南京钉在了历史耻辱柱上。这城市以出亡国的后主闻名，大名鼎鼎的孙权是如何英雄，他的后人却想用条铁索锁住滚滚的长江。接下来的陈后主、李后主，更是一蟹不如一蟹，个个见美人情长，当英雄气短，都是些没出息的皇帝，城岂能不破？国焉能不亡？陈寅恪先生对杜牧的诗进行考订，得出一个斩钉截铁的结论，认定不知亡国恨的商女，应是"扬州之歌女，而在秦淮商人舟中"，他觉得我们对这诗的理解，有着不小的偏差，是"模糊笼统，随声附和，推为'绝唱'，殊可笑也"。

我是地道南京人，对陈先生一向佩服，这个独到的见解只能笑纳。把南京从失败的耻辱柱上放下来，好意固然可以心领，但是大多数读者，大多数有点文化的人，怕是还不肯轻易放过。南京一方面大沾文化的光，一方面又实实在在受文化的累。历史和文化这些好词，从来就不会平白无故。若以歌咏的旧诗词作为评定标准，无论数量还是质量，南京一定会名列前茅，就此得出结论，南京最有历史、最有文化，也不能算是大错，而所谓有历史、有文化，又不能不和这城市的没出息分开。

2007年1月31日河西

3

诗人眼里的南京

在南京这样的城市里，太容易产生怀旧的情绪。历史上有无数优秀的诗人写过南京，写到南京必怀旧，怀旧一定惆怅。怀旧是南京一个解不开的死结。清末的一位重要诗人陈三立在感慨往事时，曾经哀叹道："何必远溯乾嘉盛，说起同光已惘然。"在南京怀旧，往远处说，可以说到新近在汤山发现的号称"金陵始祖"的南京猿人头骨，可以说到吴越争霸，说到秦始皇南巡，说到六朝金粉；往近处侃，又可以大谈中国历史上规模最大的农民起义太平天国运动，可以说汪精卫，说蒋介石，但是无论哪一桩，说到了，都是疮，都是疤，都不是滋味。

中国的古都，也不就是南京这一家。西安人可以追溯秦汉和大唐帝国，河南人和杭州人可以怀念北宋和南宋，北京人可以占着元、明、清三朝，说起来更是财大气粗。这些古都好歹都是盛朝，南宋虽然弱一些，也有一百五十年的历史。不像南京，号称"十朝古都"，除了迁都北京前的明朝还像回事，都是不景气和没出息的小朝廷，不仅偏安，而且短寿。南京这地方更出名的是后主，什么陈后主、李后主，统统都是历史的笑柄。没有一个古都会像南京这样始终充满着一种亡国的气氛，正像郑板桥咏南京的诗那样：

> 一国兴来一国亡，
> 六朝兴废太匆忙。

文化人对南京特别钟情，有关南京的好诗好词多得数不胜数，名篇迭出，佳句永传，好像只是因为一而再、再而三地亡了国，才给了诗人一个表现才华的机会；好像只是因为亡国，才触动了诗人诗绪泉涌的灵感。诗人眼里的南京总是和怀旧情绪联系在一起的。历史上的文人，只要他有机会到南京，必定要留下诗篇，大发思古之幽情。真正带有怀旧情绪的诗词，是从唐朝才开始的，譬如李白的《登金陵凤凰台》：

> 凤凰台上凤凰游，凤去台空江自流。
> 吴宫花草埋幽径，晋代衣冠成古丘。
> 三山半落青天外，二水中分白鹭洲。
> 总为浮云能蔽日，长安不见使人愁。

这是盛唐时期的声音，是一个郁郁不得志者的自言自语，有诗的含蓄，却没有什么羞答答的掩饰。虽然也是怀旧，但还不至于过分绝望。盛唐就是盛唐，这毕竟是中国历史上不可多得的辉煌时期。再往后，匆匆经过中唐，到了晚唐，咏南京的诗陡然多起来，个人的牢骚已经见不到了，人们见到的只是对历史的感叹。

> 朱雀桥边野草花，乌衣巷口夕阳斜。
> 旧时王谢堂前燕，飞入寻常百姓家。
>
> （刘禹锡）

> 北湖南埭水漫漫，一片降旗百尺竿。
> 三百年间同晓梦，钟山何处有龙盘。
>
> （李商隐）

> 江雨霏霏江草齐，六朝如梦鸟空啼。
> 无情最是台城柳，依旧烟笼十里堤。
>
> （韦庄）

大唐的繁华转眼即逝，晚唐的诗人们不敢怀念盛唐，今不如昔，这话真说出来，有些犯忌，于是便在缅怀六朝金粉上大做文章。晚唐诗人写南京，总是离不开咏史的路子。盛唐的繁华和短暂，正好和六朝相仿佛。晚唐诗是中国诗歌中的精品，和盛唐诗比起来，最重要的区别，在于气势上虚弱了许多。盛唐完了，盛唐的诗也就成了绝唱。在晚唐，再也出不了李白和杜甫。晚唐人写不出盛唐气势的诗。过去有人写诗说："一种风流吾最爱，六朝人物晚唐诗。"由此可见，六朝人物和晚唐诗，在精神上颇有相通之处。六朝的人和晚唐的诗，都是没落时代的结晶。南京这地方，的确也最适合用晚唐气韵的诗歌来歌咏。宋人眼里的南

6

京，基本上继承了晚唐诗人的路子，仍然是咏史，不过已不像晚唐诗人那样不见个人的情感。姜夔的《杏花天影》，曾是我最喜欢听人吟唱的一首词曲，那动人的旋律常在我耳边回响：

　　绿丝低拂鸳鸯浦，想桃叶、当时唤渡。又将愁眼与春风，待去，倚兰桡，更少驻。　　金陵路，莺吟燕舞，算潮水、知人最苦。满汀芳草不成归，日暮，更移舟，向甚处？

　　上面这首词是诗人路过金陵，在秦淮河上触景生情，想起桃叶和王献之的爱情故事，欣然命笔写成的。姜夔的词整个是晚唐诗人的意境，然而掩盖不住的儿女之情，已经跃然纸上。值得怀旧的南京在这里已经成为背景。姜夔显然是把晚唐诗人擅长的咏史和抒情两类不同的风格，巧妙地糅在了一起。这也是宋人的本事，既怀旧咏史，又婉约写情，可惜的是，词虽然写得漂亮，写得精巧，却有些小家子气。

　　另一位南宋诗人文天祥过南京时，写的《金陵驿》就大不一样。当时他身为元兵的俘虏，即将被押往元大都，在金陵驿站小憩，同样是触景生情，想的事却完全不一样。目睹国家已亡，文天祥心痛欲裂：

　　草合离宫转夕晖，孤云飘泊复何依？
　　山河风景元无异，城郭人民半已非。
　　满地芦花和我老，旧家燕子傍谁飞？
　　从今别却江南路，化作啼鹃带血归。

时代不同，声音不同。人不相同，声音也不会相同。文天祥在南京的怀旧诗中，也有和前人一样凄凄惨惨的感叹，然而更有一股悲壮的英雄气。这是一个志士取义成仁的最后的声音，是一首没有豪言壮语的正气歌。

文天祥是进士出身，而且是名列第一的状元，他能写出好诗不奇怪。六百年以后，湘军死死地将太平军围在南京城里，忠王李秀成登上了石头城，这位农民起义的草莽英雄也作了一首七律，真是太可以让人赞叹：

> 鼙鼓声声动未休，关心楚尾与吴头。
> 定知剑气飞腾日，犹是胡尘扰攘秋。
> 万里江山多筑垒，百年身世独登楼。
> 匹夫怀抱兴亡责，肯把功名付水流？

凡是写南京的诗词，必可以从怀旧中，听到一种亡国的声音。亡国之恨是南京历史上永远的痛。忠王李秀成的这首七律，和文天祥的诗一样，既悲且壮，洋溢着一种虽败犹荣的英雄气。这种不可多得的英雄气是写南京的诗词中的别调，是主旋律之外的另一种声音。虽然也是失败者的呼声，却是不同凡响。

四

在南京这地方，写出好诗不是什么难事，做了汉奸而遗臭万年的汪精卫写的诗并不坏。在一个重阳节，汪精卫登上了北极阁，填了一首词：

城楼百尺倚空苍，雁背正低翔。满地萧萧落叶，黄花留住斜阳。阑干拍遍，心头块垒，眼底风光。为问青山绿水，能禁几度兴亡。

这首词仍然是怀旧情绪的老套子，在汪精卫的诗词中算不上上品。这种情绪其实只是一种文人骚客的毛病，会写诗的人，都是这么诌的。表现南京的诗词，肯定不会少于万首，光是选本就有许多种。咏南京从来就是个好题目。按照老套子做，只要懂一些平仄对仗，便足以写出一些看上去似乎不坏、能蒙蒙人的诗来。诗是心灵的写照，一个失意者常常能在南京找到共鸣。南京的特点，在于它始终以一个失败者的面目出现在人们面前。人们在遥想当年辉煌的同时，其实也是在感叹今日的潦倒。《桃花扇》中的男主角侯方域一出场，便吟《恋芳春》一首：

孙楚楼边，莫愁湖上，又添几树垂杨。偏是江山胜处，酒卖斜阳，勾引游人醉赏，学金粉南朝模样。暗思想，那些莺颠燕狂，关甚兴亡。

孔尚任这是借侯方域的嘴，换个角度咏南京。"又添几树垂杨"，无非是"无情最是台城柳"的意思，而"莺颠燕狂，关甚兴亡"，活脱脱是"商女不知亡国恨"的写照。古人写诗，有时候就是在那么几个意思上转来转去，这就好像书法一样，正隶行草篆，变来变去，跳不出如来佛的手心。

五

在写南京的古诗中，不妨听听胜利者的声音。在关于南京的诗词选本中，康熙皇帝的一首诗几乎是选家必选的：

秣陵旧是图王地，此日鸾旗列队过。
一代规模成往迹，六朝兴废逐流波。
宫墙断缺迷青琐，野水湾环剩玉河。
治理艰勤重殷鉴，斜阳衰草系情多。

皇帝就是皇帝，何况是武功盖世的康熙。只有胜利者，才能发出这样充满王气的声音。

钟山风雨起苍黄，百万雄师过大江。
虎踞龙盘今胜昔，天翻地覆慨而慷。
宜将剩勇追穷寇，不可沽名学霸王。
天若有情天亦老，人间正道是沧桑。

毛泽东的这首《人民解放军占领南京》，则气势磅礴。

桃花扇底看前朝

　　明朝初期的南京，明太祖朱元璋在这里定都开国，当了三十一年皇帝；他儿子明成祖永乐大帝继往开来，又接着干了十八年，应天府因此成为户籍人口最多的城市。根据文献记载，朱元璋初入南京，人口只有九万五千人。到洪武四年，精确统计应天府户口，全城"军民官吏人户凡二万七千一百五十九"。

　　过去更在乎的是户口，是看有多少户人家，通常是按户口收人头税，而不是像今天这样，以人口为统计单位。按照专家的推算，洪武四年，南京城中各色人等，已接近三十九万人，在当时，可以算是一个很说得过去的大城市。然而朱元璋还不是很满意，他老人家是苦孩子出身，好不容易当了皇帝，一心要成为中华历史上最大的土豪。

　　对于城市管理，朱元璋喜欢大换血，喜欢玩人口大挪移。人口换来换去，这种近乎极端的做法，完全是凭着自己的个人意志，给南京原住民带来了灭顶之灾，留下了一道道难以磨灭的创伤，让南京在短时期内，成为一个全新的移民城市。万历年间的南京人顾起元，在《客座赘语》中便写道：

高皇帝定鼎金陵，驱旧民置云南，乃于洪武十三等年，起取苏、浙等处上户四万五千余家，填实京师，壮丁发各监局充匠，余为编户，置都城之内外，名曰"坊厢"。

明朝人眼里的"苏、浙"是苏州和杭州的意思，当时还没有"江苏"这个词，江苏省还没有诞生。"坊厢"的具体解释就是，安置在城里的居民为坊，弄到城郭之外去住的是厢。中国古代城市区划，城中曰坊，近城曰厢，随着城市扩大，"坊厢"又往往可以泛指市街。当时大规模人口"填实京师"，据《上元县志》记载有两次：一是洪武二十四年，徙五千三百户富民于京师；一是洪武二十八年，移直隶苏州等十七府州及浙江等六布政司小民进京。在朱元璋的进京指标中，既有全国的富人，也有穷人，即所谓为富人配套服务的低端人口。

到洪武末年，南京人口大约是七十万人，无可争议地成为全国排名第一的大都市，不折不扣的首都，面积最大，人口最多。因为有太多移民，这时候的南京话已不纯粹，不纯粹就变成了国语，就是通行的普通话。永乐大帝迁都后，南京人口立刻走入低谷，将近一半的人去了北京，当官的走了，工匠们走了，许多从事三产的服务人员，也浩浩荡荡地跟着走了。

当然，说当官的都走了并不完全准确，南京仍然还有一个很大的官场。物无两大，权以一尊，虽然南吏部不与铨选，南礼部不知贡举，南户部无敛散之实，南兵部无调遣之行，可是南都的六大部名义还在，级别仍然。毕竟此次迁都与以往南京历史上的亡国不一样，应天府不再是首都，但仍然还是留都，大明王朝的太祖坟在这，祖宗在这。江南经济地位已无可动摇，这里的财政收入是中央政府的经济支柱，首都可以北迁，必须还有一个庞大的官僚机构，在这帮着看家护院，帮着收租子。

粗略地估算，永乐大帝迁都，南京人口急遽下降到三十万人，然后又慢慢增加，到明朝末年，应天府常住人口至少有五十万人。总体而言，明朝时期的南京，生活水平相对还是好的，还是安定的、富庶的；社会风气呢，却有点越来越不像话，《客座赘语》对此就有记录：

正、嘉以前，南都风尚最为醇厚。荐绅以文章政事、行谊气节为常，求田问舍之事少，而营声利、畜伎乐者，百不一二见之。逢掖以呫哔帖括、授徒下帷为常，投贽干名之事少，而挟倡优、耽博弈、交关士大夫陈说是非者，百不一二见之。军民以营生务本、畏官长、守朴陋为常，后饰帝服之事少，而卖官鬻爵、服舍亡等、几与士大夫抗衡者，百不一二见之。妇女以深居不露面、治酒浆、工织纴为常，珠翠绮罗之事少，而拟饰倡妓、交结姏媪、出入施施无异男子者，百不一二见之。

再解释一下，正德和嘉靖之前，也就是1505年明武宗当皇帝前，南京民风还是十分醇厚的。推荐人才，讲究以德服众，讲究真才实学，那时候的读书人很有些读书人的样子。所谓“逢掖”，是古代读书人穿的服装，引申为读书人；“呫哔帖括”这词早已不用，前面两字是朗读，后面两字是经卷，抱着书死读的意思。渐渐开始不像话了，读书人再也不像读书人，老百姓呢，也越来越不像老百姓，越来越不循规蹈矩，越来越不靠谱。

仍然是以服饰为例，明朝初年穿衣服有严格规定，绝不允许乱来。正德和嘉靖之后，天高皇帝远，规矩不再是规矩，穿红戴绿，想怎么玩就怎么玩，头上帽子千奇百怪，脚上鞋子也是五花八门：

> 足之所履，昔惟云履、素履，无它异式。今则又有方头、短脸、球鞋、罗汉靸、僧鞋，其跟益务为浅薄，至拖曳而后成步，其色则红、紫、黄、绿，亡所不有。

必须交代清楚，这些五花八门的鞋，不是穿在女人的三寸金莲上，是蹬在大老爷们的脚上。因此在明朝的中后期，你若在南京大街上行走，看见一位男同志跋着一双大红绣花鞋，千万不要吃惊。

明朝初年，严格规定老百姓的服饰，庶民只能"服浅色"，不得穿金戴银，首饰也不允许用金玉珠翠。到明朝中期，特别是到了晚明，经济发达了，老百姓日子好过了，开始对国家律令置若罔闻，"巾服违制之禁，视若弁髦矣"。上上下下都不讲规矩，影响从来都是相互的，越是不允许，大家越是想试试。按照规矩，教坊司乐工，也就是在妓院打工的老少爷们，其地位卑鄙，只能戴青色卍字巾，系红绿褡褛，常服则绿头巾，所谓的绿帽子，以不同于士庶。然而明朝后期却坏了规矩，已经"与朝臣无异，且亦衣练鹊如士夫""进贤冠束带，竟与百官无异"。

秦淮名妓的服饰，号称"时世妆"，竞相为世人所模仿。本来只能"戴明角冠，皂褙子"的贱民，突然引领时装潮流。"近时冶容，犹胜于妓，不能辨焉"，既然良家妇女不再"耻类娼妓"，结果便是"女装皆踵娼妓""奴隶争尚华丽"，大红礼服竟然可以作为"常服"，"担石之家非绣衣大红不服，婢女出使非大红里衣不华"。男子服锦绮，女子饰金珠，早已非常普遍，封建的等级制度，朝廷制定的各种规矩，各种条条框框，说打乱就打乱了。

古代妇女抛头露面的机会不多，清规戒律对她们的约束，往往最不容易奏效，"男子僭于外，法可以禁止；妇女僭于内，禁有所不及。故移风易俗者，于此尤难"。女人的事有时候比男人还难办，晚明时的很多南京妇女竞尚虚荣，在服饰上争奇斗妍，往往不顾经济实力。"俗尚日奢，妇女尤甚，家才担石，已贸绮罗，积未锱铢，先营珠翠"，最后的结果便只能是"生计日蹙，生殖日枯""贸易之家，发迹未几，倾覆随之，指房屋以偿逋，挈妻孥而远遁者，比比是也"。

最过分的是南京某些尼姑，虽然遁身空门，却仍然心系红尘，"衣服绮罗，且盛饰香缨麝带之属，淫秽之声，尤腥人耳"。看过《金瓶梅》的人常会怀疑，当年的社会风气怎么可以是那样，怎么可以，答案是当时确实就那样。还是拿读书人来说事，往好里说，是解放思想，打破了等级制度，已经有一点点资本主义萌芽；往不好里说，整个社会风气相当堕落，人心不古，读书人带了一个非常坏的头。

晚明时期的中国，发生了两种混乱，都是不可收拾，都是亡国之兆。在北方，轰轰烈烈的农民起义愈演愈烈，最后把崇祯皇帝活生生地给逼死了；在南方，则是社会风气的越来越不像话，越来越下流，"人情以放荡为快，世风以侈靡相高，虽逾制犯禁，不知忌也"。百毒俱发，势在必亡，而南都的繁华却更胜于以往。考察当时的南京，形象地说，就是娼盛和文盛。娼盛用不着过多解释，余怀《板桥杂记》描述当时的妓院，有一段文字非常精彩：

屋宇精洁，花木萧疏，迥非尘境。到门则铜环半启，珠箔低垂；升阶则猧儿吠客，鹦哥唤茶；登堂则假母肃迎，分宾抗礼；进轩则丫鬟毕妆，捧艳而出；坐久则水陆备至，丝肉竞陈；定情则目眺心挑，绸缪婉转。纨绔少年，绣肠才子，无不魂迷色阵，气尽雌风矣。

所谓文盛，并不是文章写得有多好，而是文化人闹得太欢，折腾起来没完没了。快到乡试之年，各地读书人都跑南京来准备高考，借着"文战"之名，想怎么风流，就怎么风流；能如何快活，便如何快活。"结驷连骑，选色征歌，转车子之喉，按阳阿之舞"。南都名妓的价格可不便宜，鸨儿爱钞姐儿爱俏，男人要有钱，还得有才，还得长得好看，否则人家根本就看不上。譬如当时的名妓王月，字微波，《陶庵梦忆》中说她"曲中上下三十年，决无其比也"，又说她面色"如建兰初开""如出水红菱"，能写一手漂亮的楷书，能画兰竹水仙，能唱吴歌。

关键是人家架子还大，"南京勋戚大老力致之，亦不能竟一席"。可是一旦她看中了谁，情况就完全不一样。金钱诚可贵，自由价更高，王月看中了明末"四公子"之一的方以智的妹夫孙临，便与孙"拥致栖霞山下雪洞中，经月不出"。大姑娘可以倒贴，只图个快活。这位叫孙临的帅哥，与王月的结局是始乱终弃，他后来娶了另一位名妓葛嫩娘为妾，葛并没有名列"秦淮八艳"，身份也远低于王月，因为不止一次出现在电影银幕上，后来名气甚至比王月还大。

至于《桃花扇》中的男主角侯方域，也是个既有钱又有才的帅哥，不仅名列"明末四公子"，而且排名还在方以智前面。他云游金陵，就住在桃叶渡，"日夜招故人善酒者，挟妓弹琵琶终饮，所治盘馔甚盛，所费不赀"。公子哥只会乱花钱，随身所带的银子很快用完了，便大大咧咧地赊账。因为赊账，引起口角发生冲突，于是酒后无德，竟然"急叱出挝杀之，投其尸秦淮水中"，其行为与流氓恶霸并无两样。那时候，"侯氏势方张，见者皆咋舌不敢问"，也就是大家都装着没看见。

崇祯十一年，公元1638年，南京闹了一场轰轰烈烈的学生运动。正好是乡试之年，众多东林党的后人到南都参加科举。说起东林党，大家会想起魏忠贤，想起阉党，到崇祯年间，阉党已经失势。东林党人的继承者扬眉吐气，组成一个新的团体叫"复社"，一时间，凡是东林的后裔都依附复社，这个小团体风头很健，很能来事。这一年的南闱乡试，年轻的王谢子弟和东林孤儿，联翩入场，气焰虽然很盛，可惜战绩并不理想，"明末四公子"中的侯方域、陈贞慧、冒辟疆，纷纷落榜下第。

当时有个叫阮大铖的文化人，在南京也是大出风头。阮颇有才华，最初同样是个东林党，在《东林点将录》中绰号"没遮拦"，名列十九位，比"黑旋风李逵"差了十二名，后来投靠了阉党，为士林所不齿。魏忠贤被清算，他也跟着身败名裂，两头都不讨好，便逃回老家隐居。偏偏家乡又来了农民军，不得不到南都避乱，在南京买房置地。阮大铖是个颇有心计的人，喜欢拉帮结派，与流寓于南都的安徽绅士结合，发起组织了一个"群社"。谢国桢《明清之际党社运动考》上说：

> 大铖避居白门，既素好延揽，见四方多事，益谈兵，招纳游侠，希以边才起用。

所谓边才，是专指治理边疆的才能。阮大铖野心不小，与复社的年轻人相比，他应该属于文坛前辈。晚明时期，南京人特别爱看戏，那时候最红火的剧作家是阮大铖。大家一边欣赏他的戏，一边愤愤不平骂娘，骂阮大铖，骂他曾经附逆阉党。南京人的戏曲欣赏水平很高，政治正确的觉悟更高，当时阉党已成为人人喊打的落水狗，攻击阉党便成为一种时髦。因此，一方面，阮大铖的戏在南京很叫座；另一方面，也出现了梨园弟子罢演《燕子笺》的一幕，这可是阮大铖最有名的代表作。

阮大铖的戏当时真的很火，不仅老百姓喜欢看，很多复社名人也忍不住一次次去观摩。大家觉得这样做很不好，怎么能够为这么一个逆贼捧场呢？于是便有了《留都防乱公揭》，也就是一张要驱逐阮大铖出南京的大字报。当时在这个大字报上签名的，有侯方域，有冒辟疆，还有黄宗羲，共计一百四十多名，都是有头有脸的文化名人。阮大铖立刻声名狼藉，灰头土脸，再也没办法在南京城混下去。发生在南京的《留都防乱公揭》，成了孔尚任《桃花扇》中的一个重要情节。说起当时南京，没有一本书能比《桃花扇》更合适、更形象、更传神。当年真如戏，今日戏如真，《桃花扇》中大唱了正气歌，而侯方域与李香君的爱情故事，其实就是"借离合之情，写兴亡之感"：

　　《桃花扇》一剧，皆南朝新事，父老犹有存者。场上歌舞，局外指点，知三百年之基业，隳于何人？败于何事？消于何年？歇于何地？不独令观者感慨涕零，亦可惩创人心，为末世之一救矣。

南京人必须感谢《桃花扇》，这本书虽然在北京完成，首演也在北京，描写的却是货真价实的南京，说的也是地道的南京故事。大家都知道清朝文字狱厉害，能出现《桃花扇》这样一本爱憎分明的书真是奇迹。桃花扇底看前朝，阮大铖的戏曲虽然曾在南京叫好叫座，还是很容易地便被大家唾弃和遗忘，毕竟政治正确最容易深入民心。在《桃花扇》中，阮大铖属于不折不扣的反派，是坏人，侯方域与李香君则是正面形象，是好人。复社同人都是正能量，与阮大铖一正一邪，黑白分明。

阮大铖在南京当过南明的兵部尚书，他这样劣迹斑斑的人还能重用，也可以看出南明小朝廷的不堪。清军来了，阮又很快投降，非常无耻地带领清军攻打福建，心里一心惦记着想当满人的福建巡抚。他这样的败类，如此结局意料之中。让人不太能接受的是侯方域，这位《桃花扇》中的正人君子，曾经在南京大出风头的第一号男神，当年的学生领袖，最后也落水成了败类。

文学中的正面形象常常可以蒙人，南京人可能还不知道，与阮大铖相比，深得"秦淮八艳"之一李香君喜爱的侯方域，所作所为，并不比阮大铖好到哪里。他降清之后，曾为清军统帅张存仁出谋划策，献计掘开荆隆口黄河大堤，为清廷剿灭令其头疼的反清武装，坐稳中原江山，立下了汗马功劳，《清史稿·张存仁传》便有记录：

六年八月，起授兵部尚书，兼右副都御史，总督直隶、山东、河南三行省，巡抚保定诸府，提督紫金诸关，兼领海防。盗发榆园，为大名诸县害。存仁闻归德侯方域才，贻书咨治盗策，方域具以对。存仁用其计，盗悉平。

中原许多地区一度曾因此变为无人区，死伤以百万计。大家或许都知道侯方域参加了清廷的科举，对于明遗民来说，这是很不光彩的一件事，因此，在孔尚任的《桃花扇》中，并没有应试科举这一幕，而是虚拟了他与李香君双双出家入道。后人在改编《桃花扇》时，增加了这个情节。很显然，并不是孔尚任不知道应试这事，显然是知道了不愿意写。然而助纣为虐，与清政府合作，为张存仁献计出点子，让他十分精准地扒开黄河大堤，孔尚任肯定不知道，如果他知道，大约也就不会再写《桃花扇》了。

青楼皆为义气妓，英雄尽是屠狗辈，这件事，在南京的李香君肯定也不知道。"秦淮八艳"的意义，就是她们都懂得人生的"大义"。李香君要是知道了，一定会为自己当初爱上这样一个男人痛悔不已，肚肠子都会悔青。

杀了金圣叹

自古以来，南京人一向喜欢看热闹。清军兵不血刃进入了南京，这个城市看似风平浪静，没有什么特别的波澜，好像什么事也没发生。说起来是亡国，大明朝这一次是真的没了，南明小朝廷在南京闹腾没几天，终于完蛋。一转眼，又是十多年过去，一般老百姓心目中，早已没什么改朝换代意识。老百姓永远老百姓，满人要说了算，就让满人说了算。让大家剃头，留发不留头，南京人一开始都觉得挺别扭，这事非同小可，"盖此身发，四大五常。恭惟鞠养，岂敢毁伤"，也曾想抵抗，最后剃了也就剃了。

1661年的秋天，金圣叹在南京三山街被杀了头。他好歹也算是位历史文化名人，评点《水浒》，评点《西厢记》，编《唐才子书》，基本上可以算是著名的文学评论家了，不过当时看热闹的南京老百姓，未必真知道他是谁。事实上，与金圣叹一起被砍脑袋的，还不是一个两个，是一大堆人：

至辰刻，狱卒于狱中取出罪人，反接，背插招旌，口塞栗木，挟走如飞。亲人观者稍近，则披甲者枪柄刀背乱打。俄尔炮声一震，一百二十一人皆毙死。披甲者乱驰，群官皆散。法场之上，惟血腥触鼻，身首异处而已。

这样的杀人看着有些轰轰烈烈，南京历史上屡遭屠杀，老百姓无数次经历了自己的被杀，能在街头热热闹闹看杀别人，这样的机会并不多，尤其是要杀那些有名望、有来头的角色。一千多年前，曾有两位被捕获的皇帝，在南京街头被砍掉脑袋，他们是后秦的姚泓和南燕的慕容超。除了这个遥远的历史记忆，著名的砍头示众，还有朱雀桥边砍杀张丽华，倾国倾城佳人貌，原来红颜是祸水，张美人从胭脂井里与陈后主一起被拉上来，成了亡国的替罪羊。

满人逼着汉人剃发，剃了也就剃了，杀文人金圣叹也一样，杀了也就杀了。这是个非常严重的事件，金圣叹因为"哭庙案"被砍了脑袋，很少有人去认真计较这是为什么。很显然，案子并不简单，同案在南京三山街一起被批发砍头的多达十八人。关于金圣叹被杀，民间更多的只是看热闹，只是讲段子，说他临死前怎么样，怎样表演，如何幽默，说了什么，捉弄了什么人。版本太多，都煞有介事，都很好玩，真假难辨：

斫头最是苦事，不意于无意中得之。

割头，痛事也；饮酒，快事也；割头而先饮酒，痛快痛快！

民间议论金圣叹的被杀，向来以戏说为主，都是不靠谱的八卦传闻，经不起推敲。譬如他临死前，曾告诉儿子，说花生米与豆腐干一起搁在嘴里咀嚼，有火腿味。又说毛豆放在锅里水煮，"啖之以醋，当有蟹味"。砍头不要紧，只要玩得爽，金圣叹留给民间的形象，才华横溢，能文善诗，落拓不羁，放浪形骸，仍然还是晚明名士风范。

事实真相当然不会这么简单，作家孙犁先生在"文化大革命"前，买得一部商务印书馆辛亥革命那年排印的《痛史》，两函共二十册。这本书最初价格四元七角，孙犁购书时，经过多次转手，定价已涨到十五元，当时应该是很贵的一套古旧书。在《痛史》中，有本小册子叫《哭庙纪略》，孙犁读完，写了一个读书后记，对"哭庙案"的分析非常到位。

哭庙案的来龙去脉并不复杂，顺治十八年，皇上驾崩，哀诏下达到苏州吴县，府衙设灵举哀痛哭三日。这时候，新任县令任维初，严刑催缴赋税，杖毙一人，又大举盗卖官米，中饱私囊。吴中百姓不堪其苦，以金圣叹为首的几个秀才，便把文庙大门打开，在庙里痛哭，义愤填膺地写了"揭帖"，公然要求驱逐县令。

"哭庙"是苏州一带的习俗，文化人经常玩的把戏，官府有什么不法之事或不当之举，士子们便聚集在文庙，作《卷堂文》向孔夫子哭诉，然后再召集民众，向更上一级官府申告。所谓"吴下士子，好持公论，见官府有贪残不法者，即集众倡言，为孚号扬庭之举，上台亦往往采纳其言"。"孚号"是现在已不用的古词，有两个意思：一是君王的号令或诏命，还有一个就是呼吁，这里应该是前一个解释。明万历四十四年，松江府的学子一齐发讨伐檄，飞章投揭，讨伐董其昌，儿童妇女竞传"若要柴米强，先杀董其昌"，到处张贴声讨的大字报和漫画，连娼妓嫖客的游船上也在辗转相传，结果董的住宅被抢、被焚，连城外白龙潭的书园楼居也被焚毁。

人多势众的"哭庙"，往往能让官府不敢轻视，但是进入清朝后的这次哭庙，情况却发生了变化，因为已经改朝换代，老皇历撞上了坚硬的南墙。哭庙的目的是向上峰告状，要求罢免县令，而县令所作所为，恰恰又是上峰的意思，告县令就等于是告上峰，于是上峰十分恼火，在心里盘算了一番，便让手下写了一个很恶毒的奏折，向朝廷解释：

一、"看得兵饷之难完，皆由苏属之抗纳。"

二、秀才"厕身学宫，行同委巷。因哀诏哭临之日，正臣子哀痛几绝之时，乃千百成群，肆行无忌，震惊先帝之灵，罪大恶极"。

三、"县令虽微，乃系命官，敢于声言扛打，目中尚知有朝廷乎？"

四、"串凶党数千人，群集府学，鸣钟击鼓，其意欲何为哉！"

这个奏折真的很恶毒，结果便有了南京三山街杀人一幕，南京老百姓只知道看热闹，根本没意识到哭庙案已被官方定性为一场意识形态斗争。在明朝，特别是晚明，官方对文人通常是一种放任的态度，名士风度往往会得到追捧。大家似乎都忘了，如今已经是大清，是人家清朝在当家做主，清朝统治者不喜欢文化人没规矩。规矩从来都是人定的，不能说明朝没规矩，明朝只是有规矩而不执行。譬如同样是学规，明朝就有严格规定，在明太祖颁布的《禁例八条》卧碑中明确写道：

一切军民利病，工农商贾皆可言之，惟生员不可进言。

清朝有同样规定：

军民一切利弊，不许生员上书陈言，如有言建白，以违制论，黜革治罪。

同样的照抄规定之外，满人郑重其事地加了一条：

生员不许纠党多人，立盟结社，把持官府，武断乡曲，所作文字，不许妄行刊刻，违者听提调官治罪。

与明朝当权者相比，清朝政府显然更害怕士子捣乱，无论哪朝哪代，官员都不会喜欢学生运动。明人是不讲规矩，有法不依；清人讲规矩，定了法就要执行。文化人千万不能太把自己当回事，杀个把文人，本来就跟杀鸡一样，金圣叹有点小名气，有名气又怎么样，照样杀，杀了再说。杀金圣叹，江南的士子都觉得挺过分，这很让读书人寒心，然而说杀就杀，"血腥触鼻，身首异处"，还真把文化人给吓住了。

清廷知道汉人内心不满其统治，不狠狠收拾一下，不知道朝廷厉害。哭庙案是清廷给江南士子们看的一个脸色，所谓恩威并重、宽猛相济，不给点厉害看看，不知道马王爷几只眼。刀把子捏在别人手上，清兵以一种和平方式，进入了南京城，没怎么杀人，没怎么杀南京人，并不意味着人家就好说话，就傻，就讲道理。扬州十日，嘉定三屠，血淋淋的教训都放在眼前。

1645年端午节过后的第十天，清军进入了南京城，也就是在同一年秋天，江南乡试继续举行。对于中国南方的读书人来说，科考一刻都不曾被耽误。科举在，孔孟之道就在；孔孟之道在，中国就在。满人在降清的汉人帮助下，很会对症下药。继续举行乡试的举措非常重要，它足以磨灭明朝遗民的亡国伤痛。事实上，只要科举还在，读书人机会还在，江南的人心就可以保持稳定。

哭庙案收拾的是文人试图干政，清朝政府的意思很简单，读书人嘛，犯不着胡思乱想，你就给我老老实实地读几本书，继续孔孟之道，学优登仕，摄职从政。用未来可以当官、可以荣华富贵做诱饵，把读书人像驱赶羊群一样，都撵到了科考这条逼仄的小道上。然而科场也有科场的邪门歪道，康熙皇帝第一次下江南，回銮之际驻跸南京，对江南的民风并不满意：

朕向闻江南财赋之地，今观民风土俗，通衢市镇似觉充盈，至于乡村之饶、民情之朴，不及北方，皆因粉饰奢华所致。

尽管给康熙爷看的都是光鲜一面，他还是一眼就看出了江南的真相。这地方有些富裕是真。说白了，所谓富裕，也不过是表面，无非财税缴得多，GDP高，老百姓看上去阔气，并不比北方人更有钱。"粉饰奢华"是前朝留下来的坏毛病，而且社会风气也不理想，大家竞相虚荣，"民情"不够质朴，"人情以放荡为快，世风以侈靡相高"，读书人风气很坏、很恶劣，最具体的表现就是科场舞弊。

事实上，早在哭庙案之前，在南京的三山街砍杀金圣叹之前，清廷已借江南乡试科场案，收拾过一回江南的文化人。乡试每三年进行一次，江南乡试从1645年开始，这一年是乙酉年，十二年过后的丁酉年，以南京为考场的江南科场舞弊案事发，后果相当严重。本来作为明朝遗民，去参加清廷的乡试，在江南文人心目中，就已经是个羞于言说的伤痛，就已经掉了身价，毕竟这件事很不光彩。后人改编《桃花扇》，写到了侯方域失节，最具有代表性的一幕，便是他竟然参加了清廷乡试。

国家兴亡，匹夫有责，南京人忘不了不久前的《留都防乱公揭》，当年那群意气风发的年轻人，在满清的科考指挥棒下，怎么会突然那么没有骨气，突然就都丧失了民族自尊？身上安排新顶戴，胸中整顿旧文章，当时人的心目中，去参加满人的乡试属于失节，参加了还要作弊，作弊了又让人抓住把柄，实在是太狼狈不堪。丁酉科场案起于顺天，延至江南河南山东山西，许多考场均受到波及，这说明虽然已经到了清朝，考场的风气还和晚明一样。然而说起风气不正，也不是南京一处，最后予以惩处的力度，则是江南科场的舞弊案为最重，影响也最大、最深远。

丁酉科江南乡试发榜，舆情大哗，落榜的士子多怒其不公，于是又开始哭文庙，辱考官，疑神疑鬼，物议沸腾。万般皆下品，唯有诗书高，清廷早知汉人有各种考场恶习，当时的国史侍讲方猷、弘文检讨钱开宗，被任命为江南乡试主考官，临去南京前，顺治皇帝曾当面告诫，让他们必须秉公行事，没想到最后还是出了问题，出了大问题。舞弊案被揭发出来，顺治很生气，龙颜大怒，立即下旨：

> 方猷等，经朕面谕，尚敢如此，殊属可恶。方猷、钱开宗并同考试官，俱着革职，并中式举人方章钺，刑部差员役速拿来京，严行详审。本内所参事情，及闱中一切弊窦，着郎廷佐速行严查明白，将人犯拿解刑部，方拱乾着明白回奏。

作为江南乡试的主考官方猷和钱开宗被正法，妻子和家产籍没入官。同考官十八人，除已死的卢铸鼎外，全部处绞刑。被认定参与作弊的中式举人方章钺等八人，各责四十大板，家产籍没入官，父母兄弟以及妻子流徙宁古塔。审理此案的刑部官员，也因"谳狱疏忽"，分别受到处分。

江南乡试科场案要点，并不是谁在舞弊，而是借题发挥。与后来的哭庙案一样，它的重判和严判，只是代表着清廷要展示的威严。杀头也罢，籍没充军也罢，科场既然是猎取名利的最有效手段，其中流弊就不可能完全根除。中国人的恶习向来难改，明朝是这样，清朝后来也是这样，好坏不过五十步笑一百步。事实上，很快清廷对于此中奥妙，也开始渐渐睁眼闭眼，该抓的抓，该放的则放。

清代中叶以后，每到各省该放考官时，皇上会下谕旨，"某省着某某人去"，选一些自己喜欢的在京文官，叫他们去充任

"学政"，去主持考试。被点到名的大臣要"陛辞谢恩"，当京官清苦，这是皇帝的一种特殊恩典，故意叫他们去外地弄些"外快"，所以文官们都盼着这一任命，高高兴兴离京去，一路遇见风景名胜，又吟诗又作赋，等任务完成了，满载而归，还可以刻一本诗集。

丁酉江南科场案与哭庙案的共同点，都是突然放出大招，狠狠地杀一下文化人的傲慢。为什么要杀一杀文化人的傲慢？因为当时的江南初定，安稳还只是表面现象，江南并没有真正驯服，反清情绪还在蔓延，抗清义士还在活动。南京人不太会去想金圣叹该不该杀，皇上肯定是金口玉言，他说要杀，必死无疑，老百姓很少会有这样那样的觉悟，在他们心目中，只能选择盲从，朝廷永远是对的，被杀的人永远是应该被杀。

南京人也不太会去进一步琢磨，在他们城市中进行的丁酉江南乡试究竟有没有舞弊。这种事情，从来都是宁可信其有，不可信其无，反正考官已斩首，不舞弊又怎么会杀头呢？那些金榜题名的举子，大多已经返乡，也统统抓起来，"师生牵连就逮，或就立械，或于数千里外银铛提锁"。逮捕入狱，再押到北京，举行当廷复试，"每人以满兵一人夹之"，士子们怕交白卷，遭极刑，只好战战兢兢"尽心构艺"。

有必要解释一下，江南乡试科场案中的江南，并不是特指长江下游以南的江南地区。这个江南其实是明朝的南直隶，具体范围包括江苏和安徽两省，再加上后来从江苏分割出去的上海市。明亡于清，清朝就给南直隶改了名字，改为江南省，事实上，江南省的大块面积，并不在长江之南，苏南皖南之外，苏中苏北淮南淮北，都属于江南省。最后为什么不选择在南京复试，倒不是说怕在这里再次舞弊，而是这么大张声势地拉到北京，动静和影响都可以放大许多，能起到更好的震慑作用。

当时的江南省中，有两个地方专出文化人才，一是江苏苏州，一是安徽桐城。乡试科场中被认定舞弊的方拱乾和方章钺父子、北京参加复试时被认定不及格的吴兆骞，就分别来自这两个地方。前者是安徽桐城人，后者是苏州吴江人，他们都很有才华。以他们的锦绣文章，中举很正常，没中举才是怪事，然而腹有诗书也没用，没地方去说理，说你舞弊就舞弊，统统流放宁古塔。

欲加之罪，何患无辞，方章钺与考官方猷都姓方，都姓方便是一家人，便有嫌疑。其实这个"方"，一个在浙江，一个在安徽，从未同宗。吴兆骞成名很早，"松林吴兆骞，才若云锦翔"，当时"诸前辈巨公，恨不识吴生"。因为少年得志，难免恃才傲物，吴兆骞曾对当时极有文名的汪琬说："江东无我，卿当独步。"就是这么一个名士，在北京复试时，都到了那个节骨眼上，还要玩名士气，竟然当堂缴了白卷，理由是让他这样的大才子补考，怀疑他会作弊，实在是污辱他的人格，是可忍，孰不可忍。

结果当然非常可悲，与金圣叹相比，方章钺和吴兆骞没被砍去脑袋，只是流放宁古塔，已属非常幸运。对于清廷来说，用意很简单，就是要收拾收拾心高气傲的江南文人，杀一儆百，杀鸡给猴看。清初的哭庙案、科场案，以及后来更加令人惊悚的文字狱，基本上都是这个路数，就是要严厉惩治，惩前毖后，要把南方士子收拾得服服帖帖。跟明朝相比，跟晚明的自由开放相比，江南文人的名士气从此大大收敛，清朝皇帝眼里的"粉饰奢华"，也立刻大打折扣。

南京人开始像北方人一样，变得越来越"质朴"，越来越听话，越来越没有情调。换句话说，清朝时期的南京，再也不会有"秦淮八艳"，再也不会有《板桥杂记》，更不会有学生运动，唐伯虎点不了秋香，李香君也不会遇到貌似一身正气的侯公子。改朝换代就是改朝换代，改朝造成了很多不一样的东西，换代让南京人变得不再像过去那样潇洒。明朝的南京是浪漫的，生机勃勃，活色生香，起码大多数时间是这样；清朝则是彻头彻尾的现实主义，呆滞刻板，暮气沉沉。

清朝的南京变得不太可爱，变得老实本分，变得木讷无趣。清朝的南京，开始让人感到有一种别样的伤痛。

南京城里的"柏林墙"

南京人都习惯"偷懒"，不太会去想"南京"这两个字怎么来的。清军进入南京城，就仿佛历史简单重复，赶紧要做的一件事，先给南京这个城市改名换姓。于是在北京开会，满汉大臣召集到一起议论，拿主意、说观点。大伙七嘴八舌，小心翼翼地揣摩圣上的意思。其实这时候的顺治，还是个小皇帝，只有七八岁，根本不明白事，当家做主的是摄政王多尔衮。

很快，过了两个月，顺治二年的闰六月十八日，方案终于有了，清廷正式下令，将南京应天府改名为"江宁府"，原设的府尹改为知府。紧接着，多尔衮又给在前线督战的多铎下指示：

南京着改为江南省，应天府着改为江宁府，设知府不设府尹。掌印指挥、管屯指挥暂留，余指挥俱裁去。其卫所改为州县，俟天下大定，从容定夺。

好一个"俟天下大定，从容定夺"，胜利者的口气，说起话来就是不一样，就是牛。这指示有两层意思：其一，多尔衮说的南京，是指南直隶，也就是大南京的意思。这个大南京的范围，最初由明太祖朱元璋钦定，前面已经解释过，包含江苏、安徽和上海，现在改名为江南省。其二，应天府才是地道的南京城，江宁也不算什么新名称，一千多年前，东吴亡国，南京就叫过"江宁"。当时是晋武帝南巡，慨叹"外江无事，宁静于此"，因此只是给南京恢复了这么个名字。

江宁这名字显然复古，出主意的肯定是汉人大臣，满人刚入关不久，哪会有这脑子。与元朝的蒙古人一样，满人根本不把南京这座城市可能会有的反叛放在心上。北方的汉人王朝特别忌讳南京的王气，因为所谓的金陵王气，很可能会让我们的国家处于分裂状态，因此隋朝统一中国，立刻毫不含糊地将南京这个城市给灭了，把六朝的痕迹烧得一干二净。满人跟蒙古人都是少数民族，他们知道广大的汉人地区都可能生出一份反叛之心，在哪都差不多，都一样，犯不着特别防范南京这一个城市。

满人很善于用兵，八旗铁骑指向哪，打到哪。自从入关以来，基本上逢战必胜。南京只是一个必须认真对待的重要据点，在前期，它是进一步南下西征的中转站。天下大定之前，一方面，在级别上，南京的政治地位先要降下来，再也不允许称什么"京"，再也不是"留都"，对于发迹于东北的满人来说，北京才是他们不折不扣的南京；另一方面，改名江宁后的南京，仍然"为江南根本之地，绾毂十省"，仍然是东南地区的政治中心和军事重镇，不可小觑。也就是说，清政府要凭借这个地方，控制南方。

满人在数量上是很少的，汉人可以不服气，不服气也没用，谁厉害谁狠，谁厉害谁就是精英，谁厉害谁就是狼。汉人只是羊群，清朝的天下事实上也是汉人帮着打下来的，当时进入南京的清军，有很多都是投降的明军。大家都知道史可法没投降，英勇就义，然而大多数晚明的军事将领，都十分狼狈地投降了，都成为满人的爪牙。多铎给朝廷的奏报便称，先后投降的总兵有二十三人，监军有两人，副将有四十七人，骑兵和步兵有二十三万八千人。

当兵的都投降了，老百姓还能怎么样，只能看热闹。南京的城市级别降低，降低就降低吧，这样的历史，过去也曾经历过。当时南京最大的汉官是洪承畴，他是明朝重臣，降清以后，又得到了满人重用，官做得比在明朝时还大。洪承畴到南京来坐镇，主要是起到一个安抚作用。他是汉人，又是前朝的大官，有他在场面上支撑，南京人的亡国情绪会少许多。

要控制和管理南京这座城市，也不是什么难事。根据记载，当年在南京的清军，真正属于八旗军的数量，少得让人不敢相信，实际兵力仅仅为"左翼四旗满洲、蒙古二千名，弓匠五十六名，铁匠五十六名"。这个数字并不是想当然，而是有出处的，在《钦定大清会典则例》里有确切记录。

此外，维护南京安全的还有绿营兵力四千人，原来是明朝江南提督曹存性的部下，降清后被编入了绿营。这个比例很有意思，计算起来，绿营的人数比八旗军多了将近一倍，可是这些"南兵"基本上就是做做样子，完全没什么战斗力，管管南京城里手无寸铁的老百姓还可以，指望他们缅怀旧主，揭竿而起，起义造反，根本不可行。

也不能说没有一点儿反抗，起码在南京的外围，在东南沿海，反清复明的战斗还在进行，还在继续。南京人心里显然也还不服气，可是满人不跟你们讲道理，他们来到这个城市，作威作福，想干什么就干什么，想怎么干就怎么干。最先开始感受到这份委屈的，是生活在南京的贵族。在过去，这个城市属于他们，吃香喝辣、为所欲为，偏偏人家满洲人是提着一把屠刀来管理南京，才不会把这个城市中的什么贵族和世家放在眼里。

一大批原明朝的勋贵高官，被削爵免职，被抄没家产。中山王徐达的后裔魏国公徐文爵，被除去封号。徐文爵有个弟弟徐青君更惨，被"籍没田产，遂无立锥"，最后不得不"与佣、丐为伍，乃为人代杖"。勋戚贵族如此，一般士绅的境况，显然会更糟糕。"形胜当年百战收，子孙容易失神州"，不亡国不知亡国恨，真亡了国，再抱恨也来不及了。"可怜一片秦淮月，曾照降幡出石头"，有点文化的文人，只能靠书写诗歌来言志抒怀。

1645年的5月，明朝的南京官员们出城投降，迎接清军。这个场面很戏剧性，清军大队人马开了过来，耀武扬威进城。清军和平进入了南京，立刻将城市的东北部划为八旗军营地，原来的老百姓呢，对不起，该去哪去哪，统统驱逐：

> 分通济门起，以大中桥北河为界，东为兵房，西为民舍，通济、洪武、朝阳、太平、神策、金川凡六门，居大清兵。

军令如山，没有任何商量余地。南京城立刻大乱，原来住在这里的南京原住民，不得不"日夜搬移，提男抱女，哀号满路"；众多居民不得不移家城西和城南，造成"西南民房一椽，日值一金"。官兵军爷免不了要趁乱抢劫，捞一把，清军统帅多铎为严肃军纪，"斩兵抢物者八人"，效果如何，也只有天知道。老百姓都害怕兵荒马乱，都担心家破人亡，没想到这个灾难说来就来：

> 百姓俱狼狈走，稍迟则刀棍交下，立毙。什物悉为兵有，百姓止走空身而已。

南京城东北部，就这么眼睁睁地成了八旗军的地盘，满人反客为主，鹊巢于是鸠占。很快，到顺治六年，为确保满汉分居，互不干涉、影响，干脆在南京城东部修筑"满城"，专供旗人居住。自南京城有史以来，这状况是第一次出现，竟然出现了"城中城"，在城市内部又加修了一道城墙。仿佛过生日切蛋糕，活生生地切了一刀，硬是生造出了一个满城，与旧城以一道高高的新城墙为界限：

> 起太平门，沿旧皇城墙基，至通济门止。

不熟悉南京城市格局的读者，对这道区分满汉的古代"柏林墙"，不会有什么感觉，也绕不太明白。清朝当局曾先后两次修建南京城中的满城，具体方位是以原明皇宫为基础，将皇宫的东墙和南墙拆掉，利用南京城的东南城垣。满城西侧，从太平门内皇宫角竺桥至通济门，沿用旧宫城西墙，添造城垣，南接通济门东侧。满城的西侧城墙上开设两道城门，以便与汉人居住的区域相互往来。北侧城墙是将原明皇宫北墙进一步延伸，整个满城

"长九百三十丈，连女墙高二丈五尺五寸，周围三千四百一十二丈五尺"，是清代直省各驻防城中面积最大的。

满城中修筑了箭亭和校场等军事设施，当然还有八旗营房。满汉分居是清朝的一大特色，国内其他城市中也有满城，大多按八旗方位进行布局，红黄蓝白，各有各的位置。南京城内的这个满城如何布局，在清代方志以及史料中，并无明确记载，后人因此也很难弄明白。清道光年间，江宁将军祥厚曾奏称：

> 奴才闻得有人在朝阳门迤南并正阳门之东、西倒塌裹披城墙土坡上种地……查验得镶黄、正白、正蓝等三旗界之裹披城墙均于早年坍塌，砖块无存。

根据此段文字，可以认定到了清道光年间，南京城里这道"柏林墙"已名存实亡，很多地方已经坍塌。同时也可以认定，位于朝阳门，也就是后来改名的中山门以南，正阳门也就是后来的光华门两侧城墙，属于镶黄、正白、正蓝三旗的辖境。这与八旗方位中通常镶黄旗位于东北、正白旗位于正东偏北、正蓝旗位于东南的规定相吻合，说明清代南京满城的内部格局，非常可能也是遵照了传统的八旗方位。

这道区分满汉的"柏林墙"，足以造成一个城市的两种不同文化。南京城里的满城，就好像一个巨大兵营，行政上不受地方府县管理，江宁将军是南京八旗驻防的最高长官，其职责为"镇守险要，绥和军民，均齐政刑，修举武备"。军事事务是驻防将军的首要职掌，不过驻防旗人的日常生活，譬如婚丧嫁娶，譬如养赡救济，必须也得过问，别人想管都管不了。

满城也因此自成体系，成为南京享有特权的城中之城，《钦定八旗通志》上便有明确记载：

江宁驻防旗员给园地三十晌至十晌不等。

换算一下，每个旗员可分得六十亩至一百八十亩土地，这可是一个不小的数字，人人都是大地主。八旗官兵的主要收入，按说是清廷发给的粮饷，将军每年俸银为一百八十两，俸米九十石，佐领俸银一百零五两，俸米五十石五斗，骁骑校俸银六十两，米三十石。自雍正朝起，对将军和副都统等高级官员，另增给养廉银，数额是正常薪俸的数倍甚至十几倍。大家都知道满人马上得天下，不擅耕种，有了土地也只能收地租，这是一笔很大的收入。当时旗田地租年收入总数为三千九百九十两，根据《佚名奏报江宁驻防八旗每年盐菜及地租项下用银数目事》记载，乾隆年间的具体分配情况为：

江宁将军一员，每年银八百三十两；江宁副都统二员，每员每年银二百二十两；左翼协领四员，每员每年银二百两；左翼佐领二十四员，每员每年银八十两。

由此可见，当时旗人在南京的日子十分快活，可以充分享受打下江山的种种好处。天下是老子打下来的，当然应该是老子和老子的后人来享受。清代设立理事同知一职，专门负责审理旗人与南京原住民的诉讼。理事同知在官制上为地方属员，不隶属于八旗驻防。自康熙朝起，清廷将理事同知定为旗缺，只有旗人才能出任此职。因此，虽然名为地方官员，其职责只是保护驻防南京的旗人权益，在处理各种纠纷时往往袒护旗人。

在南京的江南贡院，存有一块《韩绍文等立颂德碑》，为雍正年间的理事同知赫胜额歌功颂德，说他"仪型虽往，恩德犹存""自莅任以来，旗民安堵，强梁敛迹，宵小潜踪"，说他"片言折狱，秉正持平，哀矜勿违，小大以情"，说他"无偏无袒，至公至明"。"安堵"是安居乐业的意思，"强梁"和"宵小"都是属于坏蛋。明白事理的人都知道，秉正持平是对断案的最基本要求，却还要专门拿出来歌颂，足见当时秉公执法，不偏袒旗人，实属非常难得。

在八旗制度下，朝廷会按月发给粮饷，驻防兵丁不允许从事农工商等产业，过着不劳而获的快乐生活。南京城中也因此不可避免地存在着满汉矛盾，譬如满汉不通婚，禁止旗女嫁与汉人，旗人男子则可以娶汉人民女为妻。又譬如旗人有很好的福利待遇，拥有政治和司法方面的特权，不受地方法规约束，旗人的不法行径便在所难免。特权很容易产生腐败，更容易造成罪恶，江宁驻防官兵"日就纵驰，至不堪言，更且习气大坏，多有窝盗包娼、行窃诈民，甚之重利盘债、骂官闹衙，无不任为"，而"该管之官反行百计袒护"，地方官府虽受其扰，亦无可奈何，无计可施。

当时在南京，出现过一种让市民哭笑不得的盗匪，俗称"旗盗"，一度十分猖獗，没办法收拾。不是旗人直接参与了偷盗，而是一些投靠旗人的本地刁民，在为非作歹干坏事：

> 昼则倚势行凶，夜则纠众打劫。地方官追捕急迫，彼即仍窜归旗，无从究诘。

所谓投靠旗人，又叫"投充"，其实就是投入旗人名下，打着旗人招牌，狐假虎威，伤天害理。顺治和康熙年间，八旗官兵买卖人口之风非常厉害。一般老百姓自然不愿意卖身为奴，可是到了后来，风气开始转变，汉人百姓竟然会主动投入旗下为奴。投充者既有孤身前来，亦有干脆携家带口，包括自家的田地投靠。一旦投入旗下，挂名旗奴，其田地即可免除官府赋役。受经济利益的驱动，一些南京人不惜投充为奴，更有奸恶之徒，借投充之机，仰仗旗人的特权威势，在地方上横行无忌：

> 投充名色不一，率皆无赖游手之人，身一入旗，夺人之田，攘人之稼。其被攘夺者愤不甘心，亦投旗下。争讼无已，刁风滋甚。

根据嘉庆年间的《新修江宁府志》记载，江南地区原住民投充旗奴所带来的骚扰，最严重的地方就是南京。所谓"南民投充，惟江宁为多"。这是让傲慢的南京人感到很不光彩的一段历史，因为当时的投充，"非尽艰窘而然也"，并不是迫不得已，并不是走投无路，不得不这么做，而是"半属作奸恶棍，半属逋罪强徒，急欲逞凶，遂尔走险"，结果就是"一经收录，大肆猖狂，或伙赴市廛以陵商，或横行村镇以诈懦。有司惮其恶而不敢制，小民畏其威而不敢言”。

　　没有人说得清楚，隔绝南京市民与旗人的“柏林墙”，什么时候被拆除。跟北方的万里长城一样，南京城里这道满城城墙，更多的只是一种摆设，并没有起到真正的防御作用，它提供的是一种心理上的安慰。因为年久失修，更重要的还是因为没什么实用性，很多地段都坍塌了，坍塌也就随它坍塌。一段接着一段毁坏，坏了也没人去修缮，满城的旗人不会去修，南京的原住民也不会去修，跌落在地上的旧墙砖，正好被贪小便宜的人拿回家派上用场。

　　从清朝中期，到太平天国，到晚清，到民国，到国民政府，到汪伪时期，都会有一些南京老百姓浑水摸鱼，偷偷地将旧城砖挪为家用，甚至官家也参与过盗拆明城墙这些事。民国初年，大清没了，南京城内“手不任执殳，肩不能荷锄”的旗民，由于生计问题，一度在地方政府默许下，靠拆旧城砖卖钱度日。国民政府定都南京，黄埔军校也迁到昔日的满城，蒋委员长曾作过批示，同意军校拆些城墙砖建校舍，因为有关人士反对，遂告停止。

　　横贯在南京城内的这道“柏林墙”，最后是不是就这样茫然无存，不得而知。遗忘总是很容易，今天大多数南京人的记忆中，好像从来就没有过这么一道城墙。晚清时期的鲁迅曾经在南京读中学，当时南京人心目中，显然还留有一道“柏林墙”。再过不了几年，就辛亥革命了，汉人和满人的对立情绪，多少还是有那么一点点。鲁迅先生喜欢骑马，在满城区域里骑马，会招到清兵呵斥，不止呵斥，还会向学生娃子扔石头。鲁迅他们也不甘示弱，也会用石头进行还击，结果当然是谁都伤害不到谁，大家都只是扔着玩玩。

南京的老照片

20世纪90年代，一位有才华的年轻人到美术出版社当编辑，他爹怜子心切，给老朋友派任务，让我为他孩子写一本书，情急之中，想到了看过的那些老照片。在过去岁月，我有意无意地接触了许多南京的老照片，根据这些历史影像，自信可以写一本书。这就有了我的第一本图文书《旧影秦淮》，出版社觉得选题不错，发扬光大，索性出了一套老城市系列丛书，这本书也一度被易名为《老南京》。

我对老照片的兴趣由来已久，最初是在图书馆翻阅当年报纸，为了获得一种历史现场感。这是个力气活，毕竟过期报纸不仅有股时间的霉味，还很可能枯燥不好看。与单调的文字相比，老照片更可以让人眼睛一亮。当时的制版技术极差，所有照片没有颜色，而且都很模糊。很显然，我所见过的老照片，印刷出版的图片集要清楚得多，当然最清晰的还是原件，譬如档案馆、博物馆和私人手里的藏品。

南京是国民政府旧都，它的官方档案馆和图书馆一直处于领先地位，因此只要有心去淘宝，一些珍贵的老照片，便可以从丰富的收藏中获得。当然，与南京有关的历史镜头，不仅收藏在本地，还可能隐匿在世界各地的公共档案馆和图书馆，譬如日本东亚同文书院、美国国会图书馆，以及美国杜克大学和南加利福尼亚大学的图书馆，就收藏了不少与南京有关的珍贵图片。

提起私人拍摄的南京老照片，据我所知最多的是朱偰先生。朱先生早年留学德国，学经济出身，有博士头衔，差不多是这门学科最早的前辈。

他老人家对南京有两个重要贡献，一是以一己之力保护了古城墙，一是拍摄了很多照片。除了20世纪30年代已出版的两本影集之外，朱先生后人有一次告诉我，经过这么多年磨难，他家中居然还有许多尚未公布、保存完好的南京老照片，这消息真让人感到兴奋和鼓舞。

这些年民间收藏大热，与南京有关的影像资料，开始为藏家追捧。没见过的老照片不断发现，藏在民间的宝贝，远比我们想象中的多。相对以往出版的老照片图册，如何处置新发现的数以万计的老照片，将它们进一步归纳整理，剔除常见图像，配上恰当的说明文字，让它们重新进入我们的阅读视野，令读者像品尝美食一样大快朵颐，无疑是很值得认真去做的工作。

现在，有意义的工作已经完成，即将出版的《老照片·南京旧影》就放在我面前。这是本全新的影集，给人带来很多惊喜。山外有山楼外有楼，都说见多不怪，我见过太多南京的老照片，面对这样的一本书，不得不承认，它仍然足以让人叹为观止。

2012年6月23日

南京的民国老建筑

　　常有人问南京的民国老建筑有什么特点，一时间真回答不了。凡事不能太较劲，人世间很多问题看上去简单，认真当回事，便会发现不简单，譬如南京的民国老建筑。说起老南京，最有文化含金量的是六朝文物。六朝文物草连空，真正的六朝文物又在哪儿？几年前，几乎同一时段，我见到了两条新闻，一是"广州出土400余件六朝文物，尿壶虎口大张"，一是"韩国古都遗址考古频现六朝文物"。这能说明什么呢？说明六朝繁华，说明六朝的影响，也说明南京没多少货真价实的六朝文物，太少了，任何地方见到几件，都会显得非常珍贵。

　　怪就怪那隋炀帝，打下南京，一把火把六朝的建筑烧了个干净。说起来伤心，所谓六朝文物，只能在唐诗宋词中寻找。甚至最著名的"六朝文物草连空"诗句，也不是写的南京。公元838年，36岁的杜牧在安徽宣城游玩，写下了《题宣州开元寺水阁》。尽管说起南京历史，动不动会引用这一句，但这诗跟南京却没一点儿关系。文物讲究实物，南京的民国老建筑很多，多了就不稀罕，就不会想到它也是文物。像我这样出生在20世纪50年代的老同志，记忆里那些老房子，基本上都是民国老建筑。

　　印象中，小时候没见过盖房子，建筑在我童年时代是静止的，除了挖防空洞，大家都住老房子，一旦住了，随遇而安，也没什么改变。大兴土木是改革开放以后，直接后果是许多老房子被不当回事地拆除。因为多，想拆就拆，好在太多，想全拆还没那么容易。最后新建筑多了，才发现老房子少了。物以稀为贵，因为少，又开始珍贵起来。大家突然想明白，有心保留是一种文化，野蛮拆除也是一种文化。南京的《扬子晚报》有个读书版编辑叫蔡震，学美术出身，既能绘画又玩文化。他属于那种很在乎老房子的人，发宏愿要让年轻一代了解南京的民国老建筑，要让老建筑成为历史教科书，用幸存的老房子为标本，通过它们来展现当代南京风貌。于是他画了很多速写，还出了书。面对这样一本书，读完以后，不得不产生遗憾，很容易有懊悔心情。作为普通老百姓，民国老建筑被拆了那么多，还轮不到我们来负责，要认错也是领导的事。然而艺术是干什么的？我觉得它有个很重要的功能，就是通过想象恢复，通过记忆再现。艺术就是要充分利用想象和记忆，因此仅仅描绘那些幸存的老房子，写实成分太多，难免是走近路，是避重就轻，是在拣容易的工作去做。

2014年4月1日

说不完的玄武湖

根据专家考证，南京玄武湖公园有一百年历史。只要是个整数，往往会让人感到兴奋，就要庆贺，就可以开讨论会。有专家小心翼翼地提出观点，说玄武湖公园很可能是中国历史上的第一，理由是还在大清朝的时候就有了，那年头除了皇家园林，便是私家园林，普天之下莫非王土，有一个属于老百姓的公园肯定很了不得。

1910年，南洋劝业会在南京召开，为方便游客观赏玄武湖，当时的两江总督在城墙上开了个叫"丰润"的门洞，这就是后来的玄武门，而玄武湖公园也因此诞生。

公园的意义就在于"公"，在于为公共所有，在封建社会，公是共和的先声。有幸参加了庆贺的讨论会，回家上网检索，发现齐齐哈尔的龙沙公园更早，有1904年和1907年两种说法，有专家指出它才是清政府营造的最早的公园，心里不免为玄武湖公园失落，有种与吉尼斯纪录失之交臂的遗憾。

是不是第一并不重要，南京人值得骄傲的，应该是民国时期的一些记录，在1929年的《首都计划》中，南京城内的公园面积，与欧美各大城市相比，占有十分明显的优势，有了玄武湖公园，有了中山陵风景区，南京"分配每英亩公园之人数"，仅多于华盛顿，与纽约、柏林、伦敦、巴黎相比，数量要少许多，换句话说，南京的人均公园占有率在当时相当高。

既然是参加讨论会，难以逃避发言，我硬着头皮说了两个意思。第一，希望玄武湖永远不要变为一个大工地。十多年前，我在湖边遇到一位正在考察的老同学，他踌躇满志，正受一家外国财团委托，打算把玄武湖按照世界地图建成一个五洲公园，盖上各种风格的建筑，像深圳的世界之窗那样。我当时就想，这事真要成了，玄武湖就遭大殃了，谢天谢地总算没成。

第二，让玄武湖成为南京人的后花园，真正为老百姓所拥有，让市民充分享受。一个位于市中心的大公园，如果只是为吸引外地游客，只是惦记着别人口袋里的银子，在这儿根本见不到本地人，怎么说都有点悲哀。就好比有个很好的大房子，自己舍不得住，成天空关在那儿等待出租。

取消收费或许是不错的办法，国内外经验已证明这一招确实有效。"寂寞空庭春欲晚，梨花满地不开门"，没有人气的公园怎么说都是不好。20世纪30年代，夏天来了，玄武门城门大开，不收门票，变为避暑消夏的最好去处，整个公园成了欢声笑语的不夜城。此情此景，常让一度是首善之都的老南京人缅怀。

2009年8月19日

江宁镇的前世今生

1927年2月3日，农历正月初二，南京的江宁镇发生了地震，"上午11时至下午1时之间，有感两次"。此次地震清楚地记录在《江宁镇志》上。过一个多月，从广州来的北伐革命军攻克江宁镇，江宁镇是南京城的门户，又过两天，革命军攻入南京城。

今天很多南京市民弄不太明白江宁镇在什么地方，很容易误会，一不留神就理解成江宁区政府所在地东山。东山镇在南京主城东南方向，江宁镇在西南方向，两地相隔了三十多公里。人们说起自己住江宁，往往是说东山，与真正的江宁镇并无关系。

很多地名常把南京人搞糊涂，一个江宁，能写很多锦绣文章。有时候江宁就是大南京，有时候江宁只代表郊区。都知道是在江南，浩瀚长江在这儿拐弯，由南往北，南京城位于江东，左东右西，又称江左。

江东父老和江左风流，这些看上去有些历史包浆的词，都可以是南京的称呼，唯一没发生名称变化的是江宁镇。

江宁可以代表南京，也可以是江宁县，是江宁区，当然更应该是江宁镇。从字面分析，"江宁"两个字含义非常丰富。

"宁"是太平的意思，北平的"平"，宁夏的"宁"，绥远的"绥"，同样都是被征服，都隐藏着血和泪。

事实上，南京周围那些古镇，江宁、秣陵、丹阳，还有湖熟，都曾有过县的编制。

古时候实行郡县制，只要能收到人头税，都可以设县。形象地说，南京郊区有过好多县，它们一会儿分开，一会儿合并。三国的东吴灭亡，征服者西晋改建业为秣陵县，同时分置临江县，县治就在今天的江宁镇。不久，临江又改为江宁，所谓"晋帝初通江南，以外江无事，宁静于此"，江宁之名从此开始。隋朝时，县府衙门从江宁镇搬到朝天宫附近的冶城，一直延续到民国政府，南京成为首都，县委整套班子才移往东山镇。

江宁镇已有一千七百多年历史，名字一直没变。当地老百姓最大的不乐意就是，县衙门既然设在东山，你不愿意回到江宁来，干脆叫东山县好了，干吗还非要占用人家的"江宁"？

事实上，南京城里人也困惑，多少年来，江宁县和江宁镇，两个完全不同的概念，都习惯简称"江宁"，你中有我，我却绝不等同于你。

2010年，南京有12个镇被确认为首批"千年古镇"，江宁镇排名第一，处于领衔位置。让江宁镇居民高兴的不是排名，是12个古镇中，房价最高、人气最旺的东山镇榜上无名。仅此一点，多少可以让江宁镇释怀，出口恶气，毕竟让别人僭越名字已久，又没个地方可以说理。

2016年5月13日河西

芥子园在什么地方

　　浙江朋友来南京玩，狡黠地问芥子园在什么地方，我立刻犯糊涂，一时真答不出来。他早料到结局，笑着说在兰溪，我连声嚷嚷不可能，芥子园在南京，众所周知，文化人差不多都晓得，怎么会跑到浙江去？

　　朋友为家乡辩护，说李渔是浙江老乡，籍贯是兰溪。我听着不乐意，说李渔在江苏长大，一口苏北话，与浙江的关系，也就剩下一个籍贯。这话有点较真和赌气，李渔叶落归根，毕竟死在杭州。胡搅蛮缠地抢夺历史文化名流，不仅有失风度，而且十分俗气。但是就算李渔是浙江人，人是活的，园子是死的，芥子园明明建在南京，怎么可以把它移到浙江兰溪？

　　朋友说，上网一搜索，就知道它在哪儿了。他拿出笔记本电脑，无线上网查询，果然跳出许多崭新的图片。我看了不以为然，原来是个货真价实的假货。朋友说知道它假，问题是真的在哪儿，又有谁能拿出一个真货。芥子园早没了，它曾经辉煌一时，大出风头，然后无影无踪。人去园废，沦为菜地，盖起了房子；旧房没了，又盖起新高楼。今天，专家或许能告诉你大致在什么地方，譬如南京城的西南处，譬如秦淮河边，说白了，也就是给人一点儿历史信息和文化破烂。

李渔搁历史上，是个可有可无的人。不喜欢的，觉得他旁门左道，聪明过于学问，立身不谨，甚至有些下流；喜欢的，认为他非常了不起，多才多艺，戏曲和小说都玩得不错。

他的喜剧，与同时代的莫里哀可以一拼；代表作《闲情偶寄》，后来的很多文化人极力推崇。他在南京的别墅芥子园，被誉为园林艺术的经典，而在这儿编辑出版的《芥子园画谱》，成了中国画的教科书。

文化正在变得越来越时髦，李渔的行情也越来越看好。重建芥子园，成了许多有识之士的梦想。浙江人捷足先登，南京方面也在喋喋不休，为选址暗暗较劲。园址应该在什么地方，公说公理，婆说婆理，个个理直气壮。我们总是习惯再造历史，政协委员毅然请命，政府官员慷慨立项，劳民伤财在所不辞。为此，我的观点很简单，真迹既然不存在，赝品建哪儿都多余。

不妨把芥子园建在内心深处，人的脑袋只有椰子那么大，却能装下万卷诗书。如果我们的心里有，现实世界是否重建一个芥子园，已根本不重要。如果没有，再造十个八个也白搭。重建芥子园，完全可以成为虚拟的事实，按照这个思路，尽可能地出版李渔原著，多写一些与他有关的文字，充分发表不同观点，编丛书或出刊物，在网络上建立一个专门的网站，让物质的芥子园变成精神的文化家园，少花钱，多办事，何乐不为？

2008年7月4日

记忆八卦洲

记忆中的八卦洲，最初还有些少年气息，那是刚读初一，秋收秋种季节，在老师的率领下，我们稀里糊涂地去了。现在回想起来一片糊涂，只记得挤在渡船上，有人惊呼"快看，快看"。我什么也没看到，根据眼快的同学讲，他们看到了江猪。我甚至记不清在哪儿上的船，转眼快四十年，这么多年的往事，早已陈谷子烂芝麻，不该忘也忘了。

此前我在江阴农村待过两年，有捉螃蟹的经验，当天就在水沟边捉了两个大螃蟹。那时候的八卦洲有许多野生螃蟹，当地农民见怪不怪，同学们十分惊奇。我们拎着螃蟹到处招摇，可惜当时男女生不说话，也没机会拿到女生那儿去显摆。

接下来两次隔江遥望，仍然与螃蟹有关系。几年后中学毕业，我进工厂当小工人，有人要去北京，为了给祖父带些螃蟹，我与朋友在江对面的燕子矶守候，等候早班渡船，买农民拎手上要卖的螃蟹，很快搜罗了一面粉口袋，然后匆匆扫一眼对岸的八卦洲，凯旋。这以后又过若干年，是20世纪80年代初上大学，有一次集体活动夜游长江，船上灯火通明，八卦洲看过去一片黑，我一下子想起了当年：秋收，秋种，水沟边自由自在的螃蟹，码头上翘首企盼等渡船过来。正好那次游船上小卖部有烧熟的螃蟹供应，一位从未见识过的湖南同学，不相信这张牙舞爪的玩意儿能吃，于是我们一同起哄，让他无论如何试试，说在南京混了几年大学，连螃蟹都没吃过岂不罪过。

印象中的八卦洲，与江南水乡没太大区别，成片的水稻田，一条条沟渠。印象当然靠不住，毕竟浮光掠影，很显然，我的记忆也没什么货真价实，不过看了几本书，接触过一些资料，多少知道点历史。我知道这里曾是满族人的天下，知道这里的所谓土著，祖上大多数是安徽无为人。八卦洲紧挨着南京，或者干脆说，它就是这城市的一部分，不过真正熟悉它的市民并不多。

这些年有机会又去过几次八卦洲，残缺的记忆变得更加不靠谱。眼见为实，首先吃惊它的巨大，原以为只是江中间一个小岛，没想到面积竟然与南京城区差不多；其次没想到有那么多的树，成片的柳树，成片的白杨林，一眼望不到边。记忆中江南水乡的田园风光不复存在，非常大的变化正在身边悄悄发生，我们却很可能一点儿都没察觉。今天的八卦洲，已成为保护市民不受污染的重要屏障，计划中这里将是一个江中森林公园，成为南京这个城市用来净化呼吸的肺。众所周知，八卦洲的那边是江北化工区，有着太多国家级的重点化学工业，它们是历史留给南京的一笔财富，同时也是一个很重的负担。为了化解这负担，必须有一个绿色的八卦洲来买单。

2008年3月2日

春游良可叹

三十年前的初春，读大学三年级，课程谈不上紧张，无聊得厉害。一连下了好多天雨，又冷又湿，终于拨开乌云见太阳。我们决定逃课，出去郊游，寻找阳山碑材。在这之前，拜访过南唐二陵。那年头，南京郊区很多景点尚未开发，没高速公路，甚至没柏油马路，地图上也查不到，书里只是淡淡写了几句，你冒冒失失去找，真不一定能找到。那年头的荒芜，今天很难想象，没一点儿保护，没任何开发，南唐二陵像两个废弃的小煤窑。两扇斑驳的木门紧锁，想进去看看，有人告诉我们该去哪儿找钥匙。然后就进去了，没电，也没带手电筒，点个小火把，胡乱地看了几眼。阳山碑材离公路不远，中学时下乡劳动，在附近村子住过，耳闻不曾目睹。快到目的地，不要问阳山碑材，当地人弄不清楚，要问坟头。你一问坟头，立刻就有人会告诉怎么走。坟头是地名，据说当年开采碑材，死了很多人，都埋在这儿，因此坟头名气更大。

找到了坟头，很快可以见到阳山碑材。村民会说你看见那山坡了吗，走过去就是，我们觉得非常了不起的人类文化遗产，当地人眼里，也就是几块光秃秃的大石头。穿过山间小路，拨开挡路的树枝，一直往前走，废弃野外的阳山碑材，突然出现在你的面前。接下来，不需要再用文字来描述，面对一个世界级的奇观，心情将豁然开朗，思绪会十分活跃。无论南唐二陵，还是阳山碑材，当年的印象都非常美好，非常深刻。它们形象地解读了南京，是古城的最好标本。南唐小朝廷的孱弱，大明永乐王朝的强盛，有这两个景点作证，足够说明问题。六朝以来，南京始终在孱弱和强盛之间徘徊，"无情最是台城柳，依旧烟笼十里堤"，因为有了它们，想怎么解释南京的历史都行，可以说强悍，也可以说怯懦。

最值得回味的是未开发前的那种原生态，这是春游可遇而不可求的境界。荒凉也是一种美，给人产生的震撼，远非用围墙圈起来所能相比。这两个地方后来都不止一次去过，可惜已被开发，被保护，有幸成了公园。有时候，一个景点的开发和保护，会变成一次更大的破坏。我并不是抗议收费，而是感叹太多的人工，太多的这个那个，失去了让游客浮想联翩的历史沧桑。一年四季在于春，春游犹如品新茶，要抓紧时间，要趁着年轻。非常怀念三十年前的那些春天，那些能有所发现的郊游，至今仍让我激动不已。毫无疑问，春游要带点春天气息，要稍稍花点力气，要别出点心裁，有发现，才有喜悦。也不用走很远，在南京的周围就可以。

2011年3月2日

第二章　江南春色

江南，天堂和生态

　　江南给人的印象总是湿漉漉、绿油油的，弥漫着水汽，可是只要手头有个地球仪，像小学生那样用手指按着转一圈，就会发现在江南这道纬线上，很多地方都是沙漠。专家告诉我们，隆起的青藏高原挡住了什么风，于是美丽的江南有了今天。

　　生态这玩意儿无所谓好坏，适者生存，优胜劣汰。今天说起某地的生态好或者不好，通常都是以人为本，夹杂着太多的人类观点。人既然有幸处在生物链的顶端，我们的评判难免自说自话，难免有点霸王条款。人说江南好地方，都这么说了，它就是个好地方。

　　在秦汉之前，江南并不是很好，天下分成九等，江南排在最后一位。那时候西部的人很牛，看不起东夷；北方人也很牛，眼里基本上没有南蛮。江南的生态并不怡人，杂草丛生，野兽乱跑，夏天残酷的热，冬天非常的冷，用"蛮荒"这两个字来形容一点儿都不过分。

　　时至今日，虽然空调已相当普及，每到严冬烈夏，江南人仍然叫苦不迭。江南能成为好地方完全得力于人工。汉人在北方失败了，狼狈地逃到江南，于是就大开发，北方的生产技术被引进，北方的生活方式开始流行。河流被整治，良田被开垦出来，东晋以后，江南开始富裕，开始越来越适合人居。江南的落后地位终于变了，大家不再轻视，不再觉得此地原始和野蛮。

说起一个地方的生态环境，首先是强调它的自然属性，但是我们的内心深处，还是忽略不了一个贫和富。因此，生态说到底既是自然的，也是非自然的。对人类来说，纯粹离开人的生态并不存在。以苏州为例，我们心目中的那个"水陆相邻，河街并行"的良好传统并不是天生，它显然得力于人工。宋朝时金兵大举入侵，把城市破坏得不成模样，苏州人索性推倒了重来，引水进城，有计划地开凿一条条河道，构成了非常完善的城市交通系统。太湖在城西，大海在城东，湖水潺潺东流，前街后河家家临水，从此便成了日常生活的情景。

把生态理解成适合人居无疑有些狭隘，不过自东晋开发江南以来，总体的路数还是和谐的。古人讲究天人合一，江南的发展虽然缓慢，这里的老百姓能安居乐业，似乎众口一词。"人人尽说江南好，游人只合江南老"，大家提到江南，都是一个"好"字，要不就是离不开一个"富"字。鱼米之乡也好，富得流油也好，在老百姓心目中，幸福指数首先还是一个温饱问题，有了这个，下一步才是享受和发展。"春来南国花如绣，雨过西湖水似油"，江南不只是风光秀丽，毕竟好看还不能当饭吃。

幸福的另一个重要指数是比较，别人饥寒交迫，自己还有点温饱，这就是最大的快乐。多少年来，江南一直以鱼米之乡自豪。江南人喜欢卖弄自己上缴的赋税，古人是这样，现代人还是这样，只不过把赋税改称为GDP。上有天堂，下有苏杭，江南人自恃富裕，永远也改变不了感觉良好的毛病。事实上，多少年来，江南一直存在着一个过度开发的隐患。此地是中央财政的支柱，自从有了大运河，江南的财富源源不断地被运往北方，如果大运河是中国古代交通的大动脉，那么流淌的便是江南的血浆。

江南人是天生的劳碌命，习惯可以成为自然，大家难得去仔细品味：为什么苏杭是天堂？这话究竟是什么人说的？又有什么样的深刻含义？对于中国的老百姓来说，"天堂"不仅仅是有多富庶，它还有一个更重要的衡量指标，那就是应该能够远离战乱。江南自古以来便是太平的年月居多，宋朝时期中原地区战事频繁，民不聊生，大批难民纷纷避祸南下，他们来到江南，看到一片和平景象，便产生了一种恍若来到天堂的感觉。"苏杭像天堂"最初正是出于难民之口，由此可见，这个谚语隐含的是一种辛酸和无奈。

开发永远是一把双刃剑。自东晋以来，由于生产力水平限制，江南的总体发展还不太能对生态造成致命的毁坏。没有必要过分地夸耀古代江南的繁华，事实上只要国泰民安，到处都可以成为天堂。而且仅以"繁华"二字看，古人和今人各有千秋，东南西北各有所长。今天的江南正在创造前所未有的经济奇迹，同时也以惊人的破坏力，迅速改变此地的生态环境。一方面，江南比过去更有钱、更阔；另一方面，原有的小桥流水，原有的迷人风光，正一天天减少和消失。

身在福中不知福，天堂往往是别人眼里的感受。在现代人心中，逝去的江南永远是一个痛。不要说唐诗宋词，就是几十年前的江南，如今也已无迹可寻。工业化、城市化彻底颠覆了鱼米之乡，大片的水田没了，那些翡翠一般的禾苗曾经是最好的湿地，在不经意间调节着江南湿热的空气。潮汐没了，河水不再流动，水面也不再有波澜，水污染触目惊心。农民兴高采烈地住进了小楼，房子一个劲地拆了盖、盖了拆，到处都是脏乱的工地。绿色的竹园基本上没了，成片的桑园没了，农村的概念眼见着就要不复存在。

也许江南的过去，并不是真正的天堂，但是今天的生态，正在不可逆转地恶化。江南人最勤奋，江南人最能吃苦，如果一味勤奋和吃苦，只是走向事物的另一面，这结果实在得不偿失。以人为本是社会发展的底线，也是我们必须追求的终极目标。历史地看江南，因为人工，它变得美好，变得越来越人性化，而现在要做的，就是不能再人工地将它变得更糟，变得越来越不人性化。

2008年1月11日南山

江南女子

从西施说起

能叫出名字来的美女，而且还得成为正面形象，最早的也许就是西施。西施长得究竟如何，我一直很怀疑。我们都知道"东施效颦"这个成语，美是不能模仿的，不仅不能模仿，就算用笔来描述，也是一件十分困难的事情。

古人用"沉鱼落雁"来形容女人的美丽，表面上看是个高招，其实也是黔驴技穷，想不出别的什么办法，不过是利用通感打马虎眼。轻而易举地就能找出一大堆表达美女的词，这些词再漂亮，只能是绕圈子，隔靴搔痒。巧笑倩兮，美目盼兮，翩若惊鸿，宛若游龙，宋玉在《登徒子好色赋》中写道：

增之一分则太长，减之一分则太短；著粉则太白，施朱则太赤；眉如翠羽，肌如白雪；腰如束素，齿如含贝；嫣然一笑，惑阳城，迷下蔡。

后来的文人写美女，不管大才小才，东扯西拉，基本上都是这个套路。清人在为《板桥杂记》作序时曾说：

传美人难于传英雄，英雄事业，如印版文字，易于点窜，美人之一笑一颦，一盼一睐，能倾堕城国，役使百灵。作者当搦管吮毫时，其精神已为美人之灵所摄，纵横卷舒，不能任意。子长能传楚霸王而不能传虞姬，非子长到此才尽，实子长至此胆怯也。

江南女词人吴文璧也有类似的意思，她的《虞姬》仰天长叹，直逼李清照的《乌江》。李清照称赞霸王：

生当作人杰，
死亦为鬼雄。
至今思项羽，
不肯过江东。

吴文璧却为虞姬打抱不平：

大王真英雄，
姬亦奇女子。
惜哉太史公，
不纪美人死。

司马迁岂止是没纪虞姬之死，连活着的虞姬也没写。不写是因为太难写，以太史公的笔力，都感到困难，更何况后世不争气的文人。我们不知道虞姬是何方人氏，楚霸王没脸回江东老家，只能假设她也是江东同乡，应该算作江南女子。楚汉争雄，不论胜败，项羽刘邦注定写进历史，而虞姬只是轻轻地带过一笔。总算梅兰芳为虞姬做了些实事，《霸王别姬》成了梅派的保留剧目，虞姬因此也得到普及，可惜梅先生的眼睛太大，太亮，扮演的虞姬怎么看都不太像古典的美人。

西施之千古留名，表面上是因为她漂亮，实质上却是因为她的间谍生涯。西施是女间谍的鼻祖，是世界上美人计最成功的范例。据记载，西施到了吴国以后，一起得到吴王夫差宠爱的还有一位郑旦，吴王显然是很爱这两位来自越国的美女，以至于郑旦一直很内疚，觉得吴王如此爱她们，她们不应该背叛吴王，以怨报德。爱是没有国界的，然而西施的心肠似乎很硬，传奇小说上写她是那种有复国大志的女子，她的思想境界非常符合女英雄的身份。

让人百思不解的，是西施始终没有成为反面形象。从正史的角度看，西施是一个典型的女人祸水的故事，英雄难过美人关，尽管吴王夫差是一个很有男子气的君王，临了还是栽倒在西施的石榴裙下。有很多理由可以指责西施：背信弃义，搞阴谋，甚至还有第三者，但是情人眼里出西施，别人这么做不对、不可以，放在西施身上，就可以找出种种理由原谅。千百年来，人们对西施就是恨不起来。我一直不喜欢"卧薪尝胆"这个传说，如果是民主选举，我毫无疑问会投夫差一票。好男儿应该真刀真枪，越王勾践为了麻痹吴王夫差，竟然不惜在吴王的宫里尝屎。这是一个想到就恶心的记忆。人即使忍辱负重，也不至于惨到这一步。

失败的勾践在吴王宫里当差，成天装孙子，吴王身体欠佳，勾践当着吴王的面，尝了尝吴王屙的屎，讨好地说："大王身体很快就要好了，因为大王的屎有一股酸味，说明大王的消化系统正在恢复正常。"

究竟是因为勾践吃了屎，还是因为西施在枕头边不断吹风，吴王夫差终于放虎归山，让勾践重新回到已经被吴国灭亡的越国旧地。故事的结局大家都知道，西施的结局有很多种传说，十有八九都是悲剧。其中广为流传的是吴国灭亡之后，西施被装进皮口袋投入江中，为此，唐李商隐《景阳井》诗云：

肠断吴王宫外水，
浊泥犹得葬西施。

另一位唐诗人皮日休，在《馆娃宫怀古》中也说：

不知水葬今何处，
溪月弯弯欲效颦。

林黛玉小姐在《红楼梦》中跟着凑热闹，饭后无事，挑了历史上的几位大美人，一口气写了五首诗，打头的一首，便是吟西施的：

一代倾城逐浪花，
吴宫空自忆儿家。

效颦莫笑东村女，
头白溪边尚浣纱。

意思都差不多，有时候真闹不明白，人们喜欢和留恋西施，是由于她美丽动人，还是由于成功的事业，或者由于红颜薄命。名士青山，美人黄土，不同的人不同的遭遇，便有不同的角度，表面上看，当然是因为爱美，爱美之心人人有之，然而往深处挖，可能又是因为事。人以事传，历史上的美人数不胜数，"英雄事业，如印版文字"，如果没有颠覆吴国的功勋，西施的故事也许根本就不复存在。20世纪40年代与张爱玲齐名的女作家苏青在《论红颜薄命》中，曾不无幽默地写道：

譬如说吧，西施生长在苎萝村，天天浣纱，虽然有几个牧童、樵夫、渔翁等辈吃吃她豆腐，她的美名可能传扬开去到几十里以外的村庄吗？即使她有一天给挑水夫强奸了，经官动府起来，至多也不过一镇的人知道、一城的人知道足矣，哪里会名满公卿，流传百世，惹得骚人墨客们吟咏不绝呢？

李白称赞西施"秀色掩古今，荷花羞玉颜"，这是泛泛的表扬，属于应景文章；倒是另一位唐诗人王维独具慧眼，颇有感叹地留下了这样的诗句：

谁怜越女颜如玉，
贫贱江头自浣纱。

西施之所以成为西施，关键在于获得机遇，大丈夫成功立业，"楼船一举风波静，江汉翻为雁鹜池"。如果西施在吴越争霸中不是扮演了那么吃重的角色，她不可能流芳百世。几千年来，有多少美丽的江南女子，默默无闻地在江边溪头浣纱。"艳色天下重，西施宁久微？朝为越溪女，暮作吴宫妃。"西施的高明之处，在于没有仅仅满足于富贵荣华，没有因为一时间改变了自己的贫贱身份，就忘乎所以，就高枕无忧。西施是地地道道的女英雄，是灭亡吴国的祸水，是复兴越国的功臣。人生一世，有时候非得狠狠地折腾一番，才能够有所作为，才能流芳百世或遗臭万年。树挪死，人挪活，假设西施一辈子老老实实在江边溪头浣纱，假设西施安安分分一直做吴王的宠妃，西施的故事肯定是一点儿味道也没有。

莫愁，莫愁

南京有个莫愁湖，旧称"南都第一名胜"，想不明白为什么会如此名重，有一种说法是莫愁湖因为莫愁姑娘得名，莫愁为绝代佳人，艳称古今。关于莫愁究竟是什么地方的女人，有多种说法，比较有趣的是两本考证书，一本是《金陵莫愁考》，另一本是《莫愁非妓辩》，不仅力证莫愁是南京的女人，而且强调她的出身，是好人家的女儿，绝非烟花贱质。

凡事一当真就特别可笑。事实上，莫愁既然能有多种传说，正好说明不一定特指某一位女士，很可能是许多女子的化身。再说，就算莫愁是个歌妓，也没什么可以大惊小怪。清净荷花，污泥不染，婊子中不缺乏好女人，这是古今中外历史已经证明的事实。在文学作品中，妓女的形象不论国内国外，都不是太坏，不仅不坏，有时候甚至好得过分。旧时代的女子，想要留名后世，很不容易，除非真有西施那样的特殊运气，被选进皇宫，又干出一番大事，否则，最好的成名机会，也许就是当妓，有幸遇上那些风流文人，被写进文章或者诗歌之中，文章、诗歌留了下来，于是这些女子也跟着流芳百世。

已故的张弦先生在越剧《莫愁女》中，将莫愁处理成悲剧人物，他将原本应该属于六朝的故事，移植到了明朝。70年代末期，该剧十分成功，曾经连演一百多场，后来又拍成电视戏曲片，在南京影响很大。对于传说中的人物，怎么改编都可以，然而我不赞成将莫愁写得可怜巴巴的。中国老百姓的胃口总是不停地变化，一会儿喜欢轻松的喜剧，一会儿又要看惨兮兮的悲剧，《莫愁女》中都是眼泪，许多人受戏的影响，已经快闹不明白"莫愁"这两个字究竟是什么意思。

莫愁莫愁，不知忧愁，古代美女取名"莫愁"，顾名思义，显然是一位性格活泼可爱的姑娘。莫愁是一种姿态，我喜欢"莫愁"这两个字，它是和平年代风俗画中的重要点缀，传神地表现了古代江南女子的性格特征。历史上的莫愁不应该是多愁善感，莫愁是典型的江南少女，洋溢一种青春的气息，飘动着悠然自得的风采。古往今来，数不清的女孩子在江边溪头浣纱，毕竟只出了一位西施，大多数女孩子都过着平常的生活，平平静静地嫁人，生孩子，养儿育女。"桃花流水在人世，武陵岂必皆神仙"，莫愁莫愁，何愁之有？

　　把莫愁定位在江南女子身上，似乎有些自说自话。人世间有种种痛苦，生老病死，悲欢离合，莫愁岂能不愁？而且快乐也不能算是江南女子的专利，北方女子未必一天到晚都是愁眉苦脸。事情总是相比较而言，一般地说，由于黄河流域一直占据中国文化的主导地位，男人们逐鹿中原，决战淮海，谁最终在黄河流域站稳了脚跟，谁就得到了天下，因此，发生在北方的战事，远远多于江南。北方为雄，南方是雌；北方为阳，南方是阴；北方是男性的天下，江南是女性的世界。气候温和的江南常常处于相对和平的环境里，北方打得死去活来，南方充其量也只是跟着"城头变幻大王旗"，谁赢了就给谁纳粮。对于老百姓来说，纳粮缴租反正是躲不过的事情，最恐惧的日子莫过于战争，只要能远离战乱，丰衣足食将不会成为问题。

　　已经很难确定吴越时代的模样，今天所能见到的文字材料，差不多都是魏晋南北朝以后。越灭了吴，自己很快也灭亡了，江南一度是楚国的天下。自楚以后，江南实际上都是由北方人控制，或者说，是由来自北方的人控制。西晋末年，在少数民族的压迫下，发生了中国历史上第一次大规模的南迁，大批北方人纷纷南下，于是有了南徐州、南通州、南豫州这些地名。南来之人不仅带来了北方的地名，而且改变了南方的民风，时至今日，江南人十有八九可以找到一位北方的祖宗。"祖籍河南"是一种最常见的说法，古吴越人的后裔，早就被来自北方的汉人所淹没。来自北方的汉人似乎总摆脱不了战争失败的阴影，南方柔弱的民风，恰恰是这些失败的北人造成的。从不多的文字记载中可以找到这样一些信息，古吴越人英勇好战，且善于运用计谋。

元朝时的中国人分四个等级：蒙古人、色目人、汉人、南人，南人就是南方的汉人。南人受歧视由来已久，这种歧视更多的是来自北方的汉人。北方的汉人无论得天下为王，还是失天下降敌，似乎都有充分的理由骄傲。尤其是后者，先当一天奴才为大。而南人，用鲁迅先生的话来说，就是"为奴隶的资格因此就最浅"，浅了就活该被别人看不起。好在南人也不跟北人怄气，被人看不起也得做人，南人比北人勤劳，这是一个不争的事实。谚语有"苏常熟，天下足"，江南的富庶使得这里的人民安居乐业，热爱和平生活。纳粮缴租还真算不上什么大事，天下财赋，大都集中在东南一带，明清两代，赋税差不多都集中于太湖流域。据史料记载，康熙初年，直隶钱粮每年九十万两，福建湖广是一百二十万两，广西仅六万余两，而位于江南的苏州一府，每年就是一百八十万两，此外，还要另缴米麦豆一百零五万石；同样位于江南的松江一府，每年上缴六十三万两，米四十三万石。

这些数据充分说明了江南的富裕，一府上缴国库的赋税，比一个省甚至几个省都多。江南成了中国的粮仓和钱库，虽然鞭打了快牛，雁过拔毛，上缴了那么多的钱粮，江南仍然富得流油。世家富室集中在这一地区，这里的人口在明万历年间已经占中国的六分之一。

"暖风熏得游人醉，直把杭州作汴州"，社会经济的繁荣，给了江南女子不用发愁的机会。上有天堂，下有苏杭，不愁吃，不愁穿，还有什么不满足的。一方水土养一方人，江南女子用不着帮男人打江山，刀光剑影，出生入死，她们的男人天生没有这样的胆子和机会。有得必有失，有失，也会有得。江南男人武不行，只好在笔墨上面做文章，江南女子至多也就是在和平年代里，红袖夜添香，伴夫婿读书，凭运气捞个状元夫人做做。王宝钏寒窑苦守的故事，注定和江南女子无关，忍辱负重，这不是江南女子的特长。江南女子注定是《红楼梦》中的人物，是金陵十二钗，是金陵十二钗的副册和又副册，做小姐就是宝姐姐和林妹妹，当丫鬟便是晴雯和袭人。江南女子是为才子们准备好的佳人，江南女子是水做的骨肉，江南女子柔情蜜意，江南女子仿佛春天的彩蝶，是水中月，是镜中花。江南女子具有最快乐的天性，是美好生活的一部分，最适合居家过日子。江南女子生性不愁。生性不愁的江南女子待字闺中，就等着嫁一个好丈夫。

民间以娶江南女子为幸，贵为帝王，经常到江南来选妃，这不仅是江南女子国色天香，很重要的一个因素，是由于环境因素养成的好性格。明朝的第十一代皇帝嘉靖，登基十年没有龙子，于是便派人到江南来广求淑女。史料记载嘉靖十年（1531年）选妃，选中的九个人中间，江南仅南京一地，就同时选上了三位美女，她们分别是方氏、郑氏和王氏。王氏被册为庄妃，生了太子载塈，方氏后来则升为皇后，即《明史》上记载的孝烈皇后。

铜雀春深锁二乔

30年代的李四光先生，不仅是地理学家，对文学和历史也有着浓厚的兴趣。在一篇题为《中国周期性的内部冲突》的文章中，他揭露了这样一个事实，中国历史以八百年为周期，每个周期都从短命而军事上十分强大的王朝开始，它把经过数百年的内部纷争的中国，重新统一起来，而后便是五百年的和平，中间经过一次改朝换代，接着又是一系列战乱，最后，首都从北方灰溜溜地迁往南方。

所谓南方动乱少安定多，只是相对而言，战争是阻挡不住的。战争对江南女子的伤害，丝毫不亚于北方女子。杜甫描写的"闻道杀人汉水上，妇女多在官军中"的悲惨景象，在美丽的江南并非难得一见，光是南京一个城市就可以举出很多例子。远的不说，往近里计算，日军占领南京时的大屠杀，辫帅张勋的复辟杀回南京，曾国藩的湘军攻占天京，太平军定都金陵，胜利者三日不封刀，杀人无数，每一次都给南京的妇女带来极大的伤害。

晚唐诗人杜牧的《赤壁》传唱古今，其中最著名的二句是"东风不与周郎便，铜雀春深锁二乔"。后人对此颇不以为然，认为只是轻薄少年的戏语，是另一种不哭九庙哭女人。赤壁大战的意义，不仅保住了孙吴的政权，而且从此正式确立三国鼎立的态势。倘若没有一场东风，火烧魏军，胜利的天平显然会向曹操倾斜。成者为王败者寇，魏军赢得胜利，顺江而下，何止是二乔被囚，结局将是国破家亡，生灵涂炭，仅仅两个小女人算什么？

二乔还真算不上小女人，大乔是孙权的嫂子，小乔是周瑜的老婆，这两个女人不保，孙吴政权还有什么戏可以唱？女人从来就是战争的直接受害者，大至帝王，小到平民女子，一旦被征服，只好乖乖受污辱。仍然以南京为例，大乔小乔逃过了劫难，别的人可就没这份幸运，陈后主携着爱妃张丽华跳了井，井圈上留下了胭脂的痕渍，结果是被隋军从井里拉了出来，陈后主还被留了条狗命，张丽华作为亡国的祸水，被晋王即后来的隋炀帝杨广下令斩首，地点就在南京朱雀路上的四象桥边，美人头落，鲜血四溅。

更惨的是李后主的小周后。据记载，小周后貌美善舞，深得李后主宠爱。"小楼昨夜又东风，故国不堪回首月明中"，小周后被带到了北方，竟然被作为胜利者的宋太宗"强幸"。"强幸"就是强奸，就是理直气壮地干坏事，失败的皇后尚且如此，民间江南女子的悲惨遭遇不难想象。弱肉强食，富裕的江南从来就是北方强权觊觎的对象，遇到改朝换代，兵荒马乱，江南女子便成了砧板上的鱼肉，任人宰割。

顾炎武的《秋山二首》其中有这么几句：

一朝长平败，

伏尸遍岗峦。

北去三百舸，

舸舸好红颜。

吴口拥橐驼，

鸣笳入燕关。

向北驶去的大船，船上都是美貌的江南女子。船上装满了，就用骆驼和马车驮，胜利者得意扬扬地吹着胡笳。对于"吴口"，顾炎武先生作了自注，语出《晋书·慕容超载记》："使送吴口千人。"所谓吴口，即位于江南的吴地子女。这一惨景几乎是历史的重复，元好问《癸巳五月三日北渡三首》第一首是这样写的：

> 道旁僵卧满累囚，
> 过去骈车似水流。
> 红粉哭随回鹘马，
> 为谁一步一回头。

战乱毁坏了江南平静祥和的生活，土匪冲进大观园，秀才遇到兵，金陵十二钗们的结局会如何，真不知如何设想才好。"马边悬男头，马后载妇女"，胜利者兽性大发，为所欲为，什么样的事情都可能发生，什么样的事情都已经发生。《嘉定屠城纪略》留下了这样的证据：

> 妇女寝陋者，一见辄杀。大家闺秀及民间妇女有美色者，皆生掳。白昼宣淫，不从者，钉其两手于板，仍逼淫之。嘉定风俗，雅重妇节，惨死无数。

我们的史书记载中，总喜欢强调异族入侵造成的伤害，其实我们汉人中，不是东西的也不在少数。曾国藩和太平军之间的较量，江南人民身受其害。太平军来，为害一次；曾国藩的湘军来，又为害一次。至于拉大旗作虎皮，助纣为虐，以汉奸的身份祸国殃民，更是可以找出一大堆败类。清兵入侵江南，原明朝徐州总兵李成栋降敌，转身成为急先锋。事后，仅他小子一人，用了三百艘大船，才运走他所掠的女子和玉帛，这是地地道道的发国难财。

除了战争，在和平的岁月里，江南女子有时候也会成为家族的牺牲者，那些名门闺秀贵夫人，往往会因为父亲或丈夫获罪，从社会的上层一下子跌到最底层。看旧时书籍，常有满门抄斩之说，按现在的理解，总以为是一家大小，不分男女，统统杀头拉倒，其实不是这样，要斩只斩男丁，女的却留下来，送入教坊，或给人为奴。黄云眉《明史考证》引云：

洪武三十五年十二月二十四日，教坊司右韶舞安政等，于奉天门题奏：有毛大芳妻张氏年六十，病故。奉旨，锦衣卫分付上元县抬去门外，着狗吃了，钦此。

故事发生的地点就在南京，根据金性尧先生考证，"洪武三十五年"应为"二十五年"之误，因为朱元璋只做了三十一年的皇帝。这位张氏大约是洪武初年进教坊的，原来显然是大户人家的贵夫人，否则死就死了，完全用不着向皇帝汇报。如果不是因为丈夫获罪，很可能是《红楼梦》中贾母一类的人物。俞平伯先生曾在故宫里见过朱元璋的谕旨，随手记了两条，看了之后，让人哭笑不得：

洪武二十六年二月十九日，锦衣卫百户郝进传奉圣旨：蓝总兵通着军前卫指挥千户百户总旗小旗造反，凌迟了。着王那里差的当人同郝进去，将会宁侯并他的儿子都凌迟了，家人成丁的也废了，妇女与晋府配军。马匹多时，牵两三匹回来，其余的交在晋府。家产解来京城，来东胜马匹多。好生机密！着那里不要出号令。钦此。

奇文共赏，朱元璋真是潇洒，之乎者也说不来，也不硬鹦鹉学舌，反正他老人家是皇帝，想怎么说，就怎么说，大白话就大白话。朱元璋没文化，他的儿子明成祖也好不到哪里去。在学问方面，明朝的汉人皇帝，还真不能和清朝的满人皇帝相比。明太祖蓝玉案株连一万五千余人，明成祖杀方孝孺，夷其九族，还不过瘾，又杀师友一族，硬凑足十族之数，丝毫不比其父逊色。鲁迅先生《且介亭杂文·病后杂谈》也曾提到明成祖如何对付建文帝的旧臣：

景清剥皮，铁铉油炸，他的两个女儿则发付教坊，叫她们做婊子。

根据《明史》记载，景清不但被灭族，而且"转相攀染"，到处牵连，所谓瓜蔓抄，结果整个村庄成了废墟。送入教坊，用今天的话来说，就是送到妓院。教坊是国营的妓院，可不是人待的地方，《教坊录》有这样的记录：

永乐十一年正月十一日，本司右韶舞邓诚等，于右顺门里口奏：有奸恶齐泰的姐，并两个外甥媳妇，又有黄子澄四个妇人，每一日一夜，二十条汉子守着，年小的都怀身，节除夜生了个小龟子。又有三岁的女儿，奉钦依由他，小的长到大，便是摇钱的树儿。又奏黄子澄的妻，生一个小厮，如今十岁也。又有史家，有铁铉家个小妮子，奉钦依都由他。

二十条汉子守着，是轮奸的意思。这种惩罚骇人听闻，奸后生了孩子，还得继续受罪。邓之诚《骨董琐记》曾引《南京法司记》上一段文字更为离奇：

永乐二年十二月，教坊司题卓敬女杨奴、牛景妻刘氏，合无照依谢升妻韩氏例，送淇国公转营奸宿。

教坊已经不是人待的地方，可是上面提到的两位，连入教坊资格都不够，是地位太低，还是年老色衰，不得而知。送出去"转营奸宿"，荒唐得近乎离谱。明朝开国的两位皇帝身上，显然太多的流氓气，惩罚别人也是刁钻古怪。在这方面，敢于到处题字留诗的康熙、乾隆，要有文化得多。清政府为了巩固自己的统治，对汉人采取了铁腕手段，动辄杀头，流放充军，妻女为奴，但是好歹还有些规矩，还有个《大清律》作幌子，即使手段同样恶劣，在措辞上也文雅一些，之乎者也不会用错，那种过分粗鄙的话，起码不像康熙和乾隆的口吻。不过，如果以为清朝皇帝会手软，就大错特错，权力这玩意儿永远带着血腥气，顺者昌，逆者亡，亘古不变。康熙年间的丁介曾写过这样的诗句，刻画清统治者的铁血政策：

南国佳人多塞北，

中原名士半辽阳。

天知道有多少美丽的江南女子流落到了塞北。宁国府荣国府一旦被查抄，金陵十二钗们不管正册副册又副册，只能是"花落人亡两不知"。什么金枝玉叶，什么国色天香，到时候都乖乖地落在一身汗臭的焦大手上。

不管是明朝还是清朝，被流放的江南女子受的罪都差不多。北国天寒地冻，南国佳人赤着脚，穿着极薄的单衣，破冰汲水，这样悲惨的景象，常常可以在文人笔记中见到。

红颜未必薄命，然而美丽的女孩遭受不幸，的确更容易引起人们的同情。

二十四桥仍在，往事不堪回首，江南女子真到了这一步，只能听从命运的安排，除了抬起头看看南飞的大雁，也别无良策。

秦淮八艳

"秦淮八艳"是文人性错位的产物。中国的文人爱国通常有两种表现，一种是自托美人，最典型的便是屈大夫，不但用美人香草自喻，而且是位遭遗弃的妇人。"路漫漫其修远兮，吾将上下而求索。"初读《离骚》的时候，我总是不明白他为什么要这样哀怨。李商隐的"神女生涯原是梦，小姑居处本无郎"，有专家已经考证，这里的"神女"和"小姑"，实是诗人自况，换句通俗的话说，就是男扮女装。

另一种是一头扎进脂粉堆，整日流连在青楼，逮着几位中意的妓女，不管三七二十一，穷吹猛捧。清初的余怀在《板桥杂记·自序》中曾为自己的这种行为辩护，有人责怪他，说："天下兴亡多少事，可歌可泣的太多，为什么你专写妓女，专门为妓女做传？"余怀默然听着，然后笑而回答："此即一代之兴衰，千秋之感慨所系！"

前些年，"秦淮八艳"红火过一阵，香港大老板揣着大把钞票，想在内地投拍电视连续剧。妓女戏当然是极好的题材，票房有保证，老百姓爱看，女演员愿意演。报纸上屡屡有"再现一代名妓"的字样，看了心里总有些别扭。风流不忘爱国，这好歹也是中国文人的传统，但是今天中国的文化人，较之明末清初的文人，真不知差千里万里，于才于德，都远得离谱。我在《南京女人》中谈到过"秦淮八艳"，有两段可以全盘照抄：

"秦淮八艳"有别于历史上的其他美人，也许在于她们不像中国历史上其他的美人那样，专门是为帝王准备的。她们不承担亡国祸水的罪名，在爱情方面，她们享有较别人更多的自由。她们有选择的权利。换句话说，一般的男人可以爱她们，她们也可以爱上一个普通的男人。"秦淮八艳"和西施相比，和赵飞燕相比，和武则天相比，更多一些平民百姓的人情味。当然，"秦淮八艳"的真正意义，关键在于她们有不做亡国奴的骨气，在于她们很好的文化素养和不同凡响的政治见识。外在的美可遇，内在的美难求，"时穷节乃见"，只有到了国破家亡的最后关头，才能看得出一个人的节操。

"秦淮八艳"是一面镜子，桃花扇底看前朝，通过这八位不同凡响的风尘女子，人们看到的是中国文化的颓败，是中国男性知识分子的虚伪和装腔作势。像钱牧斋和侯方域，都是名重一时的大才子，这些才子都是先虽高调，最终却失节投机，走到他们平日所鼓吹的理想的反面去了。爬得太高，摔得就重。倒是秦淮河边的八位小女子，轰轰烈烈地唱了一曲正气歌，活活羞煞男子汉大丈夫。

享有"六朝金粉"之誉的南京，说起名妓，不计其数，可是人们偏偏对"秦淮八艳"念念不忘，重要原因不是好色，而是感伤。"商女不知亡国恨，隔江犹唱后庭花"，盛世里真没有必要大谈"秦淮八艳"。历史上有两个时期，"秦淮八艳"常常被人津津乐道，一是明末清初，亡国了，清政府在军事上取得了绝对的胜利，在文化思想上，还没有开始文字狱，明遗民复国无望，便到妓院去寻找红粉知己，到女人国里去爱国，于是有了《板桥杂记》，于是有了《桃花扇》。也许清政府故意暂时给汉族士子一个发泄的机会，在妓女身上翻不了天，《板桥杂记》和《桃花扇》里的文字，真要是顶起真来，杀头灭族完全可能。

抗日战争爆发前后，晚明史掀起一股热潮，譬如柳亚子和阿英，在当时都是不遗余力地收藏这方面的史料。亡国似乎已经迫在眉睫，知识分子们又想起了昔日秦淮河边的妓女，像《葛嫩娘》等差不多已成为抗战文学的一部分。世界上从来就没有无缘无故的爱和恨，如果仅仅是因为妓女戏有人爱看，拍了能赚钱，这样的电视连续剧注定不会有什么生命力。并不是说在今天就不能谈论"秦淮八艳",要害是以什么样的姿态来谈。"隔江犹唱后庭花",不仅仅是商女不知亡国之恨,那些听唱的人同样在醉生梦死。

江南女子的艳名,有一大半是娼妓造成的。在封建社会里,良家妇女好端端地在家待着,旧时文人的笔墨很难落到她们的身上。文人笔下的女人,写自己老婆的,大都只是悼亡之作,许多著名的爱情诗,对象往往是娼妓。旧式的包办婚姻,给了文人一个在妓女身上用情的机会,因为婚姻既然不是爱情的产物,男人到婚姻之外去寻找知音,也就不足为奇。《西厢记》里写大家闺秀私订终身后花园,在贾母看来,是那些没见过世面的穷文人的杜撰,是在纸上凭想象吃富家小姐豆腐。大户人家的后花园和菜园子是两回事,只要看看《红楼梦》中的环境描写,就不难体会贾母为什么会有这样的观点。

"秦淮八艳"除了反映一种爱国精神之外,客观地说,也折射出江南繁荣昌盛的事实真相。既然南方不能成为中国的政治中心,由于经济文化的高速发展,这里自然而然就成了才子佳人大显身手的场所。说起来可笑,秦淮河边一家连着一家的妓院,和妓院连锁配套的一系列服务项目,都跟科举制度紧密相关。秦淮河边的夫子庙,是江南最大的孔庙。山东曲阜和各地祭祀孔子的庙宇都尊为孔庙或文庙,独有南京戏称为夫子庙。夫子庙旁边,是江南贡院的所在地。贡院就是考场,所谓"贡",大约是准备贡献人才的意思。在"明经取士"和"为国求贤"的幌子下,江南读书人汇聚于此,考上考不上,都有充分的理由寻花问柳。考上了,"春风得意马蹄疾,一日看尽长安花";考不上,"黄金白璧买歌笑，一醉累月轻王侯"。

究竟是因为事实如此，还是因为无聊文人的过度渲染，江南女子留给后人很多想象空间。从文人的笔墨里，我们见到了太多的江南风尘女子，仿佛整个江南就是一个浮华的温柔乡，仿佛此地的大多数女子没别的事可做，都在从事卖笑生涯。

难怪北方人要笑话南方的男人没出息。大丈夫不能马上杀敌，马革裹尸，只能写些无聊的小文章、打油诗，从这个意义上来说，江南才子真不是什么好的称呼。同样的道理，江南的佳人也很难立贞节牌坊。有什么样的需求，便会有什么样的供给，难怪江南会出"秦淮八艳"，难怪"秦淮八艳"琴棋书画都会一点儿。历史上的扬州曾以盛产为纳妾买婢准备的"瘦马"闻名，清人章大来《后甲集》上说：

> 扬州人多买贫家小女子，教以笔札歌舞，长即卖为婢妾，多至千金，名曰"瘦马"。

扬州虽处江北，由于紧挨着江边，很多风气其实是和江南相通的。"瘦马"之名始于扬州，在江南早就广为效仿。很多文章在谈到当年的妓女时，盛夸其有文化、有品位，殊不知这种文化品位饱含着历史沧桑，浸透了血和泪。"秦淮八艳"作为江南娼妓的出色代表，不过是人肉买卖的产物，或许都有过类似当"瘦马"的经历，是地道的科班出身，最起码也经过速成和短训班的训练培养，她们后来脱颖而出，成为佼佼者，成为同类中的精英，声名远传，"四方之士争一识面为荣"，门前车水马龙，最终还是摆脱不了红颜薄命的厄运。

英雄还让女儿占

1904年春，秋瑾女士去日本，在一个三等舱里，一位日本友人向她索诗，并给她看日俄战争地图。其时，日俄之战正在中国东北进行，无能的清政府借口中立，任由两强相争，大片国土成了战场，白山黑水之间，无辜的中国居民血流成河。秋瑾看着地图，泪飞如雨，挥笔写了一首诗：

万里乘风去复来，
只身东海挟春雷。
忍看图画移颜色。
肯使江山付劫灰。
浊酒不销忧国泪，
救时应仗出群才。
拼将十万头颅血，
须把乾坤力挽回。

秋瑾女侠是江南女子中的亮色，仿佛在一片翠绿中，终于有了一朵鲜艳的红花。人们的印象中，南方是一片温柔的土地，南方人是软弱的象征，男人不刚，女子怯弱，英雄志士在这里落魄销魂，柔弱的封建帝王在这儿偏安亡国。江南的气候环境似乎更容易出后主，孙权之后，有吴后主孙皓，以后又有陈后主和李后主，都是大名鼎鼎，活生生地成为北方人的笑料。历史上有名的亡国皇帝，大都出在南方。南方意味着顺从，南方意味着屈服，南方就是失败。

然而什么事都有例外，面对北方的强大，南方从来没有真正地顺从和屈服过。虽然在南北对抗中，北方总是占着上风，但南方也并不是没有一点儿作为。祖逖北伐，中流击楫，发誓说："不收复中原，绝不回头。"风萧萧兮易水寒，壮士一去不复还。以后又有明朱元璋的北伐，有国民政府的北伐，这几次北伐，都是以少胜多，以弱胜强，以恢复汉族统治而告结束。其实，北方的汉人真没什么可以骄傲的资本，南方的种种坏毛病，差不多都是已失败的北方带来的。在更北方或西北的少数民族压迫下，北方的汉人统治土崩瓦解，哗啦啦如大厦倾，于是仓皇南逃，匆匆迁都，于是有了东晋，有了南宋，有了南明。南方小朝廷骨子里的软弱，早在北方时就已经种下了。

美丽富裕的江南，不仅成了北方士族的收容站，最后又成为恢复汉族统治的根据地。江南女子不只是风花雪月，江南女子也有黄钟大吕。秋瑾是西施精神上的传人。"莫道男儿尽豪侠，英雄还让女儿占"，这是王金发称赞秋瑾之辞。一个秋瑾，足以改变人们对江南女子的传统看法。作为一个女人，秋瑾既能吟词赋诗，也能"闺装愿尔换吴钩""协力同心驱满奴"。她显然是个急性子，"瓜分惨祸依眉睫，呼告徒劳费齿牙"，要干就得立刻干，并且取义成仁。她牺牲的时候，实际年龄只有三十一岁，在她英勇就义三年之后，清政府终于被她的同志们推翻了。

江南人自有其性格刚烈的一面，仍以浙江人举例，在国民党的高级军事将领中，浙籍军官占了相当的比例，这里不能排除蒋委员长喜欢当同乡会长的嫌疑，但是浙江人喜欢闯天下，富于冒险和开拓精神，却是众所周知的事实。在浙籍军官中，不缺乏能征善战的骁将，譬如陈诚、胡宗南、汤恩伯，在抗日战争中的作用，不能一笔抹杀。值得一提的是，同样是南方人，同样能征善战的湖南人，正好可以作为浙江人的一种补充。人们印象中，南方人在军事上打不过北方人，以20世纪的战绩来看，并不是这样。

刚柔相济，柔能克刚。以柔克刚历来是南方人的强项，而江南女子似乎更擅长此道。早在几千年前，老子就曾经说过："天下莫柔弱于水，而攻坚强者莫之能胜，以其无以易之。"风靡江南的越剧，靠的就是软绵绵的唱腔。1923年，第一个女子越剧戏班在嵊县成立，当时叫"文武戏班"。戏班成立几个月后，由班主带着闯荡大上海。在此之前，越剧还只是叫"绍兴文戏"，被命名为越剧是后来的事情，那时候都是由男人来演唱的。女子戏班到了上海，请早就在上海滩站住脚跟的大哥哥们高抬贵手，给她们一个出头机会。唱绍兴文戏的大哥哥们做梦也不会想到，这些来自家乡的小妹妹，看上去是那么柔弱和没见过世面，日后却会彻底打碎他们的饭碗。

女子越剧最终称霸艺坛，这是以柔克刚的最好范例。刚开始，女子越剧惨淡经营，从草台戏班转移到正式的舞台上，多少还有些不适应。观众也只是些中下层的绍兴人，譬如纱厂的女工，偶尔有几个穿长衫的先生来听戏，总是先在楼下东张西望一番，仿佛做了什么不体面的事情，就怕被别人看到。功夫不负有心人，经过一番努力，不折不挠的小妹妹硬是学会了大哥哥的拿手戏，又不断创新，逐渐形成别具一格的越剧新腔。等到抗战爆发，江浙人士纷纷涌入上海租界避难，也不过十几年的工夫，女子越剧就轰动了上海，不仅把男班阿哥们杀得黯然失色，而且男班阿哥们很快偃旗息鼓，退出江湖。

从此女子越剧一统天下，到了20世纪40年代初，上海日夜演出越剧两场的戏园竟有四十余家，每天的观众人次，已经超过了誉为国剧的京剧。越剧再也不是下里巴人的东西，据史料记载，1938年除夕，在上海凤阳路的通商剧场，以头牌花旦姚水娟主演的《倪凤扇茶》，因其扮相俊秀，眉黛生情，唱腔甜润入味，引来了满堂喝彩，掌声经久不息。演出结束后，有个同乡人送了一只花篮祝贺演出成功，这是越剧历史上第一只象征荣誉的花篮，以后送花篮一度非常流行，成为典型海派意味的捧场，只要是名牌越剧演员登场，演出结束的时候，台前的花篮就多得放不下。

吴侬软语和都市女郎

吴侬软语是江南女子的特征，在过去，最有韵味的吴方言是苏州话。吴语是汉语中的一个重要语系，现在，大家心目中，最能代表吴方言的已经是上海话。很多江南人去北方，不管是苏州人，还是杭州人，北方人听起来似乎都差不多，都觉得说的是上海话。

生活在吴语系的江南人，明白自己的语言有许多不同。俗语有"宁听苏州人吵架，不听宁波人说话"，虽然都属于吴方言，苏州话好听，一度几乎成了定评。由于帝国主义的入侵，有了租界，西风吹进来，上海成了中国最繁华的所在地。自从太平天国起义，战乱不断，江南富商纷纷涌入租界避难。史料证明，租界的繁华是中国的有钱人自己堆出来的，外国人不过是坐收渔利。20世纪初，上海滩也差不多成了妓女的天下，全国以及世界各地的风尘女子，都到此地来淘金。看晚清小说，妓女中最有身份的，仍然是操吴侬软语的江南女子，那时候，最时髦的腔调，是带些苏州口音的上海话。聪明的妓女想在上海滩混，第一件事就是抓紧时间练习这种语言。

赛金花晚年和别人谈起自己的身世时，对人心不古颇有感叹。比较了过去和现在接客方式的不同，她抱怨时下的妓女没有文化，太直截了当，一见面就搂搂抱抱。回顾赛金花的一生，的确有值得骄傲的资本，这位江南女子见过很多世面，自从在苏州下海，她不仅走南闯北，而且一度从良，成了公使夫人留洋国外。后来又二进宫，成为京城炙手可热的名妓。她最出风头的年代义和团大闹北京，由于见多识广，会几句洋泾浜外语，据说和八国联军的总司令关系十分火热，且做了几件实实在在的好事，至于他们之间是否有肉体关系，历来是小报文人喋喋不休的话题。

用文化来评价妓女，和用色相谈论作家一样荒唐。在妓女身上寻找文化难免可笑，曾经见过一首赛金花的诗，还真不知说什么：

含情不忍诉琵琶，

几度低头掠鬓鸦。

多谢山东韩主席，

肯持重币赏残花。

韩复榘当山东省主席的时候，赛金花早已年老色衰，潦倒穷途，诗写得不好也不坏，一个老妓女的形象跃然纸上。首句中的"琵琶"用典，让人联想起白居易的《琵琶行》中"千呼万唤始出来，犹抱琵琶半遮面"的老妓；后两句便不太像话，仿佛棉袄的罩衫太短，粗陋的内容全露了出来。对于旧时妓女是否有文化，还是那句话，千万不要当真，我们今天能见到的历代名媛诗选，有很多都是无聊文人的代笔，那些所谓出自名妓之手的诗词，十有八九靠不住。这就好比别以为林黛玉薛宝钗真能写诗，能写的其实是曹雪芹。像李清照这样的才女毕竟太少，女子无才便是德，旧式的教育思路阻碍了女子在文学上面的正常发展。

不过，赛金花今不如昔的观点，也有几分道理，因为老派人眼里，过去的东西都美好，都正确，都是样板和规范。对于江南女子的看法，同样如此。我们总是可以听到太多的对时尚女性的批评，不仅满脑袋旧思想的人士感到不适应，那些具有进步思想的年轻人也感到格格不入。五四前后，出生于苏州的俞平伯先生给朋友写信时，痛斥上海是一个让人堕落的地方，妓女成群，骗子横行。俞先生对几千年来家乡引以为豪的繁华，进行了言辞激烈的抨击，他为当时的年轻人开的一张治病药方，就是坚决离开上海，越早越好。

历史的发展从来不以人的意志为转移，繁华让人堕落，无数能人志士在这儿消沉，在这儿毁灭，但是灯红酒绿的繁华不仅没有受到丝毫妨碍，而且如火如荼，越来越生机勃勃。上海逐渐成为江南的代言人，江南的时尚终于以这座城市为代表。上海意味着时髦、新潮、洋派，意味着一系列流行的新词汇，是东方明珠，冒险家的乐园，它既位于江南之冠，又绝对领先国内。"吴姬""越娃"这些常常出现在古典诗词中的字眼已经老掉牙了，天堂之下的苏杭再也不新鲜，上海从一个小渔村转眼之间变作暴发户，成为东方的国际化大都市。吴侬软语依旧，夹了些洋泾浜的外语词汇，乡下妹子一个个都成了现代都市女郎。

江南在20世纪中，发生了翻天覆地的变化，城市人口迅速扩大，农村居民急剧减少。今天富庶的江南，也让传统意义上的江南女子跟着改变。西施、莫愁和"秦淮八艳"，由于故事太过遥远，和她们已经没什么关系。今天的时髦江南女子，一个个都是活生生的都市女郎，年轻俊美，充满活力，她们涂着鲜红的口红，把头发染成各种可能的颜色，坐在摩托车后面，搂着情人的腰，小巧的坤包里放着BP机或最新款式的手机。最新潮的江南女孩，和广州女孩、北京女孩没有任何区别。江南女子的个性特征正在消失，或者说已经消失，时髦的女孩差不多都成了标准件。

女子的地区特征消失，是社会发展的必然趋势。江南女子很快就会成为一种历史概念，成为中国传统文化的一部分。世界只是一个地球村，小小的江南被淹没，自然在情理之中。江南正越来越城市化，城乡区别再也不能以贫富来衡量。江南繁华的小城镇，富裕的县级市，完全改变了旧有的城市概念。到处都是卡拉OK，到处都是宾馆酒楼，到处都可以洗桑拿打保龄球。大城市有的，县城肯定有；县城里有了，小镇上也会有。只要有钱，到哪儿都一样。只要有钱，吃快餐，吃肯德基吃麦当劳，吃粤菜吃重庆火锅，想吃什么都有，要什么样的服务，就有什么样的服务。江南女子将为清一色的都市女郎所代替，乡下妹子不久的将来，注定会在江南消失。那时候的乡下妹子，是那种"妹妹坐船头，哥哥在岸上走"的带有表演性质的妹妹，只是打情骂俏时的一种临时称呼。

甚至连吴侬软语最终也将消失，"人人尽说江南好，游人只合江南老"，时代不同了，江南女子四处流动，漂泊随缘，南来而北往，东去日本，西征美国，闯荡澳大利亚，定居加拿大。若干年后，不一定人人都说英语，但是上海人见面就说上海话的习惯，肯定会大为改观。事实上，今日的上海话，已经有吴语普通话的意思。这是一个趋向大同的时代，江南女子和北国女子，包括和外国女子之间的差异，将越来越小。江南女子已不再柔弱，不但可以踢足球打排球，而且在国家队当绝对主力。

未来的世界里，江南女子无所不能。苏东坡给王荆公写过一首诗，其中有两句绝佳，可以拿来作为这篇文章的结尾：

细看造物初无物，
春到江南花自开。

1999年9月4日碧树园

江南文人

"江南才子"

刚写了一篇不短的文字谈江南的女性，自古才子佳人，天生一对，地造一双，说完江南佳人，意犹未尽，索性继续嚼舌，顺藤摸瓜，谈谈江南的文人。江南文人以才子著称，有才自然是好事，然而被称作才子，不一定都是表扬。人们常说文人无行，"无行"则是才子们的恶谥。民间老百姓眼里的才子，大都属于唐伯虎一类，地主老财奸污丫鬟使女，是恶霸行径，唐寅调戏秋香，便是风流。文人无行的说法，有一层宽宏大量的意思，好比说小孩子不懂事，偶尔闯祸捅些纰漏，不是什么了不得的大错误，用不了太当真。狗天生要吃屎，文人尤其是才高八斗的文人，似乎有干坏事的专利，有和女人调笑的特权。无情未必真豪杰，唯大英雄能本色，一头扎进脂粉堆里不出来，这样的江南文人可以找出很多。

在中国古代社会，真正官场上混迹，搁哪朝哪代，吃喝嫖赌几样德行，公开的嫖是不能沾的。传说中，明清两代皇帝都有秘密访问妓院的记录，而且还留下杨梅大疮的疑案。再往前看，宋代的徽宗和妓女李师师相好，并由此打翻了醋坛子，利用职权报复有着共同嗜好的嫖客。这些传说的基础，都建立在皇帝不该去妓院的游戏规则之上，都说明皇帝嫖妓不符合公理，是例外。皇帝可以有三宫六院，寻花问柳就有失行为规范。与此相反，那位引起徽宗醋意的周邦彦则不同。周是浙江杭州人，是标准的江南才子，徽宗时为徽猷阁待制，提举大晟府，用今天的话来说，所谓大晟府只是个音乐机关，算不上什么几品大员。俗话说，无官一身轻，周邦彦才华出众，能填一手好词，而且精工妍丽，格律谨严，被称为"词家之冠"。他的词多半是写给女孩子，这些女孩子又多半是妓女，皇帝去妓院是邪门，周邦彦流连平章是正道，恰巧体现了才子本色。要怪也只能怪皇帝跑错地方，在妓女的香巢中，正在鬼混的周邦彦风闻徽宗微服私访，来不及跑，吓得只好躲在床肚下。有没有看到皇帝与妓女做爱，且不去细究，窥探和知道皇上的隐私同样也是大罪，据说周邦彦一生不得志，重要原因就在这里。

如果民间故事都可以当真，传说都是写实，名妓李师师一定在徽宗的枕头边说了不少动听的好话，要不然徽宗心里的疙瘩永远解不开，岂止是不让周邦彦做官，要杀他跟杀只鸡一样。风流必有代价，这代价可能是原因，也可能是结果。古往今来，失意文人总是占着大多数，人生不得意者十有八九，既然失意，便找到了充分堕落的借口。文人本来就不太拘小节，考场名落孙山，官场小人陷害，于是"解心累于末迹，聊优游以娱老"。李白明明失意，却做出得意的样子说：

> 我本楚狂人，
> 凤歌笑孔丘。

黄庭坚一生坎坷，在《鹧鸪天》中也做出这种佯狂模样：

> 身健在，且加餐，
> 舞裙歌板尽清欢。
> 黄花白发相牵挽，
> 付与时人冷眼看。

放浪形骸似乎是中国文人的一个传统。难怪范仲淹在《岳阳楼记》中要振臂一呼，号召大家不要自说自话，胡乱找借口，要"居庙堂之高则忧其民，处江湖之远则忧其君"，人生无论是否得意，官场或进或退，都不能失其人文精神。风流得理直气壮，这是不对的。国家兴亡，匹夫有责，读书人一头栽在女人身上，整日风花雪月、儿女情长，结果便只有亡党亡国。

"人之初，性本善；性相近，习相远。"根据老祖宗的教导，人类身上的种种坏毛病，都是后天造成的，"循乎理者则为贤，纵乎欲者则为不肖"。人能够纵乎"欲"，似乎又是对性本善的讽刺。清朝的袁枚是浙江人，他来到南京做官，做了几任县太爷，突然对官场失去兴趣，便在南京的小仓山买了一块地，修了随园。他身上的那点才子气，可谓发挥到了极致。别人是因为不得志，所以醇酒美人，落魄才当名士，官场失意才消沉；袁枚则不然，他的自供状很幽默：

> 不作公卿，非无福命都缘懒；
> 难成仙佛，为爱文章又恋花。

真是一个活脱的江南才子写照。袁才子的意思，当才子就当才子，用不到这样那样的借口。中国文人的立足点，从来是在做官这一点上，写诗作词，琴棋书画，都是业余爱好，只有当了官，才能算修得正果，要不然，都是不务正业，都是旁门左道。后人以古人的文章好坏，来看文人的成就大小，古人却不是这样，虽然写文章立言，也是件重要的事情，但是和立功立德这样的大是大非相比，已经远在其次。至于立功立德如何衡量、如何判断，最简单的办法，就是看能做多大的官。袁枚也算是名重一时的人物，有《小仓山房集》，有《随园诗话》，还有《子不语》，但是在馆阁诸公的眼里，仍然是野狐禅，算不得文化人的楷模。

"风流教主"袁枚

唐伯虎是世人眼里的风流才子，袁枚则是士大夫心目中的花花公子，他修建了名震江南的随园，好得连皇帝都眼红。乾隆下江南，曾专门派人去他家描图，以便回京修皇家园林时参考。袁枚有一大帮的姨太太，这还不过瘾，妙在还有一大群跟着学写诗的女弟子，所谓"素女三千人，乱笑含春风"。浩浩荡荡的江南才子大军里，似乎只有袁枚配得上"风流教主"的雅号，他活的时候轻松快活，死了也没被戮尸，查禁著作。有名的江南文人十有八九没什么好结果，轻则罢官解职，重便流放掉脑袋，这是名重一时的江南文人常见的结局，而袁枚则以善终让人羡慕不已。

　　袁枚选择南京定居，有一个重要的理由，是"爱住金陵为六朝"。魏晋风度历来是江南才子们仿效的样板，是精神上的源头。事实上，六朝之前，江南并没有什么出色的文人，大文人没有，甚至小文人也不多见。江南仿佛小商品批发一样地出文人，都是后来的事情。孔子、孟子是北方人，庄子是北方人，古时候有名有姓的，差不多都是北方人。老子的籍贯有争论，其中一个观点说他是楚人。江南虽然也曾经是楚地，那是被楚国征服以后的事，和老子的楚仍然挨不上。楚人中有出息的文人屈原和宋玉，同样与江南无关。

　　江南像样一些的文人最初都是北方人，永嘉南渡，大批士子拖儿带女，一下子全跑到江南来了。江南文化在一开始就是北方文化的缩影，因此，江南文人骨子里还是北方文人，这北方是失败的北方，是异族大举入侵时仓皇南逃的北方。北方汉人逃往南方是迫不得已，那时候的江南，经济谈不上富庶，文化十分落后。在骄傲的北方人眼里，江南地广人稀，饭稻羹鱼，或火耕而水耨，虽然地势饶食，无饥馑之患，但是一个个都是天生的懒鬼。北方的汉人移居南方，真是委屈了他们，是不得已而为之，南蛮鴃舌之人，很长一段时间里，不入北人的法眼。

都说魏晋时期文学开始自觉，读一读《世说新语》，便一切都明白。这是一个文人辈出的年代，既有"建安七子"，又有正始名士和竹林名士，这些辉煌的人和事，其实都发生在北方。"建安七子"的孔融被曹操杀了；正始名士中，三位主将除王弼二十多岁早死，余下的两位也被司马懿所杀；竹林名士有七贤，嵇康被砍了脑袋，一杀再杀又杀，留下一条性命的，只好老老实实地学乖。在那个特定时代里，学乖最好的办法是装糊涂，于是就吃五石散，一种和毒品差不多的药，吃下去，浑身会发热，甚至发狂，产生奇异的幻觉，见了苍蝇，也要拔出剑去追。要不就喝酒，猛喝，一个个都成了酒徒，成天醉醺醺说酒话。司马昭想和阮籍结成儿女亲家，阮籍一醉两个月，硬把这场婚事躲了过去。

南渡以后，北方的文人成了南方的文人。既然是失败的北方，此时就谈不上什么强秦雄视天下，也没有一点点西汉的恢宏广大，聊以自慰的一点儿魏晋风度，因为接二连三掉脑袋，此时迅速堕落变质，只剩下一些空谈和装疯卖傻。六朝虽然紧接着魏晋，在文风上看似一脉相承，然而骨子里其实就只有"软弱"两个字，史家所谓"气格卑弱"。西晋已经亡了，南来诸人无所作为，唯一的发泄机会，便是在饮酒游宴时，面对良辰美景，哭着说"风景不殊，正自有山河之异"这类伤感的话，可怜兮兮，结果便是让大家流眼泪，哇啦哇啦一起哭。

江南文人所继承的，正是这种颓败的北方文人的传统。古老的吴越文化，究竟是什么样子，江南文人其实并不清楚。根据吴越争霸的态势看，春秋时期的吴人和越人，并不像后来那么柔弱，吴王夫差一度称雄为霸，越王勾践卧薪尝胆，都有过可歌可泣的历史。成者为王败者寇，越灭吴，楚亡越，秦始皇统一中国，江南的民风一变再变。都说是一方水土养一方人，而人是可以流动的，北方人来到南方变软弱了，这是一个错觉，因为来南方之前的北方人，已经没有多少硬骨头。鲁迅先生《魏晋风度及文章与药及酒之关系》，是谈及魏晋时期最有趣的一篇文章，他在文章中引用了刘勰的话：

　　嵇康师心以遣论，阮籍使气以命诗。

　　嵇康师心掉了脑袋，阮籍也就不敢再使气，而师心和使气恰是魏晋风度的精华所在。南渡的北方文人，把盛行一时的老庄玄学带到了南方。既然干涉政治会掉脑袋，那么空谈喝酒和装疯卖傻的种子，便会于南方湿润的空气中，生根发芽，蓬勃发展，并结出丰硕的成果。六朝人物紧接着魏晋，然而魏晋风度中的精华已不复存在。"大抵南朝皆旷达，可怜东晋最风流"，旷达和风流既可以是好辞，也可能有贬义。总之一句话，北方文人是因，江南文人是果，江南的文人其实是为北方文人枉担了骂名。

　　江南文人常常挨骂，有其活该的一面。在魏晋时，文人们大约还是佯狂，南渡以后，越来越不像话，到后来，索性就真的破罐子破摔，不想好了。阮籍在北方的时候，喝酒归喝酒，毕竟写出一些像样的文章。《晋书》上说他"博览群书，尤好庄老"：

籍本有济世志，属魏晋之际，天下多故，名士少有全者，籍由是不与世事，遂酣饮为常。

到了六朝时期，江南文人喝酒不输给阮籍，荒唐和放纵有过之而无不及，写文章，差不多一篇像样的东西也写不出来。在《魏晋风度及文章与药及酒之关系》一文中，鲁迅曾以很生动的文字写道：

因为他们的名位大，一般的人们就学起来，而所学的无非是表面，他们实在的内心，却不知道。因为只学他们的皮毛，于是社会上便很多了没意思的空谈和饮酒。许多人只会无端的空谈和饮酒，无力办事，也就影响到政治上，弄得玩"空城计"，毫无实际了。在文学上也这样，嵇康阮籍的纵酒，是也能做文章的，后来到东晋，空谈和饮酒的遗风还在，而万言的大文如嵇阮之作，却没有了。

东晋时的王孝伯曾担任过刺史，不算太小的官，但是这位老兄读书太少，又不熟悉用兵，光知道空谈和笃信佛教，结果在战乱中被杀。这么一个活宝，《世说新语·任诞篇》上，却留有他大言不惭的语录：

名士不必须有奇才，但使常得无事，痛饮酒，熟读《离骚》，便可称名士。

南渡前后，江南发生了翻天覆地的变化，这里既然是北方人征服的领域，在文化上，拼命向北方看齐便是必然的事情。江南的文人只不过是继承和发扬光大了北方文化人的名士传统，事实上，早在南渡之前，北方文化已先一步地大举南下，东汉灭亡以后，江南民风向北方学习已经蔚然成风。当时的江南士族，都卷着舌头学习洛阳话，结果南腔北调，反而制造出一种很怪的杂交方言。北方人的习俗，成了江南人追求的时髦。人有时候就这么贱，北方人越看不上南方人，南方越不自信，越巴结北方的文化。亲眼见到这种变化的葛洪，在《抱朴子》中以"居丧"为例，说明江南如何受北方影响。吴国之风俗，人死了，往往丧过于哀，换句话说，非常讲究形式主义，很把死人当回事，晋室东迁以后，南来诸人把魏晋名士的放诞带了来，于是"居丧不居丧位"，停尸期间照样"美食大饮"，比北方的还要不像话。随着时间的推移，江南名士的放荡不羁、任诞空灵，与魏晋相比，处处有过之而无不及，差不多成了日后才子们的标签。

唐宋时期的江南文人

六朝时期是江南文人大领风骚的年代，这一段的文学史，江南文人撑足了场面。苏东坡称赞韩愈"文起八代之衰"，我一直没闹明白，所谓"八代"，究竟是哪八代，反正软弱的六朝逃脱不了干系。江南文人出了几百年的风头，终于被人逮住机会好生收拾，口诛笔伐，揍得鼻青脸肿。代表人物是"唐宋八大家"，他们提倡古文，反对骈文，矛头直指六朝文风。这八大家对后世的影响极大，只要看看最流行的《古文观止》，数一数那里面所选的文章篇目，便可以知道厉害。

"唐宋八大家"中，没有一个江南文人。江南文人在六朝，过足了文字游戏的瘾，骈四俪六，锦心绣口，一个个都成了花架子。"八代"之文未必像苏东坡说得那么衰，那么一无是处，说骈文中没有好文章，绝不是事实，但是骈文的路越走越窄，发展到后来，完全忽略了思想意义，只去堆砌华丽的辞藻，玩弄稀奇古怪的典故，音调声韵方面的限制越来越多，便一头钻进了死胡同。

政治上，江南在此时已失去了领导地位。隋朝的建立，标志着黄河流域的汉人重新一统天下。六朝的都城南京，被隋文帝下令放火烧掉，江南的政治文化中心地位，转眼间灰飞烟灭。从统治者角度出发，既然黄河文化的地位已经确定，具有挑战意味的长江文化，便是一种不安定因素，必须扼制和制裁。走向末路的六朝文学传统，在隋唐遭到痛击，这是历史必然，然而作为一种文学传统的影响，却仍然贯穿了整个唐朝。韩愈和柳宗元的古文，并没有一下子就扭转骈文的地位，韩、柳在当时的影响和地位，远不如后来。他们只是开始，古文运动真正成为气候，还得等到北宋，到欧阳修、王安石以及苏氏三杰手里，这才轰轰烈烈，从此逐渐称霸文坛，一直熬到五四新文化运动。

江南文人在隋唐以及北宋，实在没有什么太大的作为。经济上，江南似乎再也不会萧条，已成了名副其实的鱼米之乡，但是文化上又不得不仰望北方。唐代诗人中并不缺乏江南人，大诗人几乎和江南无缘。根据《中国大百科全书》中的人名统计，唐朝人才分布的比例，排名前五的是陕西、河北、河南、山西、山东，江苏虽然排名第六，其实是中间包含苏北的缘故，像徐州，完全应该算作北方。至于浙江，竟然排名于甘肃之后，差不多只是排名第一的陕西的十分之一。这个统计数据，和六朝之前的两汉大致差不多。历史绕了一个圈子，又回到了原来的起点上。

北宋的人才，自然还是黄河流域占上风。排名前几位的是河南、河北、山西、山东，唐时的老大哥陕西开始衰落，已落到长江流域的省份如江苏、四川、浙江、江西之后。值得指出的是，到了北宋期间，江西的文人迅速崛起，在人数和成就两方面，都实实在在超过了江南。"唐宋八大家"中，除了韩、柳和苏氏三杰，余下的三位江西人，像欧阳修、王安石，都是文坛领袖级别的人物，曾巩名气虽然稍弱一点儿，但是他的文笔简洁锋利，像《越州鉴湖图序》，也是不可多得的好文章。古文之外，黄庭坚不仅字写得好，他开创的江西诗派风行一时；晏殊和他儿子晏几道的词，是南宋词创作大繁荣的先声。

江西文人的崛起，似乎是一个明显信号，那就是政治中心仍然还在北方，由于经济的原因，文化中心已经向长江流域倾斜。江西文人加上江南文人、岭南文人，已是一股不可小觑的力量。随着北宋的崩溃，南宋定都杭州，汉文化的中心又一次完全转移到南方，江南文人扬眉吐气的日子终于来了。有人对《宋史》中的儒林人物进行统计，浙江一跃为首，遥遥领先于其他各省，不仅是儒林，当宰相的、写词的、绘画的，都是第一。

三十年河东，三十年河西，宋朝南迁和西晋东移，原因差不多，结果也有很多相似，都是失败的大逃亡，骨子里都缺钙，都有软骨病。江南文人似乎只有处在尴尬的地位上，才有大显身手的机会；而后人探讨"国民性"，检讨中国人的种种毛病，追溯其源头，大都喜欢从宋朝南迁开始。到20世纪30年代，罗家伦在南京就任中央大学校长，在演说中，提出了"诚、朴、雄、伟"的学风，所谓雄，是"要纠正中国民族自宋朝南渡以后的柔弱萎靡之风"，换句话说，就是要补钙，要治软骨病。

江南文人在南宋时期，并没有走六朝文人的老路，历史不可能简单重复。江南文人中，既出秦桧，也出陆游这样的爱国诗人。爱国诗成了江南文人创作的重要主题。南宋诚然无法和大唐相比，宋诗当然没有唐诗的雄浑，但是宋人用自己的脚，走出了新路。宋诗自有文学史上的独特地位，这一点，钱锺书先生的《宋诗选注·序》评价最为精确。南宋军事上算不上强大，文化艺术却不能不说厉害，宋词前无古人后无来者，音乐、绘画都达到了前所未有的高度。江南文人此时已羽翼丰满，不是一句"江郎才尽"能轻易打发的。

宋以后的江南文人，差不多成了一支职业军团，能插上一脚的地方，都能见到江南文人忙碌的身影。官场上，有各种大大小小的俗吏，得志的和不得志的，挤成一团。风月场合，酒楼妓院，达官贵人的府上，富商的后花园，江南才子们大显身手，写诗，填词，玩小曲，画几笔文人画，编几出传奇剧。江南文人一个个都是才子，在家是有名的居士，出家是有名的高僧，而且天生适合帮闲的角色，做清客，做讼师，做幕僚，甚至做账房先生。

按照"唐宋八大家"的思路，江南文人大都不能及格。然而江南的文人实在太多，真正继承"唐宋八大家"衣钵的传人，仍然出在江南。明朝的归有光、唐顺之，为维护古文运动的正宗地位，不懈努力，终于成了地道的八大家弟子，成为后来风行一时的桐城派的师宗。他们不仅在维护上立下了汗马功劳，在八股文方面，也成为一代俊豪。我对八股文没什么深入了解，只知道归、唐的八股文写得很漂亮。古文名家中，许多都是八股文的高手，八股文和骈文一样，似乎也不该一笔抹杀。

归有光和唐顺之是江南文人中很不错的代表，他们把"唐宋八大家"的文章抬到了吓人的高度。就影响而论，八大家只是后劲大，是因为不断地有人吹喇叭抬轿子，才逐渐成为气候，其实在当时也就那么回事，完全不像后人标榜的那样。古人的包装和今天不太相同，那时有时间差，弄不好要隔好几百年。韩愈在世的时候，并没有几个人说他的文章好，他的地位是隔了一个朝代的欧阳修和苏东坡硬捧出来的。即便这样，韩愈文章的高度也不是一步到位，在明初的文坛，"文必秦汉，诗必盛唐"，此时要说八大家的散文好，绝对会得一个没文化的罪名。"唐宋八大家"如雷贯耳，成为中国古代散文的正宗，这是后来的事情，是归有光、唐顺之他们闹的结果。

我一度对归有光很入迷，对《项脊轩志》和《寒花葬志》百读不厌，那时候还不知道他是八股文高手，只知道考场并不得意，很大年纪才考上举人，以后玩命考进士，可怜考了八次，也没考上，于是赌气不考了。倒是他的弟子在科场很得意，福星高照，一考一个准。归有光在文坛上有那么大的名，似乎也和那些得意弟子有关。师出名门这是个惯例，水涨船高，师徒之间可以相互照耀，相互沾光。我因为归有光的关系，才去读八大家的散文；读了八大家，再读《史记》，已经是拜访老师的老师。按师承关系去读书，有时候是一件很有趣的事情，钱锺书先生曾举过一个著名的例子，如果喜欢鸡蛋，没必要去研究下蛋的母鸡，可是人有时候就喜欢做没必要的劳动。

江南文人丰富多样，自古文人都是要相争的，派系观念因此很强，无论抬高还是贬低，都免不了意气用事。好在江南文人人数众多，宋以后的历次文学运动，差不多都能插上一脚，占些位置。事实上，真正能把文人集合起来的也许只是科举，文风是一回事，诗歌流派是一回事，考场这一关谁也逃脱不了。考试让人到了同一起跑线上，大家不得不对科举心服口服。科举是文人的唯一出路，是否有功名便成了衡量一个人成就与否的绝对标准。这标准横行了几百年，辛亥革命推翻了封建王朝，遗老们谈起革命党来，有两个江南文人的印象总算不太坏，一个是蔡元培，另一个是吴稚辉，印象不坏的原因是这两位有举人的头衔，是有功名的人。

江南文人在明清两朝科举中，如鱼得水，取得了骄人成就。江南出文人，首先表现在科举上。逐鹿中原，舞枪弄棒，这不是江南才子们的强项。才子的刀枪是手头的一支秃笔，这支笔未必能得天下，却可以捞个官做，混碗饭吃。"学而优则仕"，导演了一场和平的战争，不流血，一样刀光剑影。《儒林外史》第一回"说楔子敷陈大义，借名流隐括全文"中，王冕一边喝酒，一边指着天上的星对人说："你看贯索犯文昌，一代文人有厄。"贯索和文昌是两个不同的星座，贯索有九颗星，象征牢狱；文昌有六颗星，如半月形，被认为是主持文运，贯索犯了文昌，天下的文人便要倒霉。王冕说的厄运就是科举，他听到这消息，第一个反应是要坏事，因此不无担心地预测："这个法却定得不好，将来读书人既有此一条荣身之路，把那文行出处都看得轻了。"

明清两代，一是汉人统治，一是满人当权，就科举而言，大同小异，是一丘之貉。江南文人成了应试的常胜将军，在明代，浙江和江苏能入《明史》的列传人物，占据前两位，进士及第人数分获第一和第三，中状元的人数占第一、第二。到了清朝，江浙两省势头更猛，尤其是江苏的苏南，已明显超出自宋明以来一直排名于前的浙江。清朝一共只有一百一十二个状元，苏南仅苏州一府，就出了二十五人，而这二十五人，又恰好是江苏状元人数的一半，如果再加上浙江的状元，成就便更可观。

状元如此，进士及第更是大把大把地抓。江南文人在考场上证明了自己的价值，究其根源，还是和江南的经济繁荣分不开。经济是基础，有了这样的基础，读书人才有出头之日。然而经济基础和科举得意，并不能完全证明江南文人如何了不得。事实上，江南文人如果没有思想支撑，永远都是酒囊饭袋。

明清之际的江南文人

明清之际，江南文人数量上占有绝对优势，就其品质而言，江南文人能让后人立为楷模的并不太多。科举制度从明朝开始步入极端，一部《儒林外史》便是最好的记录。明太祖朱元璋和他的儿子明成祖，政治上是一流好手，对待知识分子，总有点格格不入。或许是出身的缘故，这两位大明的皇帝，最容不得文人的傲气，作为天子，他们喜怒无常，拿文人当人时，"金樽共汝吟"，不当人，说翻脸就翻脸，动辄"白刃不相饶"。明初著名的诗人高启，因为两句"小犬隔花空吠影，夜深宫禁有谁来"，引起朱元璋的猜疑而被腰斩。另一位名气不太大的诗人，在谢明太祖赐食的诗中，写了几句"金盘苏合来殊域，玉碗醍醐出上方""自惭无德颂陶唐"，其中一个"殊"字，被拆解成"歹朱"无德，于是推出斩首。

明成祖杀文人比其父更狠、更残忍，方孝孺一案，株连九族，为了方孝孺曾说过一句"即便是株连十族又何妨"，于是朱棣为成全一个"十"，又滥杀了方孝孺的学生。在统治者高压政策下，无权无势的儒生寒士，只能噤若寒蝉，无所作为。从大趋势上看，江南文人的黄金年代是明末清初，这一时期的大动乱，使知识分子获得了统治阶级想管，又暂时管不了的相对自由。这时候出现了顾炎武，出现了黄宗羲。明末清初的江南文人很会闹事，因为会闹，所以很热闹。以江南文人为主体的东林党，借着反对阉党起家，经过一次次的党锢，终于在晚明时成了气候。

东林党人第一次有组织地体现了江南文人的力量。晚明的士风，不外乎两条道路：一是醉生梦死，腐化堕落，以出世态度远离官场，所谓张岱的"好精舍，好美婢，好娈童，好鲜衣，好美食，好骏马，好华灯，好烟火，好梨园，好鼓吹，好古董，好花鸟，兼以茶淫橘虐，书蠹诗魔"，在这一条路上，出现了写和读《金瓶梅》的文人；另一条路是入世，读书致用，"学而优则仕"，前有东林，后有复社。崇祯年间，复社成员曾在南京、苏州两地碰头多次，根据当时留下的与会名单，共有两千零二十五人参加了聚会。这么大的规模，似乎也可以作为资本主义的萌芽来考察，"同志"一词，也就是在那时开始流行起来，"出处患难，同时同志"。复社雅聚的直接目的，是为了制止阉党余孽的猖狂进攻，这一目的，当时确实已经达到。在晚明，东林和复社俨然成为"革命组织"，江南文人皆以是"组织中人"引为自豪。

江南文人在明末清初这一特定历史阶段，表现得很暧昧。大敌当前，亡国差不多已成事实，无论是阉党还是复社，党争代替了团结一致御寇，涉嫌报复成了一种公开的手段。《桃花扇》以戏曲的形式，记载了当时的尖锐冲突，失势的阮大铖企图讨好复社成员侯方域，结果遭到了李香君的怒斥。和江南文人相浮相沉的"秦淮八艳"，旗帜鲜明地站在反对阉党的一边，这种冲突导致了阮大铖后来对复社成员的残酷迫害。清军入关以后，处于劣势的阉党余孽马士英和阮大铖，一度把持了南明小朝廷，为了排除异己，马、阮之辈借口复社中有人参加过大顺农民军，因此制造了"顺案"。国家都到了这一步，还是闹，临了真把国家给闹亡了。

亡国了，何去何从，大是大非，活生生地就摆在面前。虽然结果证明，所有的抵抗都是徒劳，但仍然有一些江南文人参加了抵抗运动。黄淳耀和侯峒坚守嘉定，陈子龙和夏允彝起兵松江，顾炎武和吴其沆在昆山举事，仅仅从军事的角度出发，这些抵抗无济于事。秀才碰到兵，有理说不清，亡羊补牢已经来不及，但是江南文人表现出的这种姿态，怎么说也是一个亮点。可惜这些亮点稍纵即逝，接下来的表现便太令人失望。明亡于清是中国历史上的大事，对于清帝国来说，它不过是摘了一个熟透了的桃子，是水到渠成，顺理成章。明朝的统治阶级自毁长城，自己挖了自己的墙脚，阉党弄权，党争不断，江南文人以及整个中国文人的颓废倾向，饥荒遍地，农民起义此起彼伏，于是好端端的汉人天下，落到了满人手里。撇开狭隘的汉民族正统观念，明亡于清其实是历史进步。晚明是一个无法收拾的烂摊子，以亡国的必然性而言，明朝的崩溃在劫难逃。大声疾呼"国家兴亡，匹夫有责"的顾炎武，虽然提出了警告，似乎也没有起到多大作用。

有亡国，有亡天下。亡国与亡天下奚辨？曰易姓改号，谓之亡国；仁义充塞，而至于率兽食人，人之相食，谓之亡天下。

……是故知保天下，然后知保其国。保国者，其君其臣，肉食者谋之；保天下者，匹夫之贱与有责焉耳。

对于后人来说，明亡于清，有两点痛心疾首：对于老百姓，连年战乱，家破人亡，妻离子散，天下已亡，国何以堪；对于知识分子，除了普通老百姓的痛楚之外，还有一个逐渐丧失思想自由的过程。明末清初的江南文人，思想十分活跃，明朝亡了，思想自由的惯性仍然存在，清政府在一开始，对江南文人多少有些放纵，和明朝初年的两位皇帝相比，清初的几位皇帝肚子里更有文化，虽然是满人，他们的汉学基础以及对传统文化的认识，要比朱姓皇帝高明不知多少。正是因为高明，一旦着手收拾江南文人，一下子就能置于死地。

　　用不着苛求江南文人的亡国责任，要检讨的只是江南文人身上固有的软骨病，这种软骨特征，不仅表现在抵抗无力，更表现在经不起读书做官的强烈诱惑。明末清初的江南文人，并不缺乏不怕死的义士，但是不怕死，并不能说明就能抵挡得住官场的诱惑。迫切地想当官是文化人的死穴，中国历来讲究"学而优则仕"，学而优当官本来是个好传统，和世袭制度相比，让读书好的人处在领导岗位上，总比靠前辈的福荫好得多。因此，在一方面，中国科举制度的功劳不能一概抹杀，富不过三代，万般皆下品，唯有读书高，读好了便有官做，这是最公平的竞争。然而，在另一方面，僵硬的科举让读书人都读傻了，"学而优则仕"走向了反面，成了读书人只有做官这一条绝路。

　　清朝的科举和明朝如出一辙，仅此一项，江南文人对于亡国的惨痛，就抚平了一半。亡什么国，不就是改朝换代，那时候的文人，虽然不至于说满人不是汉人，也是中国人，因此大好河山落在清人手里，不能算是亡国，但是"六年忠义好凄凉，一队夷齐下首阳"之后，清朝统治者恢复科举，读书人眼见着出人头地的日子又来了，于是一个个"身上安排新顶戴，胸中整顿旧文章"，又神气活现地出现在考场上。满人不仅在军事上彻底打败了汉人，也用官场的乌纱帽为鱼饵，将汉人完全制服。

　　江南文人，在明末清初并非只有投降这一条道路，像顾炎武、黄宗羲那样铁了心做遗民，也没有多少性命之虞，可是科举的诱惑，牵着江南文人的鼻子，却在这条小道上一路走到黑。前面已经说过，"秦淮八艳"之成名，和与江南文人的交往分不开，譬如李香君的养母贞丽，不仅"有侠气，尝一夜博，输千金立尽"，而且"所交接皆当世豪杰"，因此有其母则有其女。后人力捧"秦淮八艳"，要害就在于说明江南文人的缺钙，到关键时候，只注意到了生前，已顾不上身后，什么民族大义，什么亡国灭种，什么遗臭万年，都忘得干干净净，临了，连秦淮河边的风尘女子都不如。遥想当年，东林党人和魏忠贤的阉党斗争，复社党人大骂阮大铖，即所谓轰轰烈烈的"南都攻阮"，他们的集会地点往往是在妓院，那时候，这些人是如何的光明正大，如何的正气凛然。他们能打动秦淮河边妓女的法宝，不是大把大把的银子，而是疾恶如仇的一股正气。

江南文人感到无地自容，是他们和阉党斗争了一辈子，结果在科举这根指挥棒的调度下，不仅和阉党中人一起携手走进考场，而且把当年的根深蒂固的党见分歧，也一并带入清朝官场。清初的几位皇帝眼里，汉人的党争十分可笑也十分可恶，党人们相互勾结，相互排挤，"人人各亲其亲而私其党"，解决这种结党营私的最好办法，就是把天下智谋之士都掌握在自己手中，让他们狗咬狗，自相残杀。江南文人和阉党的斗争，某种意义上来说，也是南人和北人的斗争，在最初的较量中，江南文人又一次堕入下风。譬如代表东林和复社党人的陈名夏，丢人也算丢到家，先是明朝的状元，有着不算太小的官衔，李自成入京，俯首称臣，清兵入关，又俯首称臣，是标准的奴才坏子。他在清初也算一名得到重用的汉族大臣，是江南文人在清廷中的一面旗帜，而他昔日的对头冯铨，作为阉党和北人的代表人物，同样也是清朝的重臣。陈名夏竭力替主子卖命，吃辛吃苦地干了好多年，然而在讨论汉人是否留辫子时，为一句"留发复衣冠"，竟然谪成充军，另一说法更惨，是索性掉了脑袋。

江南名士金圣叹

　　江南文人在清朝开国初年，还真捞到了一些做官的机会。满人是征服者，一个个都是马上英雄，喜欢打仗，好武功非文治，对于具体的管理事务，有些不耐烦。"明季失国，多由偏用文臣"，满人为了吸取这一教训，不屑于做那些婆婆妈妈的事情，因此有关管理方面的琐事杂务，便让投降的汉臣去做。他们既然当了主子，免不了要多招收些奴才，中国的历史上，最不缺乏的就是奴才。江南文人如鱼得水，成群结队地到清朝的官场里去打工，是人是鬼，赶紧捞个一官半职。

　　统治者收拾文人，本是迟早的事情，翻开中国的历史，不收拾文人反倒是桩怪事。江南文人翻不了天，翻不了也要收拾。在清人眼里，和元朝的蒙古人一样，中国人大致也可分为四等，汉人中的北人和南人，分别被列在最后两等，而南人是最心怀叵测的。清统治者对待江南文人，先是放纵，暂时不管你们，然后按部就班，一步一步了结。在明末清初，江南文人多少还有些傲气，清朝逼顾炎武出来做官，一而再，再而三，他就是不肯出山，不出山也没怎么样。许多人当了遗民，清朝皇帝网开一面，心里有火也先憋着，急着要做的事太多，还顾不上这些。

　　清因明制，恢复了科举，江南文人从羞答答逐渐过渡到神采飞扬地走向考场。清朝皇帝终于找到了收拾江南文人的机会，顺治十四年，南北两个考场都出现了作弊现象，于是引起了科场大狱。贿通试官，买卖关节，这本是明朝留下来的陋习，可是此时却给了清政府最好的借口，正好用来打击汉族士子的气节。汉人总是觉得自己了不起，了不起却又要忍不住考场作弊，还有什么狗屁的气节可言。这一次科场大狱，牵连之广，杀头和流放之多，创中国有史之纪录。被杀头的大都是主考的考官，而参加考试的众多举子，也人人自危，惶惶不可终日。为了鉴别是否作弊，要进行当堂复试，复试不合格就有作弊之嫌，就得治罪。仅此一个刺刀下的当堂复试，读书人的"士风士气"，便"荡扫无遗"。

江南文人引以为豪的那种气节，南都攻阮时的团结，松郡起义时的豪迈，仿佛让人迎面扇了个大耳光，顿时无影无踪。总算还有一个叫吴兆骞的，在复试时，多少有些骨气，没有尿湿裤子。当时，凡有通关节嫌疑的举子，都聚集中南海的瀛台，在皇帝的眼皮底下当堂复试。谢国桢在《清初东北流人考》一文中，曾描述当时的情景：

复试时举子仍是戴着刑具，和犯人一般，每举人一名，命护军二员，持刀夹两旁作严厉监视，与试的举子，悉惴惴其栗，几不能下笔，如何能做得起文章。汉槎很愤慨地说："焉有吴兆骞而以一举人行贿的吗？"遂交了白卷，皇帝自然要生气，凡不中试的举人，都把他们打了四十大板，充军到宁古塔去！并且把他们的父母兄弟妻子都连同谪戍，这样子看他们还胡闹不胡闹。

汉槎是吴兆骞的字，江南吴江人，少年得志，恃才傲物，曾对当时极有文名的汪琬说："江东无我，卿当独步。"早在参加科举前，吴兆骞就是赫赫有名的人物，明亡之后，他现成的大名士做得有些不耐烦，出山应江南乡闱，本意是想随手捞个官做做，不料竟遇上了奇祸，流放东北。东北虽是满人发迹的地方，但是在当时却非常荒凉，对于一个习惯于江南生活的人，北国的天寒地冻，真把他折磨得够呛。如果说在复试时，吴兆骞身上多少还体现了一些江南文人的名士气，流放数年之后，他除了可怜巴巴地盼着返回老家，已经没什么别的奢侈的欲望。吴兆骞在关外待了二十三年，终于得到皇帝的恩准，带着老婆白首同归。据说吴兆骞写的一篇祭长白山赋，以其文字瑰丽，打动了康熙。这显然是一篇拍马屁的文章，因为这篇文章，皇帝脸上露出笑容，于是大家捐款，用钱将吴兆骞从关外赎了出来。

去清朝的官场谋事，在明朝的遗民看来，已经是丢人现眼，吴兆骞经此一折腾，读书人的斯文彻底扫地。如果说科场之狱只是收拾了那些有意仕途的读书人，这些人本来已经失节，是大姑娘偷人，是寡妇再醮，罹祸咎由自取，是活该，那么另一路自以为天高皇帝远，躲在江南做名士的文人，却因为几乎是同时期发生的"哭庙"事件，灾难从天而降，莫名其妙地惨遭迫害。1661年，顺治驾崩，哀诏到了苏州，例于府堂设幕，"哭临三日"，苏州的老百姓趁江苏巡抚在庙，借机向他请愿，要求罢免新任吴令任维初。这任维初是山西人，做了苏州的地方官，别的能耐没有，横征暴敛却是第一等高手，上任伊始，就剖开大竹片数十片，在尿里浸着，警告说：

> 功令森严，钱粮最急，国课不完者，日日候此，负欠数金者责二十，欠三钱以上者亦如之。

这是一位偏爱打人屁股的汉人官员，喜欢打屁股，同样是明朝的陋习。苏州人想，你又不是满人，何至于如此凶恶？大家都是亡国奴，相煎何必这么急？于是串通起来驱任。没想到江苏巡抚朱国治不是黑脸的包公，恰巧是任维初的后台，这一刁状撞到了枪口上，朱国治不帮着苏州老百姓说话，反以"震惊先帝之灵"为由，参奏哭庙的人为大逆不道。本来只是一桩小事，由于双方都是汉人，清统治者索性小题大做，把那些早就想收拾的另一路江南文人，狠狠惩膺一下。结果自然是杀头，不是杀一个人，而是杀一连串。这一连串中，最知名的就是批《水浒传》的金圣叹。

金圣叹是江南才子的一个典型，他身上洋溢着的名士气，直到今天仍然为人津津乐道。明亡后，他不得已参加会试，以"如此则心动乎"为题作文，篇末竟然敢这么写：

> 空山穷谷之中，黄金万两，露白葭苍而外，有美一人，试问夫子动心否乎？曰：动动动……

他一口气连写了三十九个"动"字，这样的卷子自然不可能中。明末清初确实有这么一帮文人，亡国似乎和他们也没什么太大关系，只是终日兀坐，以读书著述为务。据说金圣叹最喜欢屈原，平日以《离骚》为下酒菜，一边高声朗读，一边尽情喝酒，醉则须眉戟张，遇到贵官豪绅，嬉笑怒骂以为快事。金圣叹的文字挥洒自如，独出腔调，在明清小品中别具一格，而所批的"六才子书"，即《离骚》《庄子》《史记》《杜工部集》《水浒传》《西厢记》，其批评方法，明快如火，惊才绝艳，在中国的文学批评史上也独树一帜。

　　然而统治者不会把金圣叹的那点文字把戏放在眼里，江南文人恃才傲物，清朝的皇帝早就不耐烦。金圣叹在哭庙案中，完全是被动牵连，最初被捉的十一名主犯中，并没有他。实事求是地说，"哭庙"一案，确有借机闹事之嫌，金圣叹根本算不上什么幕后主谋，但是上面既然想收拾你，也就无处可逃。他被押到南京，不问情由，先吃两夹棍，然后三十大板，立刻皮开肉绽。事情闹到了这一步，他自知活不了，给家人写了一封信，说：

　　杀头至痛也，籍没至惨也，而圣叹以无意得之，不亦异乎？若朝廷有赦令，或可相见，不然，死矣！

　　金圣叹糊里糊涂地丢了脑袋，死到临头，仍然没有忘了幽默。值得挂上一笔的是，在哭庙惨案中处于对立面的两位昏官，临了也没有好下场。朱国治后来去了云南，以刻薄军粮，将士积忿，"乃脔而食之，骸骨无一存者"。任维初也因为犯了别的案子，被判杀头，行刑地点正好和金圣叹相同，是南京的三山街。笔记上有两则金圣叹临刑前的描写：一则是他昔日想批佛经，和尚说，我出个上联，你若能对上，马上拿出佛经来让你批。和尚出的上联是"半夜二更半"，金圣叹听了，江郎才尽，怎么也想不起下联，结果在临死前，正值中秋，倒让他想起了一个绝对，是"中秋八月中"，连忙要儿子去告诉和尚，可惜对联对上了，想批佛经也没时间了。另一则更神，说剑子手刀都举起来了，他突然喊"慢"，说有话要对儿子说。儿子跑到他跟前，他用耳语悄悄说："豆腐干与虾仁一起细嚼，有火腿味。"说完从容就义。他那宝贝儿子想半天，不知道这话是什么意思。

有人还杜撰了金圣叹临刑前口占的一首诗，虽然是瞎编，却也有几分他的玩世不恭腔调：

> 天公丧母地丁忧，
> 万里江山尽白头。
> 明日太阳来作吊，
> 家家檐下泪珠流。

顾炎武的学术人格

清统治者用汉人收拾汉人，一箭双雕，收到极好的效果。科场舞弊事发，是行贿的举子因为没有兑现考中，自己觉着吃亏喊冤闹出来的；哭庙案从表面看，也是汉人之间的争斗，是汉人压迫汉人的结果，清统治者无形中成了主持正义的法官，似乎很公正，不偏不倚，被杀的人也只好捏鼻子。科场和哭庙两大案，敲响了江南文人自由时代结束的丧钟，接下来便是更进一步的文字狱，一桩接着一桩，此起彼伏，动辄大动干戈，譬如庄氏的《明史辑略》案，被缚者数百，杀头七十余位，江南文人从此水深火热，是进亦忧，退亦忧，稍有不慎，便有杀头之罪。对江南文人的控制，有一个逐渐收紧的过程，在一开始，很多人认为只要明哲保身，看准了，捞一把，混个大官小官做做，或者索性清高，惹不起，躲起来，就不会有什么事。事实却证明书生之见，不仅可笑，而且危险。重温历史，有时候不能不为明末清初的江南文人感到遗憾。江南文人作为一个群体，在这个时代，思想特别活跃，文化异常发达，虽然不是什么盛世，但是对于渴望自由空气的文化人来说，却真是一个十分难得的机会。

明末的东林和复社，与阉党展开殊死决战，其进步性不言自明，可惜，过多的结党结社，使得小团体大行其道。如果说早期的结合还是同声相求，同仇敌忾，到后来，便是纯属附庸风雅，拉帮结派。由于今天所能见到的材料大都是东林和复社党人自我标榜的文章，所以不太可能轻易看出他们当时有什么不妥。其实仔细考察，便可以知道当初的所谓结社，目的只是为了应付考试，猎取功名。说穿了，不过大家凑在一起学习经义，揣摩风气，为了有更好的机会捞个一官半职。为出仕读书已经成了一剂毒药，这就是为什么明亡之后，会有那么多党人先投李自成的大顺军，继而又跑到清人那里去做官。

官场的诱惑深深伤害了江南文人的灵气，奔走经营，争官夺利，往往混淆了是非，颠倒了黑白。有些人似乎明白这种弊端，因此一味地清高起来，或寄情于山水，或闭门不出，两耳不闻窗外事，声色犬马，管他亡国不亡国。明末清初的江南文人，或进或退，都有严重问题，进则厕身官场，结党营私，同流合污；退则隐居江湖，逍遥逃避，醉生梦死。江南文人似乎始终找不到理想支柱，找不到精神上的最后寄托。当国家这部机器一步步失去控制时，作为先进的知识分子群体，在这种历史性的崩溃面前，江南文人中的大多数，不仅无能为力，更糟糕的是没有任何作为。

江南文人引以为豪的，绝不是出了多少个状元，封了多少名宰相，有多少人得意于仕途，驰骋大大小小的官场，也不是因为有了东林党，有了复社，出了许多风流才子，潇洒于秦淮河畔，画舫笙歌，酒食争逐。江南文人骄傲，是因为有了顾炎武，有了黄宗羲。在这样的乱世中，依然能有几位保持头脑清醒的文化人，江南文人才不至于一下子完全被人看扁。因为有了顾炎武和黄宗羲，江南文人一下子增加了许多亮色。限于篇幅，这里只谈顾炎武，作为明末清初最杰出的江南文人代表，顾炎武的影响，绝不局限于所生活的那个时代。事实上，顾炎武当时的影响也许并不能算太大。他关于亡国和亡天下的议论，同时代未必有多少人知道，知道了也未必肯听进去。顾炎武既不是东林党的领袖，也不是复社的盟主，更谈不上执文坛之牛耳。明末清初，名声更大的应该是钱谦益、陈名夏、吴伟业，可惜这些人都降了清，名列《贰臣传》，丢人现眼，遗臭后世。顾炎武没有什么了不起的功名，"学而优则仕"这条路和他无关，然而一生中，可圈可点的事迹实在太多。《辞海》关于顾炎武有这么一段记录：

学者称亭林先生。少年时参加"复社"反宦官权贵斗争，清兵南下，嗣母王氏殉国后，又参加昆山、嘉定一带的人民抗清起义。失败后，十谒明陵，遍游华北，所至访问风俗，搜集材料，尤致力于边防和西北地理的研究，垦荒种地，纠合同道，不忘兴复。晚岁卜居华阴，卒于曲沃。学问广博，于国家典制、郡邑掌故、天文仪象、河漕兵农以及经史百家、音韵训诂之学，均有研究。晚年治经侧重考证，开清代朴学风气，对后来考据学中的吴派、皖派都有影响。

顾炎武是中国历史上真正承前启后的人物。他著作等身，为后人所熟悉的有《日知录》《天下郡国利病书》《肇域志》《音学五书》《韵补正》《亭林诗文集》等。一个人能写一大堆书，不稀罕，关键在于是什么样的书。顾炎武的学识，和宋朝开始流行的理学不一样，不是如程门师徒雪夜相对静悟出来的，而是靠自己的双脚，脚踏实地到处调查研究，然后才变成文字著作。顾炎武曾批评过当时的信口空谈，认为世人所谈论的时髦理学，其实只是一种禅学，不货真价实地取之经书，而是依靠一种偷懒省事的"语录"。利用前人的只言片语，做出后人自说自话的全新解释，这种学风正是顾炎武力图要改变的。全祖望《亭林先生神道表》谈到顾氏如何做学问，这样写道：

凡先生之游，以二马二骡，载书自随，所至阨塞，即呼老兵退卒，询其曲折，或与平日所闻不合，则即坊肆中发书对勘之。

曹聚仁在《中国学术思想史随笔》中谈到顾炎武，也就着全祖望的思路，进一步发挥：

倘若经行平原、大野，没有可以留意的地方，便在马上默诵经书注疏。他又欢喜金石文字，一走到名山、巨镇、祠庙、伽蓝所在，便探寻古碑遗碣，拂拭玩读，抄录大要。他所著述的，都是他自己从旅行中实地勘察所得的资料，和一般人的闭门造车，过囊鱼生活的大不相同。

顾炎武的学问人格，也让清统治阶级垂涎，这是一块顽固不化的石头。为了巩固统治，清政府开设"博学鸿词科"，想把像他这样的优秀人物，统统招入自己的人才库备用。但是，顾炎武拒绝了一切诱惑，软硬不吃，既没有恃才傲物，趁机要个好价钱做官，也没有志灰心馁，遁身山林，做出世的大名士。冒杀头的风险，他大讲经世致用之学，奔走南北，与明遗民在一起，随便发表政见。他的一腔正气，与日月同在，与山河并存。所有这些，清政府不仅不加以干涉，还由当时的陕西提督张勇的儿子出面，向顾炎武请教学问，并想刻他的著述。清统治者向来不把杀人当回事，尤其不在乎杀文人，偏偏对于顾炎武，却保持了最大克制。一直到他已经七十岁，清政府仍然不忘拉拢利诱，顾炎武义正词严地说：

七十老翁何所求，正欠一死，若必相逼，则以身殉之矣。一死而先妣之大节愈彰于天下，使不类之子得附以成名，此亦人生难得之遭逢也。

清政府对待顾炎武，总算是明智的。"刀绳俱在，无速我死。"顾炎武视死如归，统治者也无奈他何。杀一个顾炎武有何难，他的精神既然已经存在，肉体上的消灭也就失去意义。顾炎武为江南文人做了最好的表率，是后来一切读书人的楷模。还是前面已经说过的那层浅薄的意思，因为有了顾炎武，因为有了顾炎武开创的学风，江南文人活着，多少还有些奔头，好歹还有些出路。从发展的眼光来看，亡国有时候并不是一件最坏的事情。亡国有时候不过是改朝换代，可怕的是亡天下，天下若要亡，这世界便到了末日。

江南文人在明末清初或进或退的两种表现，经过清统治阶级的严厉打击，得到了最有效的扼制。在强权政治面前，江南文人似乎再也潇洒不起来，为了保住自己可怜的脑袋，开始做起死学问。这是坏事，也是好事。做死学问的直接结果，就是造成了乾嘉学派的横空出世。江南文人在清代三百年的学术思想史中，又一次体现了人多的优势。平心而论，清朝比明朝好得多，清朝文章学术之盛，集中国几千年封建社会之大成，"汉唐以来，未有其比"，诗、词、小说、古文、小学、天算、地理、水利，都是前朝所不能比拟的，而这种繁荣，江南文人功不可没。

清朝的文化繁荣，可以和欧洲的文艺复兴相媲美，这是一个值得深思的现象。中国的封建社会，最出色的应该是大清帝国，它创造了前所未有的辉煌。清朝的崩溃是因为遭遇了资本主义，这是江南文人做梦也不会想到的事情。为什么文化人失去了思想的自由，依然能够戴着镣铐，取得那么好的学术成就？后来学者应该常常扪心自问。江南文人的地位，是明清两代奠定的，而清代的学术思想，其实是对明代学风的否定。清代的江南文人，给他胆子也不敢搞小团体，结党营私既然是死罪，老老实实地待在书房里做学问，就是很自然的事情，死学问有时候也可以做活。在官迷心窍方面，清朝文人要比明朝文人有节制得多，起码在鸦片战争之前是这样。同样，在放浪形骸方面，清朝文人相差得就更远。正如有人评价的那样，明人飘逸不羁，不认真，是浪漫主义，而清人则拘谨严肃，喜欢一板一眼，是古典主义。

清朝的学术是明朝学术的反动，正是这种反动，成全了江南文人。江南文人在清学术思想方面，占有十分重要的地位，譬如吴学，譬如浙东学派。此外，像皖学和扬学，无论从地理概念，还是从学理思路，和江南文人都一脉相承。清朝的江南文人，很少有像明朝的名士那样，流连在秦淮河畔的。唐伯虎、"秦淮八艳"、《板桥杂记》，这都是明人的故事，它们伴随着民间的加工夸张，构成了一幕幕虚幻的风流传奇。然而，风花雪月远不是江南文人的真相，江南才子在清季没有那么多的风流韵事，有的只是不堪回首的文字狱，没完没了的腥风血雨，清人因祸得福，死学问做成了真学问，这种真学问是有惨重代价的。

江南文人是一个说不完的话题。《诗经·周南·汉广》上曾说："江之永矣，不可方思。"这里的"永"，比较容易解释，是长的意思，而"方"则有些分歧，一说为竹木编成的筏，在这儿用作动词，翻译成大白话，就是坐着竹筏也到不了尽头。另一说是"周匝"，意思是环绕，遇小水可以绕到上游浅狭处渡过，而长江太长，不可能绕匝而渡。这两种说法都有来头，也许都对，也许都不对。不管怎么说，"江之永矣，不可方思"，描写了一个男子追求爱情的失望心情，这一点大致错不了。江南文人的话题很长，有些话还是留着以后再说。通常情况下，追求爱情和追求真理相仿佛，对江南文人的描述，最后只能是不了了之。

1999年11月10日碧树园

关于桥

之一

江南的桥数不胜数，小桥流水人家，人从桥上走，水自桥下流，一切都很平常。"春城三百七十桥，夹岸朱楼隔柳条。"童年记忆中，桥和平地差不多，桥连着路，路接着桥，人俯在桥栏上，孩子气地往河里吐口水。记忆中的桥面上都很干净，那水也不像今天这等肮脏，小孩子站在桥上，除了吐口水，想不出还能干别的什么事。

第一次对桥有深刻印象时，"文化大革命"刚开始，一个大些的小男孩，十分神秘地问我们，能不能找到一条路，不经过桥，就能抵达夫子庙。这问题引起了我们的好奇心，充满了挑战意味，我们因此逃学，走了差不多整整一天，遇到桥就绕路，没有路便回头，脚底下磨出了水泡，小腿肚开始抽筋。

通往夫子庙有很多条路，大路小路，柏油路，水泥路，还有那鹅卵石铺的路，所有的路都踩遍了，终于得到答案，不过桥，只能隔岸观望。

　　我们用同样的问题问别的孩子，问那些什么事都已明白的大人。得到的答案大同小异，所有刚听到这问题的成年人，都不相信不过桥，就到不了夫子庙。没有人相信我们能把所有的路都走完，一个上年纪的老人说我们是胡说八道，一起探路的小男孩则被母亲用鞋底狠狠地打屁股，理由是外面这么乱，冒冒失失乱闯，天知道会闯下什么祸。我们成了一群说谎的孩子，大家都觉得这些孩子太天真了，夫子庙又不是孤岛，它就在市中心，有那么多条路，又是大家经常要去的地方，有的人甚至天天走过。

　　经常去，天天走过，临了，对自己是不是过桥这么简单的小问题，却不得不产生疑义。可笑的是，大人常常不愿意在小孩子面前承认自己的无知。大人总是对的，即使错了也是对。那时候不知道去找地图看，也许拿张地图出来，大家立刻无话可说。很长时间里，我们的小脑袋瓜里总被这问题纠缠，我是个信心不足的孩子，更多的时候宁愿相信自己错了。

　　虽然那条路根本不存在，然而我还是在怀疑，也许有条秘密的通道被我们漏了过去，这条路直通夫子庙，用不着经过任何一座桥。

之二

　　"文化大革命"越来越激烈的时候，我去了农村外婆家，在那儿上小学。小学校建在河坡上，有座窄窄的木桥，小孩子眼里就算很高、很悬，人在上面走，能听见叽叽咔咔的摇晃声。

夏天到了，一下课，差不多所有的男孩都脱了短裤，光着屁股争先恐后地往河里跳。我是个城市里的小孩，刚开始，众目睽睽之下，真有些不好意思。当时的情况下，大家已经光屁股了，如果你穿条游泳裤，反而显得有些怪。不仅是农村的小男孩，就是大人，下河也光屁股。唯一的例外是我们的语文老师，他是个复员军人，当过兵的，讲究文明，记得当时有人讥笑他，说："你又不是怪胎，怕谁看呀！"

乡下孩子游泳，清一色的狗刨式，就听见扑通扑通的水声，扑腾了半天，人却前进不了多少。我比所有的乡下小孩都游得快，三十多米的河面，我已经游到头了，那些乡下孩子，至多才游到一半。

桥上有几个女孩子在看我们戏水，因为有女孩子看着，我越游越快。乡下的小孩比不了速度，就和我比胆大，比谁敢从高高的桥上往下跳。那桥确实有些高，刚开始，谁也不敢跳，大家胆战心惊地翻过桥栏杆，做出要跳的模样，比画了半天，不敢撒手，一撒手，人就会掉下去。

女孩子们在一旁叽叽喳喳地看着，终于有个叫和尚的调皮蛋，一不小心，像下饺子似的，平躺着掉了下去，嘭的一声，溅起很高的水花。女孩子一片声地惊叫，站在桥栏外面的小男孩，不约而同地赶紧翻过栏杆，回到安全的桥面上，扶着栏杆往桥下看。和尚已经冒出了水面，这一摔，胆子摔大了，湿漉漉地重新回到桥上，越过栏杆，二话不说又往下跳。

和尚是第一个敢从桥上往河里跳的小男孩，刚开始，就他一个人敢这么做，渐渐地，敢从桥上往下跳的孩子多起来。我几次下狠心，闭上眼睛想往下跳，就是不肯最后撒手。同伴们跑过来推我，扳我的手指，用最难听的话刺我，最后还是没有敢跳。

敢不敢从高高的桥上跳下去，说穿了，是心理障碍，很后悔自己当初的胆小。直到现在，胆怯仍然伴随着我，其实当时咬咬牙，真跳下去，后来的情况会完全不一样。有些事，小时候不敢做，长大了，更不敢。如今，我可以在水里不间断地游上一个小时，但是让我从游泳池边上往下跳，仍然有一种由衷的害怕。

之三

与外婆家隔河相望的村子，叫河东村。至今不知道这村叫什么名字，因为只有外婆村上的人才会这么叫。人家是河东，自己这边自然是河西了。河东河西共一个老祖宗，都姓姚，姚家祠堂在河西村，当时是"文化大革命"，也没什么祭老祖宗一说，祠堂改成了小学。印象中，两个村子的感情一直不太好。

一条小河将两个村子隔开了，一座桥又将两个村子连起来。这座桥大家都叫它"乌龟桥"，不知道为什么取这么一个名字，怀疑有讹错，也许是"五归桥"或"吾归桥"。

两个村上的孩子常常隔河对扔土块，一边扔，一边拣最下流的话骂。有时候已是成人的小伙子，也会加入这种无聊的干仗。河东村有个屠户，养了一条狗，那狗因为经常有肉骨头填肚子，毛色光亮，见生人就叫，就想咬。河西村的人往东去走亲戚，必定经过河东村，那狗也坏，成群结队的人走过，只是吠，遇上单身的、胆小的，咬牙切齿地便要扑过来。

河西村的人恨透了这条狗，算计着想把它打死了吃肉。那狗有灵性，知道有人想吃它，任你怎么哄都不过桥。河东村的人往西走，也会遇上同样的麻烦。河西村上养了条狗，虽然瘦，见了河东村的人就凶神恶煞。河东村的一个小伙子，和河西村的一个姑娘偷偷好上了，两个人在桥下的桑树林里上演了一场罗密欧和朱丽叶，姑娘肚子说大就大了，于是也顾不上同姓不能结婚的祖训，匆匆办了喜事。可惜好景不长，婚后并不幸福，尽管只隔一条河，姑娘再也不愿意回娘家，而且和丈夫也一点儿不恩爱。

连接两个村子的桥年久失修，常常会有人掉下去。好在河也不深，出了几回事，都是有惊无险，都没死人。一个小脚老太掉到了河里，一个挺着大肚子的孕妇也掉到了河里，恰巧都有人在一旁看到，刚栽下去，便被救了起来。我在农村待了两年多，耳边屡屡响起大人的关照：

"过桥小心，别掉到河里去！"

桥是东西交通的必经之路，至今我仍然不明白，为什么不齐心合力，把那桥修好。记忆中，有很多闲散的日子，憨厚的年轻人在墙角里晒太阳，没完没了地打扑克，花很大的气力搭"忠"字牌楼，就是不肯去修桥。当年总以为修桥是一件很了不得的事情，后来我才知道，那桥真要修，一点儿也不困难。

1999年2月26日

关于流水

之一

上中学时，有一次看见一位居民，从门前的秦淮河里捞起条金鱼。很大的一条，可能是别人放养，也可能是天生，反正那鱼的颜色，和一般的缸养金鱼不一样，是青色，大尾巴。捞起这条金鱼的人，把鱼放在一个大木脚盆里养着，不少人围着看，纷纷猜测这鱼的来头。连续很多天，我们放学路上的一个重要内容，就是去看那条鱼还在不在。那人想把这条大金鱼卖了，可是一直没有买主。

那年头，若有人举着一根鱼竿，在秦淮河边钓鱼，不能算是发疯。秦淮河里确实有鱼，不仅有鱼，还有小虾，孩子们在河边玩耍，眼疾手快，用捞鱼虫的小网兜迅速出击，便能有所收获。关于流水的概念，我其实到了很久以后，才逐渐明确起来。童年的记忆中，河水永远在流，这和现在见到的情况完全不同。小时候见到的都是活水，不像现在，动不动就是臭水潭。

小桥流水人家，是典型的江南特色。记得20世纪80年代初期，秦淮河排水清淤泥，几个喜欢收藏的朋友闻讯，赶过去淘换宝贝，高高地卷起裤腿，光着脚跳下河，从几尺厚的淤泥中，搜寻前人留下来的文物。忙了几天，把能搜集到的破青瓷碗，有裂纹的花瓶，断的笔架，还算完整的小鼻烟壶，喜气洋洋地都席卷回家。说起来都是有上百年的历史，喜欢古董的朋友就好这个，他们博古架上的供品，有很多好玩意儿其实就是埋在河底的垃圾。过去年代里走红的妓女，失意的文人，无所事事的贩夫走卒，得志的和不得志的官僚，未必比今天的人更有环保意识，有什么不要的东西往河里一扔，便完事。不妨想象一下，河水不流，又会怎么样。壤非壤不高，水非水不流。流水不腐，秦淮河要是不流动，早就不复存在。正是因为有了秦淮河，我们才可能在它的淤泥里，重温历史，抚摸过去。这些年来，人们都在抱怨秦淮河水太臭，污染是原因，水流得不畅更是原因。

流水是江南繁华的根本。"流水落花春去也"，看似无情，却是有情。是流水成全了锦绣春色。江南众多的河道，犹如人躯体上的毛细血管，有了流水，江南也就有了生命，有了无穷无尽的活力。

之二

"昨夜月明江上梦，逆随潮水到秦淮"，这是王安石诗中的佳句。如果说水乡纵横交错的河道是毛细血管，长江就是大动脉。大江东去，奔腾到海不复还，古人把百川与大海汇合，比喻为诸侯朝见天子。长江厉害，更厉害的却是大海。

　　江南水乡的人，对潮起潮落有特殊的感受。水往低处流，长江下游，受到潮汐的抵挡，水位迅速变化。以我外婆家后门口的石码头为例，潮来潮去，一天之内的落差，可以有一两米高。清晨起来，河水已泛滥到了后门口，站在门外稍稍弯腰，就可以舀到水。到了下午，滔滔的河水仿佛脸盆被凿了个洞，水差不多全漏光了，要洗碗洗菜，得一口气走下去许多级台阶才行。

　　现在的江南，已很难看到潮起潮落。到处修了闸，水位完全由人工控制。人的日常生活，和潮汐几乎无关。要说这种变化，也不过是近二三十年的事情。我在农村上小学的时候，吃完饭，大人把锅碗瓢盆放在河边的码头上，慢慢地涨潮了，河水漫上来了，到退潮以后，容器里常会有小鱼留下来，慌慌忙忙地游着。那鱼是一种永远也长不大的品种，一寸左右，大头，看上去有些像蝌蚪。

　　水乡的男孩子没有不会捉螃蟹的，秋风响，蟹脚痒。三十年前，江南水乡，到处可以见到螃蟹，河沟里、田埂旁，捉几个螃蟹来下酒，谈不上一点儿奢侈。流水是螃蟹的生命线，水流到哪里，哪里就有螃蟹的足迹。如今只有在梦中，才能重温当年捉螃蟹的情景。要先找螃蟹洞，发现了可疑洞穴，便往里泼水。如果有一道细细的黑线涌出来，说明洞里一定有螃蟹，于是就用一种铁丝做的钩子伸进去，将那螃蟹活生生地揪出来。

　　这是一种野蛮操作，螃蟹会受伤，受了伤很快会死，死螃蟹绝对不能食用，所以不是吃饭前，一般不用这种下策。聪明的办法是用草和稀泥和成一团，将洞堵死，然后在旁边做上记号，隔三四个小时再来智取。取时手穿过堵塞物，沿着洞壁慢慢伸进去，抓住螃蟹的脚，另一只手拿开堵塞物，螃蟹也就手到擒来。螃蟹意识到氧气不足的时候，会不得不往洞口爬。如此捉蟹的方法，关键要掌握好时间，太短了，手刚伸进去，螃蟹还未进入昏迷状态，仍然要往后；太长，便会憋死。

之三

苏州人嘴里，河与湖发同样的音。这种巧合，反映了江南人对水的看法，在长江下游的人眼里，河与湖没什么太大区别。

我有个亲戚阿文在江南水乡插队当知青，按辈分，比我小一辈；按年龄，却比我大了差不多十岁。他长得非常帅，而且聪明，一转眼，在乡下已经当了五年知青，中学里学过的教材仍然不肯丢，没事就看书，还偷偷自修英语。他中学学的是俄语，当时中国和苏联关系紧张，原来学的那点俄语根本没什么用。记得有一次说好了一起去赶集，他兴冲冲借了条船回来，笑着说："明天我们一起坐船去，我正好要去接一个人。"

在水乡，船是最重要的交通工具。知青下乡，首先要学的就是摇橹。我曾经尝试过许多次，划不了几下，橹就会掉下来。第二天一大早，阿文打扮得干干净净，扛着一个橹接我来了。那天走了很多路，去镇上的路并不遥远，可是船在镇边上停了一下，就马不停蹄继续赶路。去镇上只是一个幌子，我因此跟着他坐了整整一天的船，还饿得半死，后来才知道他要去接的人，是个女孩子，是阿文朋友的女朋友。春光明媚，正是菜花开放的季节，菜花金黄，麦苗青翠，天空中飘着大朵大朵的白云。阿文的朋友被推荐上了大学，在大学里学地质，他有个同学生病回乡，便托这位同学带封信给他的女朋友。

我不知道为什么那信要托人带，而不是直接寄，并且要绕个大弯子，由阿文带着她去取。很多事一直也没有弄明白。阿文和女孩子显然很熟，她生得极小巧，皮肤很白，戴个大草帽坐在船头。我至今仍然能记得草帽上的一行红字，"将革命进行到底"，日晒雨淋，字迹已斑驳脱落。一路上，大家都不说什么话，我觉得很闷，很无聊。终于到达要去的地方，见到了那位同学，在那儿吃了饭。女孩子看完信，似乎有些不太高兴，老是冷笑。

后来就是回程，先送女孩子。女孩子也是知青，是上海人，回去同样没什么话，半路上，她突然开口，冷笑说："我们真倒霉，来时逆水，回去，又是逆水。"船在航行，坐在船上的人并不太在意水的流向，经她一提醒，我才注意到水流很急，难怪我们的船慢得够呛。

阿文笑着说："你倒什么霉，吃苦的是我，涨潮落潮全赶上了。"

我们披星戴月，很晚才到家，阿文活生生地摇了一天的橹，没有一点儿疲劳的样子。整整一天，他都很兴奋，我当时有种感觉，觉得阿文是有点喜欢那女孩子，因为喜欢，所以兴奋。当然只能是喜欢，没什么别的意思，毕竟是他朋友的女友。岁月如流水，许多年过去了，往事不再，女孩子据说后来和一个毫不相干的人结了婚，阿文对这事闭口不谈。

1999年3月6日

苏州印象

　　在北方人听来，苏州话和上海话没区别，软软的、甜甜的，仿佛掺蜜糖的糯米元宵，苏州人一定觉得这见识很可笑。印象中的苏州人，总觉得别人可笑，四川人吃辣，山东人吃大蒜，东北人模样太大，北京人嘴贫，广东人说话像香港人，苏州人眼里都是问题。中国城市中，像苏州这样自以为是的城市并不多见。我的丈母娘是苏州人，到女儿家小住，看不惯的地方，就叹气说："格个南京人真谲头……"接下来是很同情，数落一番，恨铁不成钢。

　　我的祖父也是苏州人，虽然一生中大多数岁月并没有生活在这个美好的城市里，但是偶尔也会露出苏州人的优越。苏州人天生一种傲气，祖父总是嫌父亲的苏州话讲得不地道，常常很愤怒地纠正发音。父亲长期在苏南工作，接触的吴方言多了，能说一口大杂烩的吴语，这话北方人听来没什么分别，但是祖父感到别扭，感到忍无可忍。

　　苏州话是苏州人骄傲的本钱，听苏州人吵架，民间比喻为一种享受，晚清和民国初年，上海滩的妓女以一口带苏州腔的吴侬软语为最有文化品位。一个分明是在北方长大的妓女，能说半调子苏州话也算一种特长，难怪整个吴语中，完全靠耍嘴皮子，只有苏州评书能站住脚，而且可以风行很多年。和苏州人在一起，我总觉得自己笨嘴笨舌，曾几何时，新结婚，丈母娘来做客，自己大着舌头模仿几句苏州话，妻子和丈母娘知道我胆小，从来不讥笑，有时还鼓励，说说得蛮好，南京人能这样，已很不容易。无知因此胆大，真以为说得不错，后来女儿大了，老在一旁捏着鼻子笑，我便发誓再也不拿腔拿调像小鸟似的学说苏州话。

妻子是正宗的苏州人，平时跟我不说苏州话，两个人一起上街，买东西或者要商量什么事，忍不住就和我说家乡话。她或许觉得在南京说苏州话，仿佛外国人在中国说英语，别人不知道她说什么。为这事自己常常和她急，因为这并不保密，关键的词都让人听去了，其实南京大萝卜中，有很多人都能听懂吴方言。南京话属于北方语系，学说吴语是为难他们，真以为听不懂，就错了。

说来可笑，虽然籍贯填苏州，自己直到和妻子正式谈恋爱，才第一次去这座城市。苏州长期以来，一直在身边打转，可望而不可即。总觉得注定和自己有关系，宴会上攀同乡，套近乎说我是苏州人，还真不能算大错，既有苏州的籍贯，又是苏州的女婿，这种资格不是一般人可以拥有。小时候，我在江阴农村待过两年多，按大同乡概念，在江阴待过，应该等于在苏州待过，因为都是地道的江南水乡，风俗十分相似。外祖母家隔壁的村子，属于张家港，张家港现在还属于苏州市。

坐火车路过苏州，不止一次远远看到虎丘塔，大家一起谈话，说到苏州，自己作为一个伪苏州人，虽然插不上什么嘴，但难免有一种亲切感。第一次去苏州，好坏全留下深刻印象。记得是去虎丘塔，因为各种印刷品上，已经屡次见到那塔的模样，眼见为实，已觉不新鲜。让人难以容忍的是人多，人太多，浩浩荡荡进去，浩浩荡荡出来，哪个角落里都是游客，想不明白怎么会有那么多人。好像电影刚散场，大家肩膀挤肩膀，一路全是热闹，叽叽喳喳，再好的心情也不会觉得这样的旅游有意思。上有天堂，下有苏杭，如果天堂果然这般喧嚣，不如老老实实在民间待着。

好端端一个风景点，成了熙熙攘攘的火车站，真煞风景。幸好还有好印象可以补充，虎丘塔太热闹，于是寻一个安谧处，去沧浪亭。离妻家正好不远，太阳快落山之际进去，夕阳下，一切十分宁静。"暮霭生深树，斜阳下小楼。"沧浪亭不算大，公园里只有几个人，感觉完全不一样。人太多，对于苏州这样的小城市来说，永远致命。苏州园林是私家花园，注定不应该人多势众。这种园林是唐诗宋词，得静静品味，细细琢磨。

那天在沧浪亭的美好记忆，至今也忘不了，后来和许多外地人谈起苏州，总是语重心长地让人去沧浪亭。"沧浪之水清兮，可以濯我缨；沧浪之水浊兮，可以濯我足。"国外正流行的一句话，很适合用来形容苏州："小是美丽的。"这句话和环保主题有关。苏州是富庶的地方，如果不注意控制，很可能演变为一个暴发的城市。不能想象苏州成为国际化大都市会是什么模样，这将是一个灾难性的变化。总以为发展就是好事，其实对于有传统的城市，保留过去，丝毫不比发展逊色。

1999年5月27日

苏州人牛在哪

真往古时候说，苏州算不上什么好地方，譬如汉朝的司马迁眼里，中国土地分成九个档次，苏州的所在区域，属于让人感到尴尬的最后。后来江南大开发，到了唐宋，这里逐渐牛起来，经济开始起飞。于是天下财富数这地方最多，所谓"江南居十九"，国家财政收入的十块大洋，有九块是江南的贡献。江南不是苏州一家，若没有姑苏这道菜，这桌宴席怕是也没办法弄。

朋友们聚在一起聊天，想不明白苏州为什么能一直这么牛。历史文化名城中，发达的城市有一大串，唯有苏州保持的亢奋状态最为持久。三十年河东，四十年河西，苏州人一旦阔了，似乎再也没有穷过。这究竟是为什么，大家各抒己见，我的观点是苏州人沾了两个光：一是善于规划，二是有富贵传统。

好的规划莫过于九百年前的苏州再造，那时候金兵来袭，好端端的一个城市破坏得不成模样，苏州人索性以城外的河湖为依托，引水进城，有计划地开凿了一条条河道，构成了非常完善的城市交通系统。传统中国民居都是坐北朝南，太湖在城西，大海在城东，湖水潺潺东流，前街后河家家临水，便成了此地日常生活的情景。

我们心目中的那个苏州，通常都是"水陆相邻，河街并行"，这个传统并不是天生，它得力于人工，靠的是历史上一个好规划。好的规划可以有上千年的深远影响。

其实就城市功能而言，老苏州早已遭遇了太多的现代化障碍，而解决这些棘手问题的出路，说白了就是只能再造一个全新的苏州。螺蛳壳里做不出道场，要想继续做一只经济的领头羊，必须有新的、好的城市规划。

苏州人说起自己的高新开发区，眉飞色舞，情不自禁。经济腾飞在有着富贵传统的苏州人那里并不算奇迹，但是今昔对照，面对一系列惊人的统计数据，那种强烈的自豪感仍然按捺不住。一位苏州官员告诉我们，有钱的洋人很乐意把银子拿到苏州来，为什么愿意在这儿投资，因为这地方有文化底蕴。

不由得在心里感到好笑，想自己这些年不说见多识广，好歹也去过一些码头。说到文化底蕴，中国毕竟是泱泱大国，几千年辉煌历史，几乎没有一个地方不说自己有底蕴。

外国人又不傻，他才不会跑到中国来投资文化，情人眼里出西施，洋人老板一眼相中苏州，是看中了富贵传统，看中了这里做事有板有眼，也就是有好的规划，因此才敢大胆放心地过来投资。一个巴掌拍不响，就相当于我们心甘情愿把钱放在银行，不是老百姓手头有钱，是为了这家银行有实力，有很高的利息和回报。

2007年11月14日

上海格调

有人领着一群中国人浏览新加坡，指着几幢建筑物兴奋地说："大家看，这一带像不像上海的外滩？"他说的是电影上的旧上海，所谓像，似是而非，不过是殖民地的礼物，都是一片西方人留下的老房子。很难描述上海的外滩有什么特征，要有，也是一个说不明白的"洋气"，这两个字中国人感受很深，外国人听了哭笑不得。

晚清时，有位大臣向皇帝卖弄地理知识，说天下根本没什么这国那国，洋鬼子其实就那么几个国家，他们贪得无厌，没完没了让人赔款，面子上不好意思，于是不断变换国名来向大清朝讹钱。上海的外滩是个混血儿，中国人心里很清楚，它像外国，外国人就慌乱了，法国人觉得它有点英国的意思，英国人却认为那纯粹是荷兰风格，或者俄罗斯建筑。

在20世纪50年代出生的人的心目中，十里洋场和租界这类概念并不存在。上海是个大工厂，汽笛长鸣，到处竖着烟囱冒着黑烟，上下班时人流如潮。上海轻工业产品都是国产名牌，上海手表、上海自行车、上海服装，反正沾"上海"两个字，就足以让人向往。多少年来，上海注定是个出风头的城市，得风气之先，领时髦潮流。过去它是个花花世界，冒险家的乐园，后来又成为最大的轻工业基地，唯一不变的就是总走在时代前头。

现如今，上海成了地道的国际化大都市，它的高楼，它的外资公司，它的发展机会，都是国内其他城市不能相比的。上海给人的印象是金钱世界，空气中弥漫着货币的气味，高大的楼房里全是写字间，写字间电脑里是股票账目税单，无数的手指正为金钱忙乱，有人一夜暴富，有人一夜赤贫。上海男人清一色笔挺的西装，上海女人都是白领，上海将成为一个残酷写照，和金钱没关系的边缘人，都将成为另类，都将被排除在上海人之外。

未来的上海人中没有文化人，有文化的人都到附近乡下去了。出局将是一种最普遍的现象，没钱的小市民，失去青春的女人，找不到工作的博士生，忙于奔波的娱乐记者，自以为得意的著名作家，通通离开上海自谋生路。上海表面上是个不设防的城市，宽容大度，为所有人提供公平的机会，实际上到处都是禁区，是地方就埋着地雷。昔日的上海风情不复存在，上海将成为一个幻觉，看不见，摸不着。人们不用再出国奔波，能在上海站住脚，就和出国差不多。

上海和世界已画了等号，上海就是东京，就是纽约，就是巴黎。未来的上海人都会说外语，上海人曾经骄傲地视上海之外的人为乡下人，但他们很快就得心服口服，把那些在上海站稳脚跟的外地人称为上海人。上海人将成为一种荣誉称号，只有英雄好汉才担当得起。上海将成为一座征服者的城市，在这里只剩下两种人，成功者或不甘心失败的失败者。成功者可能会失败，失败者也可能会成功，战斗正未有穷期，没有硝烟弥漫，一样刀光剑影。"为有牺牲多壮志"，未来的上海是种挑战，是一盘等待高手去下的棋局，是很酷的情人，等着别人去爱，去追求，去舍生忘死。

沪宁线上

　　一百年前，赵元任在上海读书，他是常州人，去沪上求学可不容易。先坐小火轮向西北往南京，再坐江轮向东南，几经折腾，从出发到到达，大约一周时间。这就是当时的速度，因此火车一通，沪宁线上无不欢欣鼓舞。

　　多少年来，江南的交通要道是大运河，与运河无关的上海一直边缘化。铁路改变了沪宁沿线，从此上海成为长江三角洲的中心。试想一下，沪宁线上的城市，一路过来，过常州，过无锡，过苏州，拐弯去了杭州，大上海还有什么戏可唱？

　　清朝快灭亡的时候，老家伙们惊叹时局变化太快。当时的所谓快，今天是慢得不能再慢。自20世纪80年代的改革开放以来，沪宁线每隔一段日子，就会有太大的改变。过去只有慢车和快车，能坐上快车便很不错。后来有了旅游专列，那种"游"字头的双层列车，一度很时髦和奢侈。刚开始，还有人抱怨票价太贵，卖弄坐这车如何舒适豪华。

　　记不清在沪宁线走了多少次，自从有旅游专列，感觉已经很方便，很现代化。渐渐旅游专列变得不稀罕，越来越老土，竟然销声匿迹，成了老古董。起码是在沪宁线上，你已经不可能再见到双层列车。

有一段日子，耳边常常听到"提速"这样的字眼，然后就真的提了速，然后就开始有了动车。

动车使得这世界又一次发生重大改变，南京人逛上海，上海人玩南京，早出晚归变成寻常事。一百年前要一周才能完成的旅行，现在只要两个多小时便搞定。人们对速度的观念日新月异，怎么夸张地去想象，都不会太过分，只有想不到，没有做不到。

京沪高铁很快就要通车，见怪不怪，媒体广泛报道渲染，大家心理上早做好充分准备。到时候，南京上海只要一个小时。然而与时俱进也是有代价的，在列车一次次提速的大好形势下，从我家开车去火车站的时间，也很遗憾地不断增加。五年前，十一二分钟足矣，现在必须放宽到一个半小时。堵车的恐慌威胁着每一个赶火车的人，而且越来越严重，提速和减速已成为不可调和的矛盾。眼下，我正坐在从上海回南京的动车上，身边的老人在抱怨，嫌火车太快，无法欣赏外面风景。确实太快了，眼睛根本就不能往外看，近看不行，远看也不行。

修建的高铁拦住了视线，经过苏州，美丽的虎丘塔也看不见了，顿时让人深有触动。我太太是苏州人，过去为了相会，常在沪宁线上走，远远看见虎丘塔的雄姿，心情立刻很愉快，血液流动也快了许多。

可是现在，坐在火车上，已看不到虎丘塔了。

2010年5月15日

喜欢杭州的理由

喜欢杭州的理由太多了，太多，就说不清楚。南宋的开国皇帝应该最明白这其中的道理，当年岳飞坚决反对他在杭州建都，最堂皇的借口是王室不可偏安，要建首都，就应该建在南京。自古金陵有王气，而且虎踞龙盘，有长江天险可挡，有高山险要可占，所谓可进可退，攻守俱佳。武人持这样的观点倒也罢了，偏偏文人也是这样的议论，身为北方词人的辛弃疾，身为南方人的浙江诗人陆游，都坚决反对建都杭州。甚至杭州后来已经被定为南宋的国都了，陆游仍然魂牵梦绕，写下了"梦里都忘困晚途，纵横草疏论迁都"的诗句。

平心而论，就事论事，以建都而论，怎么说都是建在南京为好，宋高宗也不是个能说会道的主儿，在爱国将领的逼迫下，在文化人的嚷嚷声中，颇有些结结巴巴。好在那时候的杭州，还没有"暖风熏得游人醉"的恶名，游人也暂时不会把"杭州作汴州"，高宗情急之中，找到一个几乎是站不住脚的理由，可就是这个站不住脚的理由，倒让他给站住了。

宋高宗有他的一句至理名言，那就是要搞好一个国家，关键在于"修德行而不在择险要之地"。高宗的意思，无非是强调思想工作的重要性。作为一个领袖，他不敢用杭州的风景殊好来为自己辩护，于是就大唱高调。皇帝唱高调，老百姓是一点儿办法都没有。皇帝的话是金口玉言，他真这么说了，也就这么定了。事实证明宋高宗还是个有眼光的君主，投降主义路线也好，偏安偷生也罢，以一个南方朝廷维持的寿命之长，杭州的建都时间，超过了有着"帝王之气"的南京的任何一个朝代。

并不能假设宋高宗是因为留恋西湖的美色，才有了在此建都的念头。这种假设过于浪漫，说着玩玩，也没有什么不可以。谁都知道，把这皇城建在杭州，把国家的基础扎在西湖边上，气息方面确实弱了一些。生活在这一片锦绣河山里，无论你怎么修德行，说得再好听，骨子里还是软弱，南宋无论怎么夸奖它，也和"强大"二字挨不上边。

只能这么说，皇帝也是人，是人就会有爱美之心，是人就会喜欢湖光山色的美丽。慈禧太后她老人家当年为什么要建颐和园，还不是做梦都想把杭州的西湖美景搬到北京去？要不后人介绍颐和园，也犯不着说这个像苏堤，那个是抄袭了白堤。

我有个画画的朋友，在他的心目中，南宋的画，代表着中国绘画的最佳境界。他总和我开玩笑说，国是国，家是家，一个国家强大不强大，都是相对的；一个时期的画好不好，才是绝对的，好就是好，不好就是不好。这就和杭州这个城市一样，"美丽"二字，不用怀疑。

大约八十年前，上海的外国人哈同带着中国老婆到杭州游玩，在西湖边一坐，便动了买地造房子的念头。其实在这西湖的边上，也不是没什么私人宅子，只不过都是中国人的，卖给外国人，这好像还是头一次，因此特别招骂。哈同夫妇二人喜欢杭州的理由，说起来耐人寻味，就是此地有活山活水。

看到了这活山活水，皇帝会动凡心，洋人不怕挨骂。要说我自己喜欢杭州的理由，也可以随便挑出一二，譬如自行车，就是在这儿学会的。读中学期间，有一年到杭州去玩，住在浙江大学，是在"文化大革命"的后期，一个亲戚住在图书馆大楼里，我闲着没事，就在大楼过道里学骑车。那是我对杭州最初的印象，什么西湖，什么灵隐，都没往心里去，只惦记学自行车。那房子巨大，过道很长，直直地一路骑过去，要跌倒下来，正好可以扶住两边的墙壁。一个下午学会了骑车，然后在校园里兜圈子。浙江大学是中国最漂亮的大学，我那时候还是个孩子，对校园环境的优美无动于衷，感觉非常好，只是因为刚学会骑车。记得一开始不怎么会用刹车，大着胆子横冲直撞，沿着坡道一路滑下去，速度飞快，自己心里十分紧张，吓得路过的女大学生哇哇直叫。

说出来很煞风景，第一次到杭州，年岁小，玩心重，除了学会骑车，能记住的，便是奎元馆的面条。当时好像改名叫"工农兵"面馆，因为嘴馋，吃了再也忘不了。几年以后，已经上大学，好端端的，正上着课，突然想起了奎元馆，便在江南三月，拉了一位同窗好友，兴冲冲逃学到杭州。从南京到杭州有三百多公里，骑自行车，得花两天时间。一路上，多少有些疲乏，便用"奎元馆"三个字为自己打气，用"脆鳝面"为同学鼓劲。

终于进了城，逮住别人先问西湖在哪个方向，然后对着西湖直冲过去，好像一定要到了西湖边上，才算真正到达杭州。二十多年前，沿着西湖骑车，真是神仙的日子。我现在甚至记不清那次去没去奎元馆，真看到了西湖，吃不吃已经不再重要。写到这里，我突然想到了哈同夫妇所说的"活山活水"的确切含义。

别处也有山，别处也有水，和西湖的山水一比较，那个"活"劲立刻弱了许多。人到西湖边，疲乏顿时无影无踪。以杭州的山水为参照、为样板，偌大的一个中国，还真找不出另一个可以媲美的城市。虽然这是我第二次到杭州，后来还有第三次、第四次，次数多得自己都绕不明白，但是这一次的美好感觉最具有冲击力，印象最深刻。我忘不了当时看到西湖的那种亲切。说白了，只为了在这西湖边，停上那么一小会儿，辛辛苦苦地骑车三百多公里，值得。

2003年9月26日

金华的双龙洞

二十一年前祖父过世，父亲为了写纪念文章，让我抄写老人家日记。就在祖父的书桌上，我毕恭毕敬地誊写，当时是1988年，具体摘抄的日期是1957年上半年，正是祖母去世前后。

祖父祖母的感情非常深厚，我们做小辈的常被教育，应该向他们学习，要以他们为榜样。祖母过世，祖父的悲伤难以用笔墨形容，只说书写卧碑这件小事，祖父按石头大小拼了纸张，写了"我妻胡墨林墓"六个大篆字，每行两字，分三行，然后写了一首五绝，是用我祖母的口吻："人情实太好，与我大有缘，一切皆可舍，人情良难捐"。诗左又有三行正楷小字："墨以一九五七年三月二日谢世，先十日为余说此意。呜呼！心系人间，骨归泉壤，用铭其墓，来者鉴之"。这么多的字如何布局，大小如何合适，祖父前后琢磨了一个星期。祖父生前，我常看到他为人写字，大都一挥而就。

这以后到了3月底，祖父便离开北京黯然南下，他不是个爱游山玩水的人，此次出门东游西逛，差不多有五十天。去了武汉，去了广州，又去了浙江和江苏。浙江除了杭州，还去了金华、温州、黄岩。因为有金华一游，便写了《记金华的两个岩洞》，这篇文章的一小部分，被改名为《记金华的双龙洞》，收入小学课本，结果很多孩子都读到了。

收入小学课本的具体时间弄不清楚，问身边的人，有人说读过，有人说没有，但是确实有很多人知道。我的小学是在"文化大革命"中度过的，印象中绝对没有这篇课文。无论过去还是现在，选入课本和教材意味着可以获得更多读者，会产生让人意想不到的印象，因此金华的有关方面，竟然请书法家用很大的字抄写，用巨石刻了碑竖在双龙洞门口。

今年盛夏，我与陈村兄相约一起游金华，就在这块碑前，他要为我照相留念，一边拍摄一边调笑。我心里无限感慨，首先，祖父一生都是低调，他要是知道这事，肯定不会赞成；其次，我太知道祖父当时的心情，祖母的早逝正像刀子一样剜着他的心，"孤灯不明思欲绝，卷帷望月空长叹"，祖父寄情山水，无非"入室故迟迟"，心里时刻都在惦记祖母。祖父这篇游记写于1957年10月，这时候，正是父亲被打成"右派"之际，这等于在不痛快的祖父心头，又添一层新堵。文章发表在《旅行家》杂志上，细心的读者一定会发现，轰轰烈烈的"反右"运动中，这篇游记的风格其实很沉郁，有些压抑，有太多平淡，还有一些浅浅的痛楚。

选入课文的《记金华的双龙洞》被删节加工，变得更简洁，更适合小学生阅读，不过不是原汁原味，原文中"我不感兴趣，虽然听了，一个也没有记住"，这些话已不复存在。

2009年8月15日

第三章　文学之路

唱情歌的季节

在过去的年代里，所有的情歌都曾被形容成靡靡之音。字典上对"靡靡"两字的权威解释是："颓废淫荡，低级趣味。"我读中学的时候，情歌一概被称为"黄歌"，那个时代的年轻人，不但不会哼唱情歌，就是会唱的老一辈，也鸦雀无声、噤若寒蝉。唱情歌等于唱"黄歌"，等于是耍流氓，这种最简单的推理，让所有的人都觉得想到爱就是罪过。我的同龄人都是在同一种性禁锢的压抑下成长起来的。随着年龄的增长，班上的男孩子开始说下流话，当然只有那些被称为"坏学生"的人才敢说。

记得那时候公演的外国电影，只有苏联的《列宁在十月》和《列宁在1918》以及几部阿尔巴尼亚电影。有一部阿尔巴尼亚的儿童片叫《勇敢的米哈依》，其中有个镜头是一群小孩去河里游泳，一个少女只穿着胸罩和三角裤，这个一闪而过的镜头在当时很激动人心。黑暗中不知谁喊了一声，于是一片叽叽喳喳。《列宁在1918》中有一小段《天鹅湖》舞，有些人买了票，反复看，只要那半分钟的《天鹅湖》一结束，就立刻堂而皇之地退场。在"文化大革命"的后期，唱"黄歌"已成为"坏孩子"的专利，所谓"黄歌"，也就是20世纪50年代青年人传唱的一些情歌，譬如那首著名的《莫斯科郊外的晚上》。

高中快毕业的那一年，我们在乡下劳动。几乎所有的男孩子都在有声无声地哼唱这首曲子。有个同学会吹口琴，老师不在的时候，便反复地吹奏。据说现在的中学生早恋已很普遍，可是在我们念中学的时候，男女同学都仇人似的不讲话，谁要是无意中提到了一个女孩子的名字，立刻就会被大家瞧不起。多看女孩子一眼也是无耻的，男孩子大都用一种蔑视的姿态，来表示自己对异性天生的爱意。那次在乡下劳动，也许是毕业在即，两位很好看的女同学从我们面前走过时，我们班的一个大胆而且有几分恶名声的男孩子，遥指着其中的一位，忍不住说：

"乖乖，为了她，让我去死，也是愿意的。"

这是我们第一次听到有人如此公开地表达对女孩子的爱意，都很吃惊，以至于没人敢插一句话。大家已习惯表达对女孩子的仇恨，我们为女孩子起绰号，传播那种并不存在的流言蜚语；把穿得好看一些的女孩子，戏称为"女流氓"，并用想象中的男孩子为她们配对。把男孩和女孩相提并论，在当时可以说是奇耻大辱，因此，有一个人如此赤裸裸地表达他的爱意时，在场的所有人反而不作声了。

也许所有的男孩子都暗恋着这个女孩子，也许是因为这个女孩子而想起了别的女孩子。中学生应该不应该早恋，这是需要另外讨论的话题，但是所有的男孩子心目中都会有一位女孩子，这是抵赖不掉的。每个人心里都有一首情歌要唱，就是没人敢真唱出来。

还有两个月，我们就要毕业，大家似乎一下子成熟了。许多人都去镇上买了最廉价的香烟来抽，一边抽，一边望着天空想心事。一个男孩子竟然忘情地在女教师面前，唱起了《莫斯科郊外的晚上》。

我的心上人，
坐在我身旁，
默默看着我，
不声响。
我想对你讲，
但又不敢讲。

女老师听了很生气，说你唱什么歌。男孩子说，我唱的是革命歌曲。女老师说，什么革命歌曲，是"黄歌"。男孩子不承认，说自己唱的不是"黄歌"。女老师不容他抵赖，男孩子急了，狡辩说，你怎么知道是"黄歌"，除非你也会唱。女老师说，我的确会唱，但是我没唱。女老师当然会唱这首歌，她是"文化大革命"前的大学生，体育和唱歌都好，性格就像男孩子一样活泼，时间、地点、身份不一样了，她只能板起脸来训斥自己的学生。我们同班的同学，有许多人前后在一起念了十年书，竟没有一对男女成为夫妻。高中毕业后，虽然还都在一个城市里住着，见了面，仍然和路人一样陌生。如今到处能听见如泣如诉的情歌，可真正属于我们这代人应该唱情歌的季节，已经无可挽回地结束了。浪漫的岁月，不当一回事就过去了，想起来不能不觉得感伤。前些年，我们的小学同学声势浩大地聚集在一起，搞了一个不小的活动，男男女女坐在一起，匆匆谈起了过去和现状。童年、少年时的痕迹在我们脸上已经成了残余，大家都不再年轻，想到那时候不说话的情景，谁心里都在暗暗觉得好笑。

有一年在神农架开笔会，作家池莉女士的一位热心读者，感叹地说："哟，你变多了，十年前你不是这样的。"池莉立刻有些哭笑不得，不知道如何回答才好。这种感叹也引起了当时在场的另一位女作家范小青的感叹，说一个女人怎么禁得起十年的岁月。十年对于一块石头，也许没什么变化；对于金属，也只是厚薄不同的一层锈，可对于人来说，尤其女人来说，实在太可怕。

还是让话题再回到我们那次同学的聚会上，时间自然不是十年，而是几个十年。如花似玉的女孩子现在都成了十足的妇人，虽然成熟也是一种美，然而岁月的洗刷，毕竟谁也阻挡不了。都说美丽的女人经受不起时间考验，事实上，不算漂亮的女人，也一样难逃厄运。让男孩子们朝思暮想的女孩子们已经远去，唱情歌的季节也已一去不返。

想上大学的日子

　　我整个青年时代，最重要的一件事情，就是想读书。我不止一次写过这件事，其中有篇散文的标题就是《想读书》。

　　中学毕业是1974年，那时候的文化水平非常低，差不多就是文盲了。印象最深的是初中毕业。班上很多年龄略大一点儿的，初中毕业就可以去工作。他们很高兴，早工作早拿钱，日后的工龄也相对长了。我的年龄得继续上高中。高中是两年半，整个高中期间，每年学工一个月，学农一个月，还要军训，几乎没好好读过书。整个中学给我的印象，是到临考试前背一下课本，当时能这么做，已经是好学生了。

　　读中学的时候，绝对不会想到读书有什么用处。那时候上课，也批判"读书无用论"，但根子里，大家都觉得读书确实无用。事实上，我们都是很快乐地享受了这种不用认真读书的日子。高中毕业以后，当了工人，才意识到原来还是读书有趣。

　　我进工厂，应该说是皆大欢喜，虽然是个非常小的小厂，但是面对知青要下乡的大背景，这个二三百人的小厂，就是个很不错的单位，而且我的工种也不错，是钳工。产生想读书的愿望，是在进了工厂以后。说老实话，当工人并不好玩，成天和机器打交道，那种完全机械的工作，很快就会让人感到厌倦。那时，我只是单纯地想读点书，想学点东西。想上大学的念头是后来逐渐发展的，从一点点，到越来越厉害，越来越没法克制。到最后，那愿望竟然会是那么强烈，甚至超过了性的冲动。那年头，有的女知青为了上学，不惜出卖自己的贞操，不少大队干部，也就是因为手上有着让别人上大学的名额，理直气壮地就把人家好端端的姑娘给睡了。我想我当时要是女孩子，真遇到这样的事，怕是也不能幸免，想读书的念头太强烈了，足以让人失去一切理智。贞操诚可贵，大学价更高，在特定的历史时期，这似乎是件物有所值的买卖。

想上大学，不想当工人，那是恢复高考以后的事。记得当时很兴奋，因为我们是在夜校知道这个消息的，整个夜校都沸腾了。很多想读书的傻瓜，都集中在夜校里，大家奔走相告。我敢说，后来的很多人才，后来考上七七级、七八级的大学生，有相当一部分，就是在夜校里读书的这些人。

当时就是一门心思想上大学，读什么无所谓。一开始是准备考理科，我在中学时，自我感觉化学很好，于是就想到了要学医。化学和学医究竟有什么联系，也没想明白，反正一听到恢复高考，机会来了，很自然地就"机会主义"起来，连忙拿起化学课本，还专门去一个老师那里补习数学。很多人都奇怪，为什么没有想到去考文科，在后来的日子里，我不断地回答这个问题。

事实上，我考理科更顺理成章。自从懂事以来，家里的大人都反对我学文科。当时想读书的欲望太强烈，不能读书意味着世界末日，于是就临时改考文科了，匆匆上阵，第一年虽然参加了复试，结果还是落了榜。落榜对我是个很大的刺激，因为我发现自己很笨、很糟糕，根本就不是上大学的材料。我只是个想读书的痴心汉，非常非常想上大学，但是对自己能不能考上大学，并没有什么信心。我从来就不是个信心十足的人，如果我有信心，就不会出现又考取工人大学的那个波折。七七和七八两级学生之间，实际入学时间只相差半年，而在这半年中，市机械局系统办了一个正式的工人大学，对各个工厂的青年工人招生。过去是厂里推荐，这次却要经过正经八百地报考。考上了，由厂里出钱，读三年，于是我就去考了，结果以第一名的成绩考上热处理专业。

这是个有趣的插曲。可最后我并没有去读这个学校，事实上，我不过是去上了一天课。当时也没什么重点大学的概念，我放弃的具体原因，至今也说不清楚，只记得那天去上课，感到很孤独，谁也不认识，下课时，别人都在那儿侃侃而谈，我却仿佛被谁遗弃了。第一天上课的感觉非常不好，热处理专业是什么，我为什么要学这个专业，原来不成问题的问题都冒了出来。过去，我只是单纯地想上大学，只要有书读就可以；现在，我突然对自己的真实想法有所怀疑。面对前途，我感到一片空白，感到一种从未有过的孤独，我和这个专业没有缘分。

那天晚上回去以后，我没跟我父母商量——这种事用不着商量。幸运的是，我性格中那种遇事不在乎的一面，起了决定性的作用。第二天，我没去上课，而是去找我们的一个副厂长，问他我能不能不读这个学校。他开玩笑说："钱都交上了，你怎么能不读呢？"我就说："那钱我来赔好了。"他笑着说："不得了，就你们家钱多！"直到现在，我仍然很感激这位副厂长，因为他见我决心已定，突然话锋一转，很严肃地说，"说老实话，你不是这个才，要是让我讲真心话，你就不应该读这个学校，你可惜了，你不是这块料，你应该有更好的机会。"

也许，这位副厂长只是认为像我这样的家庭背景，应该去上一个更好的学校。其实我当时只是不想学热处理专业，想学什么不知道，不想学什么是清楚的。他给了我一个很好的台阶，他的意思是说，你读这个书委屈了，这个学校配不上你。有他这句话，我很轻易地退了学。退了学，除了高考，我已没有别的退路，那时候的用功和发愤，自己想想都会感动，只能破釜沉舟了。坦白说，我对自己最后是否能考上大学，一点儿谱也没有。当时的压力确实有点大，我这人并不聪明，学什么都比别人慢，于是为自己设计了一个退路。我想，要是考不上，那就再考，大不了脸皮厚一些，能考几年就咬着牙考几年。

1978年第二次考大学，考过之后，又闹了点小笑话。那时候，南京大学发录取通知要比别的学校迟。分数早就知道了，还不算太差，我表姐对我讲，以这个分数肯定能考取重点大学。渐渐地，周围的人都接到录取通知，我却一直没有消息。偏偏在这时候，我母亲单位接到一个电话，是南大招生的人打去的，问这儿有没有一个叫叶兆言的人，又说这孩子的眼睛不好，是不是因为小流氓打架。接电话的人跟我母亲关系不好，我母亲于是非常多疑，怕她在背后说儿子什么坏话，便找熟人去打听。是拜托南大的教授吴伯匋先生，他和我父母都很熟悉，学问不错，做事却有些糊涂。他也没去认真落实，一本正经地来我们家，说你们家孩子这次没考好，我已经去问过了，没录取。这没关系，下次再考，真考不上，让老叶帮他写个东西，签上孩子的名，发表出去，然后调到文化局去。吴在"文化大革命"前曾做过文化局的副局长，他老人家这么说，是莫名其妙地自说自话，有一种特别的迂腐。

这个插曲如今说起来是喜剧，当时对我则是当头一棒。我想上大学的欲望近乎有点病态，根本就经受不起这样的玩笑。填志愿的时候都不知怎么填，有人告诉我多填点，把文史哲统统填上，越多越保险。按规定，考生只可有两个选择，我却听了这个，冒冒失失填了文史哲。当时想，录取什么就读什么，能进大学门就行。

结果是被南京大学中文系录取了，能考上大学，真是件很快乐的事，在这之前，所有的快乐都没法和它相比，甚至以后也没有。我填的志愿，第一志愿南京大学，第二是复旦大学，第三是北师大，第四是华师大，最后一个是山东大学。现在回想起来，只要一个不录取，后面的都可能出事。由此可见，当时一方面拼命想上大学；另一方面非常幼稚，都不知道找懂行的人去咨询一下。记得第一天去学校报到，晕晕乎乎，南大的一切都让我感到亲切。这学校给我的最初印象，是小时候去看大字报，批斗当时的校长匡亚明，那是童年的记忆。

2006年9月8日

大学不喜欢告密者

　　不知道今天在读的大学生，对明天抱有什么样的心态，反正三十年前，我们上大学那会儿，很少幻想未来。那年头读大学，仿佛傻闺女待嫁，只盼望老天爷开眼，日后能嫁个好单位。包办婚姻的最大好处是省心，我们也不知道哪个单位好。

　　所谓好，就是听上去动听，看着不错。学校分配工作，和抓阄也差不多，运气好，说不定嫁个好老公。真所谓，无端嫁得金龟婿，有心难找好工作。大学毕业前夕，最大心愿是出去潇洒玩一圈。要玩，就得逃学，我和一位同学决定骑车去浙江，第一站杭州，三百多公里，花两天时间。然后沿钱塘江上行，游富春江，游千岛湖。那时候旅游还没开发，经常坐一种很破的机动船，声音巨响，柴油味扑鼻。痛痛快快玩了一个多星期，回学校。正赶上运动会，我们得到消息，风声已走漏，有同学悄悄地将我们告了，系里要兴师问罪，处理违纪行为。胆大妄为的我们这才有些慌张，商量如何扯谎面对。没想到在体育场看台上，分管的系副书记看见我们，先一个劲笑，问去哪儿了，说你们胆子真大，马上要毕业了，我们该拿你们怎么办呢。对母校的最大怀念，就是她宽容，从来不与学生为难。记得当年跟一些文友办过一份民间地下刊物，后来遭禁，仿佛闯了大祸，文友一个个被审查，苦不堪言。所在单位和学校如临大敌，问这问那，处处刁难。

我只是遭遇了最简单的走过场，还是这位副书记，在面前放一录音机，问怎么回事，愿不愿意说说。我说不愿意。他就笑，说好吧，不愿意就算了，我把录音机关了，我们随便谈谈怎么样。我说关于这件事，没什么好谈的。他说好吧，没什么好谈的，我们就不谈。

很严重的事，就这么过去了，多少年后，遇到当年的系副书记，他笑着说当时的压力很大，上面有要求，公安局挂了号，可是他想得最多的，还是如何保护学生。学生就像自己的孩子，哪有不护着子女的爹妈。相对于这事，逃学出去玩，完全小菜一碟，不值得提。作为分管领导，一点儿不过问不行，毕竟有人告了。不过看得出，他并不想怎么样，也不欣赏告密者。大学是个干净的地方，告密永远不值得提倡，这也算母校有过的另一个优良传统吧。

时至今日，仍然想不明白，为什么要偷偷去告密。有人分析，毕业分配前出招，可以轻易解决两个对手，然而这一招在当年并不灵验，事实上，告密的事泄露了，上上下下都显得很不屑。

2010年8月5日

文学没有世家

教育肯定是重要的。小时候在学校读书，经常听说世界上没有无缘无故的爱，没有无缘无故的恨。毛孩子对爱恨始终朦胧，无非人云亦云，习惯成自然。公共教育的直接结果就是，我们特别热爱毛主席，热爱共产党，热爱雷锋；特别痛恨美帝，痛恨苏修，痛恨地富反坏右。家庭教育就有些不同，如今回想，我小时候最大的烦恼，是很少被鼓励，很少受表扬。

父亲在这方面出奇的吝啬，儿子什么都不对，这也不行那也不好。唱歌，五音不全；写字，东歪西倒。在公众眼里，他忠厚老实，为人低调，却喜欢高调对付儿子，总是打击我的积极性，害得我永远也不知道自信。

父亲是个"右派"，过去我总认为，他这样是因为遭受了挫折，一朝被蛇咬，十年怕井绳。他坚决反对儿子走自己的道路，不赞成我看小说，不希望我写作。和大文豪苏东坡一样，他希望我平平安安，根本不在乎我有没有出息。

后来我发现不完全是政治原因，意识形态是一方面，天性是另一方面。父亲不自信是天生的，他是最小的孩子，我姑姑经常笑着说，你爸太笨了，连个最简单的拍皮球都不会；他吃苹果总是连核一起吃下去，最后只剩下一根细棍。长辈们说起父亲都是荒唐：握笔的姿势不对，拿筷子也不对，走路歪着肩膀，老是长不大，经常交些不三不四的朋友。

反正屡犯错误，这样的人当"右派"，理所当然。不得不怀疑他是在儿子身上找平衡。父亲小时候一定受到了太多暗示，这不行那不行，结果越来越不自信。

现实生活中，他很少说别人不对、不行，可是对我，他很少说儿子对、儿子行。我差不多是唯一可以让他说不对和不行的人。父亲生前常说中医可以传代，画画可以传代，唯有写作继承不了。他从未想过要培养儿子当作家，真的没有，绝对没有。可惜离开人世已十八年，他要是活着，听到"文二代"这个词，一定会痛加指责，一定会讽刺挖苦。俗话说富不过三代，有人笑侃富二代，说这个二代，其实是马上就要结束完蛋。文二代真能成立，我想大约也是这意思。

文学从来没有世家，一个人能不能成为作家，由社会决定，全靠个人努力。文学是一种反叛，不仅反叛社会，还要反叛家庭。尽管解释了多遍，使劲撇清，一再说明，别人还是不太相信，不相信我成为作家与家庭无关。

按照流行说法，我既是文二代，也是文三代，怎么也脱不了干系。但是这并不是真相，所谓文几代，不管二代、三代甚至四代、五代，都蒙人，都与真正的文学不沾边。

2010年3月24日

文学少年

　　1974年，我十七岁，高中刚毕业，说懂事，什么都懂了；说不懂，真正明白的事实在太少。那是个知识被成群地赶进深山的年代，一切都被扭曲，一切都很荒唐。我是那个时代带着几分奇怪的标本，算是高中毕业，实际水平比初中生还差。我留过一级，从农村回到南京后，又莫名其妙跳了一级，甚至还泡过将近一年的病假。

　　读不读书、上不上课都一样，我的字写得像小学生，像外国人写中文，错字、别字连篇。高中毕业考试，考数学是珠算，我们只学过加减乘，连除法都没来得及学。

　　那时唯一值得自豪的，就是书看得多，相对而言的多。父亲是南京的藏书状元，所藏的书绝大多数是翻译过来的外国小说。"文化大革命"后期是我拼命看世界名著的年代。卖弄自己看过的外国小说，一向是我的嗜好。多少年来，我一向自以为是，觉得在阅读方面没人吹牛吹得过我。我的父亲毕竟是藏书状元，强将手下无弱兵，父亲在他那辈人中读书最多，我自然在我这一辈中也没有什么对手。为了在吹牛时立于不败之地，我实实在在读了不少书。

因为祖父在北京，我经常有机会去，一去就住很长时间。北京这地方多少有些文化中心的意思，有点巴黎的沙龙气氛，即使在"文化大革命"后期这一特殊阶段也不例外。作为一个经常有机会接触沙龙的外省文学少年，北京老家给我在文学上的影响的确太重要。我的堂哥三午长年累月在家歇病假，他的客厅永远有人，高谈阔论，胡说八道。

三午的客厅是当年北京诗人经常光顾的地方。那是些看上去神经兮兮的年轻人，没日没夜，高兴时来，尽兴则去。三午的客厅常常有人高声朗诵诗，有时候诗人自己朗诵，有时由漂亮的女郎代劳。漂亮女郎多半是诗人的崇拜者，多才多艺，会唱会弹钢琴。

三午自己就是一个很不错的诗人。我曾在他客厅里朗诵过他的诗。他的诗免不了有些颓废，有些痛苦，当然也有些矫情。我在客厅卖弄他的诗，原因是三午在念自己的诗时大哭起来。事实上我也是一边流眼泪，一边朗诵。

在三午的客厅里，感动得哭起来是一桩雅事，没什么可难为情。对于这样的场面我已经太熟悉。常常有人写了一首好诗，大家喝彩，于是当场作曲，当场唱。根据三午的诗作曲的一首歌在北京小圈子里曾经很流行：

不要碰落麦芒上
　　凝结的露
不要抹去睫毛上

颤抖的泪

露珠里映着
　　整个的太阳
泪滴里闪着
　　我们走过的路

脚在田野里迈
　　衣领上全是露水
心在生活里滚
　　脉搏上全是泥和泪

露在深深花蕊
　　泪在层层心田
烈火枯竭源泉
　　烘不干露和泪

手捧起滴滴露珠
　　便成一道瀑布
心积起颗颗泪滴
　　那是无边的海

不要碰落麦芒上
　　凝结的露

不要抹去睫毛上
　颤抖的泪

诗写于1972年10月10日。以今天的眼光看，诗当然算不了什么。文学从本质上来说就是历史，在历史的参照系数面前，我们说大话最好留些余地。

关键是那种氛围，与世隔绝，与世无关。那时可是"四人帮"之流肆虐的年代，是文化的沙漠，是没有春天的严冬。三午另一首诗似乎写得更好一些：

摸熟了块块斑驳的门牌
翻厌了张张嘈杂的脸儿
从来到人世，我
就揣着一封无法投寄的信

羞愧　不安　焦急
憧憬　痛苦　渴望
从来到人世，我
就揣着一封无法投寄的信

这些诗从来也没有变成铅字发表过，三午写了近百首诗，任何一本谈诗人的书都不会见到他的名字。他注定了只能默默无闻，活了四十多岁，便英年早逝。说起来，这当然是非常遗憾的一件事，许多好诗人的结局，都可能是这样，明白了这一点，也许我们就会释然。

　　1974年，我这个十七岁的外省文学少年，在三午的客厅，开始了最初的文学梦想。沙龙的气氛自然使我向往成为诗人的一员。我老气横秋地加入了侃文学的清谈，指点江山，信口开河。

　　这些诗人说到底也不过是一些文学青年，大家生活在浪漫的诗意中，悄悄地较着劲，和年轻狂妄的画家们相仿，都觉得自己行，都看不上别人。那一代诗人似乎都喜欢巴尔蒙特，他们都喜欢这句话：

　　　　我来到这个世界上
　　　　只是为了看看太阳

　　三午的客厅里常常为了诗歌吵架，吵得不可开交。诗人最多，有作曲的，有唱歌的，有画画的，有摄影的，还有研究哲学的。有的显然是风流潇洒的公子哥儿，一脸的八旗子弟样；有的却像乞丐，衣衫褴褛，只差随地吐痰擤鼻涕。所有这些人都是野路子，是诗人一定颓废，一定朦胧，画画的离不开一个"怪"字，都喜欢留长发，言谈时，最擅长的一句话就是：

　　"这他妈哪儿是诗，这他妈哪儿叫画！"

　　我毕竟只是文学少年，除了多读过几本书之外，别无可夸耀处，在烟雾缭绕的客厅里，学会了大言不惭地说：

　　"这他妈哪儿是诗，这他妈哪儿叫画！"

　　做梦也不会想到多少年后，我会成为一个小说家，会跻身于混稿费的人流中。

三午是叶家第三代人中最有希望成为作家的一个人，他身上有饱满的诗人气质，他写诗，看小说吹小说，发疯地喜欢外国音乐。三午常说，他喜欢文学，是受我父亲的影响。他说起我父亲不该中途放弃写作时甚至掉眼泪。

我父亲早在二十岁前就写了一大堆短篇小说，不止一个人说过我祖父是中国的契诃夫，但是三午一向认为，如果我父亲不停笔，真正成为契诃夫的应该是他。

我父亲把爱好文学的毛病传染给了三午，这毛病最终又到了我头上。朱自清先生曾夸我父亲少年时的文章写得"头头是道，历历如画"，说他的小说中有"他自己健康的调皮和机智"。三午总是为我父亲叫屈，他老说："叔叔的小说太不合时宜。""不合时宜"的评价同样适合三午自己，适合那一代过早来临又过早凋谢的年轻诗人们。

父亲在和我谈起三午的遗诗时曾经说过，时至今日，他的诗歌完全可以发表。这的确也是实情，今日已是个诗人多如牛毛的年代，出版物泛滥，只要是诗，只要是那些分了行的短句子，混迹于刊物之上并非太难。可是三午的诗毕竟只适合他曾经活着的那个时代，他的诗，包括他在内的一代诗人，说到底仍然是时代的产物。

我从来不认为三午的诗最好。即使当年我作为一个外省的文学少年，跟在三午后面亦步亦趋，志大才疏又装腔作势，我也不甘心做一个像他那样的诗人。

我的偶像是一位更年轻的诗人。他是那年头突然闪现出的新星中最灿烂夺目的一颗星。当年北京民间沙龙中几乎没有不知道毛头的诗的人。毛头要比三午年轻得多，他狂妄地出现在三午的客厅里，目空一切，孤芳自赏。

> 他似流浪汉的姿态睡倒
> 盖着当天的报纸，枕着黑面包
> 不在乎胡须上滴下的口水
> 也不在乎雀斑，在他脸上充满
> 嘲笑

这幅艺术家的速写似乎更适合毛头本人。毛头是个天生的艺术家。他会唱歌，正经学过西洋美声唱法。那时候，谁手头有一盘好的意大利歌剧带，谁就有幸在短时期内，做他最好的朋友。孤傲的毛头并不是和什么人都可以交朋友。

我对毛头的身世不太熟悉，只知道他家境不错，人在白洋淀插队，并且知道他曾当过学习毛泽东思想积极分子。在我作为文学少年的那个年头，父亲的书和三午的客厅，潜移默化地使我和文学结下了不解之缘，毛头的行为却直接为我提供了模仿学习的榜样。

毛头似乎具备了一个和常人不同的大脑，他的诗永远让人感到新颖，感到震惊。我那时候虽然已经知道洛尔迦，知道普希金，知道巴尔蒙特，知道阿赫玛托娃，但是活生生的毛头，比任何一个诗人更实在，比任何一本诗集都耐读。

毛头的诗实在太多，太多。他每年都为自己编一本诗集。他的身上永远揣着笔，走到哪儿，想到哪儿，有时灵感来了，扯上一张纸，唰唰记下，然后把纸片藏进口袋里，继续海阔天空说大话。据说每年的十一月下旬，是他结集的痛苦时期。

在这时期里，他把自己关在房间里，把写在乱七八糟的纸片上的诗整理出来，绞尽脑汁，怨天怨地，仿佛女人坐月子。他年年都要为此掉一身肉，胡子拉碴，死去活来。大功告成，他又开始神气十足，重新露面。

毛头的魅力在于他自身就是一首充满激情的诗。他对诗歌本身的迷恋，对文学的执着，只有"过分"这两个字才能形容。1976年的唐山大地震把北京人吓得不轻，就好像到了世界末日。毛头当时的行为最可笑，他拎着个旅行包，包里装满了他自己手抄的诗集，灰溜溜得像个流窜犯，非常狼狈，形迹可疑地东躲西藏。面对大自然的威胁，别人不过是怕死，他在怕死的同时，更担心他的天才作品会毁灭。

和大多数文学少年一样，我最初的文学梦想就是写诗，做个像毛头那样的诗人，生产太多太多的诗，满满一旅行包，拎着到处走。在三午的客厅里，我学着三午或毛头的口吻，堂而皇之地说着"这哪儿叫诗，这哪儿是小说"。既然我认为毛头的诗最好，我便老气横秋地用毛头的诗来压别人的诗，像不像毛头的诗是我在相当一段时间内判断好诗坏诗的唯一标准。

我学着毛头的样子开始写诗，疯疯癫癫，绝对形似。在纸片上，在小本子上，甚至在书的空白处胡涂乱抹。十七岁那年真值得我很好地回忆一番，我开始学着抽烟，偶尔也喝点酒，并且正经八百地开始幻想女人，我变得有些颓废，玩世不恭。我母亲因此对三午耿耿于怀，老觉得我是跟他学坏的。

　　我的读书趣味也是在那时候开始发生变化，我从雨果的忠实信徒，突然转变为对整个的19世纪西欧文学格格不入。浪漫主义文学作品尚未读完，我已经跳过了现实主义文学，一头栽进了20世纪西方现代派文学的皮毛之中。爱伦堡的《人，岁月，生活》，给了我无穷无尽的知识。回到南京，远离北京沙龙，便在爱伦堡的回忆录中寻找刺激。我决心不顾一切地写诗，希望有一天能在三午的客厅里像毛头一样露脸。

　　诗人也许真是天生的，我很快就写了不少分了行的诗句。这些诗丑陋得让人感到恶心。我学会了做作，学会了矫情，学会了把句子折腾得疙里疙瘩，就是写不出一句像样的好诗。在我的文学少年时代，令我最痛心的一桩事，就是发现自己实际上根本不可能成为一个好诗人。

　　我经常独自到野外去找诗，寻章摘句，在春天的草地上，想着想着便睡着了。干别的什么事，我的脑子里老在想诗，等到正正经经要写诗，我又肆无忌惮地开起小差。我像诗人一样活着，神经分分，无病呻吟，和时代绝对格格不入。我进了一家小厂当工人，早出晚归，逃避一切政治学习，并且从来不看报。当时的那些出版物和我没任何关系。在我越来越意识到自己的诗写得实在不像话的时候，我便发誓，除了外国小说，我什么都不看。

　　几年以后，形势发生了重大变化，小说尤其是短篇小说开始时髦。我考上了大学，也跟着起哄写小说。最初的小说和我最初的诗歌一样糟糕。我曾把这样的小说寄给北岛，北岛看了以后写信给我，说我的小说不行，但是很有写诗的潜力。他夸奖我有良好的感觉，大可以在诗坛上闯一闯。他的客气话让我绝望了很长时间。如果我的小说感觉还不如诗，要走文学这条路还不如去寻死。我已经清楚地知道自己的诗歌不可救药，而的的确确也正在明白，我当时的小说实在不怎么样。

时至今日，我的小说仍然没有真正写好过，重温旧作，羞愧难忍，苦不堪言。回想当年，我能够不懈地写小说，和退稿作斗争，本身就是桩了不得的奇迹。也许是为了赌气，当然也是自己"另寻新欢"以后，太喜欢小说这玩意儿，我总算没像写诗那样半途而废，我总算坚持了下来。

很多年以前，有一个文学少年幻想着将来会是个惊世骇俗的诗人。和大多数美好的理想注定要破产一样，我的诗人梦遥远得仿佛是别人的故事。我并不后悔自己销毁了那些惨不忍睹的诗稿，时光不会倒流，艺术永无止境，过去的一切都化为亲切的回忆。我怀念三午，忘不了毛头，多少次旧梦重温，老毛病再犯。我向那个已经死去的、已经虚无缥缈的我招手致意。海枯石烂，这毕竟是一个不能忘怀也无法忘怀的我。我看着我，脉脉含情，顾影自怜。我们曾经是个整体，我们永远是整体。

　　我们彼此思念
　　仍在无声地前进
　　就像雪橇
　　在伤口上继续滑行

人，诗，音乐

　　从堂哥三午的客厅，我开始步入文学殿堂。那时候，我是一名文学少年，在他的引导下，读世界文学名著，追捧喜欢的作家，过着一种有诗意的生活。三午是我们这一辈中的老大，很有才，却总是一事无成，年纪轻轻一场怪病，不当回事地便去了。

　　三午会拍照，有一段时间拍得很不错，用一架老式的德国照相机，拍人像，一时有"三午肖像"之美誉，记得当年许多人都慕名要他拍照。在我们这个文人家庭中，他对我的影响最大。早在20世纪70年代初期，除了拍照，三午还是一位很不错的先锋诗人。那是真正意义的先锋，在那个时代，能像三午那样写诗的，都是毫无疑问的怪人。

　　比诗和摄影更能吸引三午的是音乐。他算得上是玩音乐的好手，先玩唱片，以后又玩老式大盘子录音带，最后才是盒带。如果不是过早离世，他一定会成为激光唱盘的收藏者。有一段时间，他收藏的盒带，在北京小圈子里很有些名气。一位诗写得非常好、脾气绝对古怪的诗人，也是音乐的收藏者，都是四十岁出头的人，为了点芝麻小事，和三午孩子气地翻了脸，知道三午盒带收藏丰富，托人带话给三午，说是只要打开柜子，任他挑两盘磁带，便和三午和好。

三午一向喜欢这位诗人的诗，私下里，一直和我谈起他。三午觉得这位诗人的诗是中国最好的诗。他们曾经是很好的朋友，翻脸之后，三午不止一次回忆起他们之间过去的友谊：他们一起写诗，写那些好好坏坏的诗；一起玩音乐，用自行车驮着笨重的录音机，四处折腾去翻录带子。重新寻找失去的友谊是三午多年的心愿，但是要三午心甘情愿牺牲两盘珍藏的盒带，等于在他心头硬剜去一块肉：

"他爱和好不和好，挑两盒带，让别人可以，让他挑，那还得了。"

知己知彼，三午说什么也不敢冒风险，他坚信这位诗人会抢走他最棒的两盘磁带。量小非君子，无毒不丈夫，犹豫再三，三午非常坚决地拒绝和好：

"哼，不和好了，夺人所爱，这不行。"

在一个搞音乐的人眼里，三午是十足的外行。音乐对于他，既谈不上专业，甚至也不是业余。他只是喜欢听音乐，"喜欢"这两个字概括了他对音乐的一切感情。音乐仿佛是烟，是酒，是他生活中不可缺少的一种奢侈品。很难想象一个对音乐迷恋到如痴如醉地步，听着听着，就会手舞足蹈、号啕大哭的人，竟然对五线谱不甚了了。除了没完没了听音乐，我很少听到过三午哼上一句半句。

诗和音乐是三午生活中的一部分，有了音乐，自然而然也就有了诗歌。他不止一次向我描述，在优美的音乐声中，写诗的激情如何油然而生。"没有音乐怎么能写诗呢？"我至今仍忘不了他说这话时，一本正经、不容置疑的夸张表情。对他来说，音乐是耳朵里的诗，诗却是纸上的音乐。

现在　我对你颂诗的时候
那老彩笔已从天才的手
落到百年的尘埃里
你为他
忠诚地
贞洁地
保持着
你千年和真挚的感情
世人谁也听不见
你圣洁的声音

这是三午写的一首诗中的一个片段，当时是1964年，他二十岁出头，青春年华，是一个非常帅、非常潇洒的小伙子。十年后，我开始在一个硬壳的笔记本上，用很拙劣的钢笔字，毕恭毕敬地抄写三午的诗集。十年的岁月，"十年动乱"，三午似乎已经变了一个人。

我唇角常常
浮起一丝
苦笑

人呵　岁月呵——
苦楚成了嬉笑

山盟的无影
海誓的无踪
信义的甩脱
情谊的轻抛

冷嘲　热讽
明嫉暗妒
深深挖了陷阱
紧紧勒住圈套

人呵　岁月呵
残酷成了骄傲
苦笑　苦笑
都变形了
我的唇角

　　不仅思想境界发生大变化，三午的身体也变得让人感到悲哀。因为类风湿，因为在农场不堪忍受的体力劳动，他的背驼了腰弯了，成了标准的残疾人。他的诗风变得非常厉害，颓废像面黑色的旗帜，在长长短短的诗行中耀眼闪现。他对人世和生活的绝望，严重地影响了刚步入社会的我。那一年，我十七岁，正高中毕业，待业在家，根本就没有考大学这回事，前途渺茫，无所事事。我很快变得像三午一样颓废，一样无病呻吟，一样远离活生生的现实生活。除了学写诗，我便是陷在音乐的误区里，迷迷糊糊不肯出来。听音乐也成了我的嗜好，至今我仍然保持着这样一个坏习惯，那就是写作时，耳边一定要放着音乐。音乐的旋律极有助于思考。万籁俱寂或者噪声袭耳，音乐使人在枯燥写作的寂寞中，既感到孤独，更感到充实。和诗歌一样，我爱听音乐，也是受了三午的影响。他总是夸夸其谈，一谈起音乐就没完。有趣的是他对乐理一窍不通，能告诉我的只是音乐家的故事和传说。

音乐家的故事和传说对我写作起了潜移默化的作用，我渴望着自己能成为一名像莫扎特和贝多芬那样的音乐家。音乐使我在意志消沉颓废的时候，不时体会到崇高，体会到净化的纯洁。当我抄到三午下面这首诗的一个片段时，禁不住热泪盈眶，心里说不出是喜还是悲：

你的手指安抚着

键盘

我双肩抽动

只能把脸伏在手心

因为我就是——

你手下

黑色

白色

的键

三午的才华从来没有得到过充分发挥。和真正意义上的先锋诗人一样，他孤独寂寞，在世人眼里一事无成。他的诗少得可怜，变成铅字的更是微乎其微。他的才华和时代趣味距离太远，而且根本就是格格不入。1975年以后他好像再也没写过诗，诗人的热情在一个悲哀的时代里早已烟消云散。1972年10月29日这一天，三午像受了伤的野狼一样号叫：

我们像块木头

被削着　刨着

钉着　锯着

最后连自己看着

都陌生了

对整个宇宙　我们还将

嘲笑地说

心　总是那一颗

粉碎"四人帮"以后，新的诗人像雨后春笋一样冒出来。除了听音乐，没完没了地收集磁带，诗对于三午来说，已经成了一个遥远的过去。我不止一次问他为什么不写诗，不止一次问他为什么不把自己的诗拿出去发表，然而他没有一次正面回答过这些问题。他似乎一直过着一种静止的生活，天天老一套：吃，睡，看女儿弹琴，在音乐声中活着。这些年来，我读大学，读研究生，写小说，结婚，为养活和养好女儿挣钱，一次次变化，越变越俗，越变越现实。

三午的死永远是个谜，作为一个残疾人，他总是病恹恹的模样，谁也不会把他偶然的不舒服当回事。他的背已经驼得不能再驼了，心地虽然还像少年一样单纯，身体却仿佛风烛残年的老人一样龙钟。和他在一起，老是看见他痛苦不堪，孩子气地呻吟，不是牙疼，就是胃疼。他永远像一个被宠坏了的公子哥儿。我最忘不了他吃小苏打的腔调，别人吃药不过吃几片，他要么别吃，一吃就是半瓶，或者干脆满满一瓶。关于三午的死因，医院的诊断是恶性痢疾。从发病到咽气，还没到二十四小时。死有时实在是太容易。他动不动就呻吟，就叹息，习惯成自然，因此他逝世的那一夜，躺在床上哼个不歇，也没人太当回事。

三午死的前几天，有人给他送去了一盘福雷的《安魂曲》。他一边听，一边和大嫂戏言，说他若死了，就用这首曲子代替哀乐。三午死后，朋友们在《安魂曲》的乐声中，向他告别。这个场面被摄像机记录下来，无数遍地播放给那些没来得及向三午告别的朋友看。哀乐低低徘徊，三午像生前一样苦着脸，躺在花丛中，朋友们手持康乃馨，一一走上前，把康乃馨往他身上扔，这是三午生前最喜欢的鲜花。三午的一个朋友含着热泪，把他生前爱听的两盘盒带，揣在他怀里。在另一个世界，这两盘盒带将永远伴随着他。

堂姐小沫曾和我商量为三午出一本诗集。一个人死了，总希望能有些什么东西纪念纪念。诗和音乐都是身外之物。三午年纪轻轻地就撒手去了，留下一大堆他视之如生命的磁带，留下一本抄在硬壳笔记本上的诗集。比三午诗写得更好、名气更大的诗集都出版不了，三午的诗集何时能出，实在难以想象。

我和三午都特别喜欢拉威尔，尤其喜欢《鲍列罗舞曲》。记得三午曾向我描述过这首曲子所表现的内容。他告诉我那是一首关于葬礼的素描，下着蒙蒙细雨，人们穿着黑色的丧服，排着队，无声地在雨中走着。乐曲一遍遍反复，发展，有那么一点点细微的变化，越来越庄严，越来越辉煌。多少年来，我一直按着三午的话理解这首曲子。

直到有一次，偶尔翻开一本书，我才知道三午的阐释完全是错的。正确的答案应该是关于一位舞蹈着的女郎的故事。在一家冷漠的咖啡馆前，一位执着于舞蹈的女郎，孤独地跳着舞。她自顾自跳着，如痴如醉，仿佛早已被这世界所遗忘。她跳着跳着，终于用她那独特的舞姿，吸引了在场所有的人。大家一起欢快地跳起舞来，乐曲在热烈的气氛中结束。

错误或者正确地理解一首曲子，丝毫不妨碍欣赏音乐本身。有的人一生就像一首优美的诗，像一首哀婉动听的曲子。人生中有太多的误会，误会有时候一样很美，一样让人心抽紧着难以忘怀。

发表第一篇小说

　　20世纪70年代末，恢复了高考，大学生像刚出炉的烧饼，很受大家爱戴。我们逃学出去玩，晚上住小旅店，女服务员听说是穷学生，只收半价。那年头刚改革开放，什么都明码实价，所谓对折既不合理，更不合法，开票时特别说明：两个人只收一人钱，另一个算是白睡了。除了大学生，当时社会上还有一种人吃香喝辣，那就是作家。全民大写作，学文科的更是集体中魔，都胡乱地写小说。同学间经常交流作品，华山比武，喝着白开水论英雄。我因为贪玩，胆子小，起步又晚，偷偷写了，不好意思拿出去。前些天遇到老同学，回忆当年，他百思不解，说当初还真看不出来，你这家伙日后会写小说。我也没想到后来会当作家。中文系的一位老先生把我叫去训话，他认识祖父，又了解父亲，对我这位弟子有些严格要求，规定每天两小时外语，两小时古文，每周一篇散文，每月一篇小说。我觉得这任务太重，因此基本不去上课，每天外语、古文，打排球，不时地写散文和小说。当时真的很贪玩，同学们都觉得我不务正业，不考试绝对不碰教科书。大学二年级的那个夏天，我独自一人骑车去无锡，二百二十公里，一天便到了。

当时国道都是碎石子路，自行车轮胎磨得仿佛刚刷过黑漆。好汉不提当年勇，年轻真好，能够疯玩，也能疯写。外面玩了一气回来，剩下的假期中，又接连写了八个短篇。其中两篇同一天完成，父亲看了刚写完的小说，说这个有些意思，我帮你抄出来。他抄，我继续写，抄完了，新小说也写完了。结果发表在当年的两个不同刊物上，都是十月号，按写作顺序，《雨花》这篇在前。《青春》是处女作专号，我从未公开发表过小说，便以清白之身混迹其中。事实上，之前写过两篇小说，一篇是《凶手》，还有一篇是《傅浩之死》。

前一篇无影无踪，后一篇后来发表在马鞍山的《采石》上。不管怎么说，写小说和发表小说，一开始没让人太为难，真跟玩一样。很快遭遇发表不了的瓶颈，接下来整整五年，我的生产能力依然，小说一篇也发表不了，退稿像鸽子一样不时地飞回家。

童年时曾幻想过很多美好未来，父亲和祖父一再叮嘱，长大了干什么都可以，千万不要当作家。可以这么说，是源源不断的退稿，让我走上了不归路。有一段日子，写作变成了赌气。因为赌气，不知不觉染上写作的毒瘾，欲罢不能，越陷越深，最后只能在这棵老树上吊死。

2010年4月16日

阅读是一种生活方式

早年读中学的时候，绝对不会想到读书有什么用处。那年头上学，就跟闹着玩似的。大家都觉得读书无用，反正也没有大学可考，读不读书都一样，混到中学毕业，不下乡当知青就是抽到上上签，但是显然，这个读书是指读教科书，如果有幸不用教科书也是件"赏心悦目"的好事。事实上，我们都是很快乐地享受了这种不用认真上课来应付考试的日子。

好在我们家还有许多藏书，无聊才读书，没事看小说。高中毕业后当工人时，闲了没事可做，我充分地享受到了课本之外的读书乐趣。尤其是高中毕业后的一段时间，那是我一生中最悠闲的一个阶段，是真正的无所事事。待业了一年，这一年实际上是当祖父的生活秘书，照顾老人家，听他聊天，陪他去看他的朋友，在他的身边胡乱翻书。我看了不少世界名著，也看了一些现代派诗人的诗，在不知不觉中，对阅读产生了浓厚的兴趣。这种爱好一直保持到今天。

一个人的阅读，很可能是即兴的。一本书吸引读者总有原因，或者文字饱含趣味，或者故事情节生动，或者思想散发出火花。有时候，看上去不该吸引人，但完全可能一些别的元素，突然让你爱不释手。譬如，我最近看到的民国时期国都设计技术专员会办事处编的一本厚厚的《首都计划》，便无端地有些喜欢，而喜欢的原因仅仅是因为它的技术含量。用技术含量来形容一本书，有些奇怪和不负责任，可惜我找不到更适合的词汇。再譬如，我看到的美国女作家塔奇曼创作的《八月炮火》，她对第一次世界大战的开局，做了非常精彩的描述，又有很好的历史深度，让人掩卷叹息，欲罢不能。附带说一句，这本书是芦苇兄推荐的。

我的阅读兴趣一向很杂，想到什么读什么。天下从来没什么一定要读的书。我习惯于随手抽下一本书，无论哪个行业，无论是讲什么故事，都可能津津有味地读下去。如果觉得无聊，我会立即放弃。不想读它，为什么非要硬读？在阅读方面我是个"杂食动物"，是个机会主义者。有人认为读书必须从书中汲取所谓"营养"，要读就得事半功倍，一定要获得人生教益或启示，说老实话，我从内心深处排斥这种带着明显功利目的的阅读。读书就应该像吃喝拉撒睡一样轻松随意，应该是日常生活的一部分。

读书其实是一种生活方式。多读书不是什么坏事，也未必就一定是好事。多读书可能变成书呆子，当然也可能帮助你更好地了悟人生，触类旁通。经常听到有人说"听君一席话，胜读十年书"，实际上，这是个似是而非的比喻，因为前后两句话是不可能分开来的，它们之间互为因果。如果没有之前的十年苦读，没有阅读的积累，也就不可能有聆听别人一席话的大彻大悟。好货不便宜，天上不会掉馅饼下来。我一向不赞成为人推荐什么必读书。推荐必读书其实是鼓励人在阅读上偷懒，鼓励读书的投机取巧。

我总是忍不住向别人推荐自己正在读的书，好事用不着一个人偷着乐，"奇文共欣赏，疑义相与析"。又譬如，我刚读过这本《首都计划》，虽然是新出版，但却是老掉了牙。这是一本已快八十年的城市规划，它反射出了特殊的历史信息，陈旧而不缺乏新意。八十年前的南京破烂不堪，国民政府定都以后，聘请了国内外第一流专业人员，在最短时间内制定了这部《首都计划》。尽管时间仓促，但这个计划的精细科学，用今天的眼光去看，仍然足以让八十年后的读者震惊。它不仅立刻让南京受惠，而且吃足了老本。过去的很多年，谈到城市规划，谈到绿化和公共设施，大家都羡慕南京。它的基本思路，宏观上采纳欧美规划模式，微观上采用中国传统风格，直接影响了当时以及后来的城市规划设计。

2007年4月1日

写作是一种修炼

　　创作谈是一种让人不寒而栗的东西。十七年前，我的第一篇小说变成铅字以后，祖父就警告过我，写作可以，但是千万别发表什么创作谈。每当我不得不勉强谈一谈创作的时候，都有一种有违祖训的恐慌。其实创作谈是免不了的，我的祖父坚决反对谈，自己仍然有一本厚厚的《论创作》。

　　毋庸置疑，就算是虚构小说，也是一种变相的创作谈。人们总是绕着弯子谈创作，有时装腔作势，盛气凌人，有时心怀叵测，小心翼翼。就世界文学而言，时至今日，提出什么样的创作口号，都吓唬不了人。见多不怪，一惊一乍的，仅仅是那些少见多怪者。口号与货色向来是两回事。五四那一代作家，关于创作有一句最著名的口号，就是"小说要为人生"。为人生而写作，充满了一种见义勇为的献身精神，也是前辈作家至今仍被我们敬重的根本原因。可惜五四文学尽管轰轰烈烈，从来没有达到应有的高度，成也口号，败也口号，大家都想当教师，都想惊醒别人，结果忘记了学生其实根本就不爱听，忘记了自己其实还应该做学生。

　　小说必须为了人生，"不问苍生问鬼神"，这是小说家的歧途。然而有道学气的作家，事实证明不可能成为一个彻头彻尾的好作家。事情永远是矛盾着的，千里不同风，百里不同俗，写小说势必要"文以载道"。往大里说，作家多少得有些终极关怀，同时，作家又不可能不诗言志；往小里说，文如其人，什么样的人，写什么样的东西。古人说到载道和言志，与今天通常的解释有很大区别。古人说的"文"，是大散文，是《古文观止》里收的那些经典文章，这类文章要载道天经地义。而诗是文余，虽然在唐朝不考八股文，诗写好了也能做官，但是提到李白和杜甫，也就立刻会明白做官和写诗，毕竟两回事。诗没有文那么大的牛皮，所以就只配言些志。

　　小说究竟是接近古人所说的文，还是接近于诗，答案显然是后一个。对于古人来说，文和诗，不是一个东西。诗也可以载道，就好比文同样可以言志，区别只是侧重点不同。道和志并不像我们所想象的那样截然对立，它们之间并不是什么仇家。小说不同于文，也不同于诗，可以载道，更可以言志，一心想着载道，难免说教，结果常常寄希望于别人怎么样，忘记了自己的修炼。一心想着言志，让心灵的声音直截了当流露出来，弄不好却是自言自语，陷入了个人情感的小怪圈子。

　　我们今天面临的尴尬，是左右为难，许多人习惯在小说中寻找"道"的标签。有了道，便可以发挥做文章。有人把对新闻报道和报告文学的要求，强加到了小说家的头上，并因此简单地考察作者是否有责任心。小说家不应该满纸道学气，小说为人生，并不是让小说家扮演救世主。小说家不应该有那种精神领袖的欲望，按照我的傻想法，失去了平常心的人，当不好小说家。小说既是一门综合艺术，更是独立的文本。小说不应该成为哲学或历史学著作的附庸，小说应该以自己的嗓门说话。事实上，小说只对那些喜欢写，或者喜欢看小说的人起作用，对小说有过高的奢望，是枉费心机。

写作也是一种修炼，言为心声，心灵深处的声音，不一定都是好东西。人得修炼，而写作是修炼的方法之一。

第四章　中外文友

闲话余华

每次接到余华的电话，都感到说不出的愉快。未必就有什么话要说，大家能听到对方的声音，便感到十分的亲切。他喜欢在句子中夹一两句国骂，我猜想他这么做，是情不自禁地要掩饰自己激动时的口吃。一个浙江人说普通话，很容易口吃，但是富有味道。余华的口音中，已没有浓重的浙江味，我觉得很可惜，要是他能有蒋介石那样的说话语调，就更好了。说老实话，我特别喜欢听演员在电影上模仿"蒋委员长"说话。

第一次和余华见面的经历说来最荒唐。有一位台湾人想"召见"我们，于是约好了大家在上海火车站碰头，然后一起去宾馆见客人。我和苏童一趟车，下了车，按照想象中的车次，在出站口苦等余华。事先自然是说好的，但是余华迟迟不来。我没见过余华，对他的印象，只是他送我的那本小说集上画的一张漫画。苏童是近视眼，和余华曾有一面之缘，到了火车站那样热闹的气氛中，眼睛虽然眯成了一条线，也不得不连连声明自己已记不清余华的样子。每一个形迹可疑地望着我们的人，都有可能被我们怀疑成余华。

我们当时的样子非常愚蠢。守株待兔看来已是下策，眼见着蜂拥而来的人越走越稀少，新的一班车又已经到站，便冒冒失失地在出口处喊起来。到处都是不相干的人，我们傻乎乎地喊着，每喊一声，必定有人回头看我们。折腾了好半天，终于想明白这样傻喊下去不是事。上海车站的出口颇多，什么样的可能性都有，我们从这一头喊到那一头，徒增一些噪声污染，明摆着老是这么扯着嗓子一路叫下去，联防队非出来干涉不可。

说来也巧，等我们忐忑不安地赶到宾馆时，正好在门口遇到了他，早一步晚一步都不会有这种偶然性。大家忍不住大笑一通。到了黄昏时分，我们一起离开宾馆去车站。我回南京，苏童去苏州，两个人同路，余华却是孤零零地去嘉兴。车票很紧张，我和苏童因为有人做伴，不管三七二十一，买的是黄牛票，余华有些犹豫，很害怕被人坑了。这情景多少有些像余华的小说《十八岁出门远行》，胡子拉碴的余华仍然还是少年模样，他眼睁睁地将我和苏童送进了车站，然后在车站附近继续犹豫，临了便离开车站，赶到华东师大去找格非了。

正是那次去华东师大，余华不仅被格非留下来，而且在第二天被送到了课堂上，为大学生进行文学讲座。这次讲座有关余华的一个最有趣的笑话，就是当学生们问他还会不会出现更新的作家时，余华堂而皇之地说："有我们这些作家足够了，要出那么多作家干什么？"

余华的小说以冷峻怪诞著名，但是我读他所有的小说，都感到一种浓度很纯的童真。他的为人似乎也是这样。我和余华第二次见面是在青创会上，以他的文学成就，当然应该列在浙江代表席上。我是在报到处遇到他的，他一到北京，首先去为史铁生送产于家乡的嘉兴粽子，然后才风尘仆仆赶到位于郊区的二十一世纪饭店。到了饭店之后，接待员一查名单，竟然没有他的名字。天知道是谁弄错了，反正人已经来了，当然不会让他立刻打道回府，而且说实话，浙江的青年作家，没有一个人的名气可以和余华相比。那是一个完全没有必要开的会议，他既来了，后悔也来不及，想不开也只好乖乖住下来。那次声势浩大的青创会期间，逃会者之众多，恐怕也创下了大型会议的历史纪录。大家不是溜出去，就是躲在房间里睡觉。我和余华只是在一天晚上又匆匆见了一次面，就再也没见过他的影子。

余华的童真还表现在他偶然发作的犟脾气上。在海口一次热闹非凡的宴会上，吃饭前，东道主像推销产品似的，夸张地报着作家的名字。被乱加上头衔的作家们，在点到名以后，必须不能免俗地站起来出丑亮相。余华愤怒地说："真讨厌，点到我，我绝对不站。"他果然就没有站起来，大家东张西望找着人，他坐在我旁边岿然不动。东道主拿他也没办法，尴尬地胡乱拍手，弄不清哪一位就是大名鼎鼎的余华。我知道余华这么做，绝对不是要搭架子，因为我屡屡也产生这样的愤怒。吃饭就吃饭，说那么多废话干什么。东道主掏的是公家的银子，我们吃了也不领情。事实上，很多宴席都是我们陪东道主在吃，东道主大把地花公家的钱为自己摆阔，我们再为他喝彩添兴，颇有些助纣为虐。

作家中，分脑子管用和不管用的两种。有许多作家，智力上多少有些小障碍。余华显然属于脑子管用的那种，譬如，他和这些年对围棋十分入迷、被誉为棋坛新秀的王干对弈，第一盘溃不成军，以至于王干立刻迫不及待地扬言，在棋力上，余华根本不是对手。但是余华很快就找到了击溃王干的制胜法宝，经过有力的搏杀，他不仅小胜第二盘，而且接下来连战连胜，将傲气十足的王干一顿饱打。下围棋的棋艺自然极为重要，然而像余华这样能迅速抓住战机，找到对方的破绽，毫不留情给予重创，一定要有个很好的大脑才行。王干的棋力也许真的是高于余华，难怪事后一直感叹，他当然不服输，却不得不用电影上失败了的"国军"的话来解嘲："不是我们无能，而是共军太狡猾。"王干的小聪明、小才智，在文化人圈子里也是出了名的，不过余华似乎比他更胜了一筹。

闲话王朔

　　这一次按计划应该是"贩卖"范小青，可是《东方明星》的编辑告诉我，这一次是休闲专号，希望就休闲引起一番话题，让我先闲话一下王朔，因为类似"休闲"这样的字眼，好像和王朔挨得紧一些。

　　我想不明白休闲的本意是什么，如果就是人活得洒脱一些，自然是和王朔挨得上边了。有一次在神农架，我们各自往家挂长途电话，我说了几句话便完了，王朔一聊就是半天，起码半个小时。我没见过自费打电话，把钱如此不当回事的。有人打公家的电话也会这样，那是用公款，算不得洒脱。

　　王朔的洒脱是从骨子里出来的。这年头写小说，稍稍写得像些样子，不是太难地就能成为专业作家。专业作家这个铁饭碗，对于我们这些舞文弄墨的人来说，当然是个好东西。我常常想不明白，为什么是正在写东西的人，无缘捧一回铁饭碗，而许多不写东西的人，却堂而皇之、煞有介事地捧着。有人说王朔现在有钱了，不在乎。我们碰到一起，有人曾和他开玩笑，说王朔你就像现在这样很好，没人管，自由自在。王朔说，你们是坐着不喊腰疼，我干吗不愿意有人管？

这是大实话。社会主义的优越性，在专业作家身上得到充分体现。我不相信如果真把专业作家的铁饭碗白送给王朔，他会拒之门外。王朔不傻，事实上，他比中国大多数作家都聪明。尽管王朔喜欢糟蹋文人，糟蹋知识分子，可不幸的是，他毕竟也是文人，也是知识分子。铁饭碗这玩意儿有时不是自己能挣来的，它得靠别人给。当作家除了认真写小说，没有别的选择机会。

在乎不在乎铁饭碗，王朔自己可以说，别人却不应该说。中国有句古话，看人挑担不吃力，不能看着王朔含辛茹苦地走了一大截，然后就得出一个辉煌的结论，光脚走路就一定比穿着鞋子好。同样的理论也被广泛用于评论那些当过"右派"的作家，有了一点儿成绩，好像还是因为被打成"右派"的功劳，好像几十年的苦吃下来，还得感谢自己被打成了"右派"。因此说王朔不捧铁饭碗写小说就是洒脱，这话真不能赞成。毫无疑问，在中国，不捧着一个铁饭碗写小说，并不像大家想的那么休闲。

不是作家圈子里的人，可能对怎么在中国当作家不太明白。王朔的确是我们这批作家中的例外，以他的实绩，不当专业作家，实在是吃了亏了，难怪他扬言要把专业作家的铁饭碗都砸了。人家都已经吃亏了，赌赌气说说狠话还不应该？王朔的洒脱，是他没捧铁饭碗，也没把自己吓死。写小说的人，胆子都不大，许多人爱写，可绝对没胆子把铁饭碗扔了。很多业余写作的人，都向往专业作家这一职业，其实这种向往，说穿了，就是看中了手上捧着的饭碗。

绕了大半天弯子，意思很简单，要想休闲，首先得敢休闲。

说实话，我对王朔，一直保留着非常好的印象。这几年，我们花着别人的钱，几乎每年都有机会小聚一下，每次见面，用范小青的话来说，就是王朔又长胖了一些，又长高了一些。这话并不仅仅是夸张，因为王朔实在童心太重，因此他给人的感觉是老在成长。和王朔打交道是一件愉快的事，只要他老兄在，只要他开口，大家便有了充分的笑的机会。王朔让大家笑，不是因为他喜欢插科打诨，而是因为他口无遮拦、妙语连珠。看《编辑部的故事》的时候，我老是忍不住想到活生生的王朔，那里面的话全是他平常的胡说八道。他不是那种冷面滑稽，他说笑话时，自己也笑，而且是毫无掩饰的大笑。

有一篇采访王朔的文章说，王朔自认的强项是他善于胡说八道。真是不打自招，生活中的王朔，的确没什么正经话。不过就此认定王朔不是个认真的人，那就大错特错。许多人都不能明白王朔所说的"玩文学"的真义，结果都是不分青红皂白地乱批一通。有人专门喜欢和王朔过不去，举例来说，《爱你没商量》播放的时候，我看到不少文章挑它的刺儿，很多人也不以为然。不管别人怎么想，反正我是老老实实地把它看完了。当然有缺点，但是我想不起来同一年里，还有什么大型的电视剧比它更好。惨不忍睹的电视剧那么多，为什么非要对《爱你没商量》那么苛刻？为什么不想想《爱你没商量》当中有许多活儿做得好的地方呢？

胡说八道只是一种假象，我始终认为王朔骨子里是一个认真的人。不认真的人，根本写不好小说，而且写的小说也不会有太多的人看。我喜欢王朔写的那篇《动物凶猛》，喜欢的原因，当

然不会是因为姜文看中了它；我喜欢这篇小说，是觉得它中间有
震撼人心的东西。假象往往会把很真诚的东西巧妙地包装起来，
艺术的诀窍有时就在这里。

　　记得王朔有一次和我谈起过书面语，用纯粹的口语操作是王
朔的强项，他觉得自己的作品若要走向世界，就必须同时运用非
常娴熟的书面语言，因为很好的口语，一经翻译，味道就完全变
了。在这次谈话后不久，我们又有机会碰到一起，他又谈到自己
的写作，说写完一句之后，后面会一下子冒出许多句式来，结果
他现在的写作非常苦，因为必须苦思冥想，时时刻刻考虑自己究
竟该选择哪一句。当然，所有这些，都是非常具体的写作问题，
我在这里顺便提到，不过是想说明什么是"玩文学"而已。

闲话格非

格非曾经写信告诉我，说小时候得过一种怪病，那就是什么水碰到身上都烫，即使是凉水也如此。优秀的医生也许能说出所以然，不过大多数医生对于这种怪病，恐怕只是和我们普通人一样，听了目瞪口呆。不是什么病医生都能看好的，有的病自然而然地就好了，说是说不清楚的。

格非写信跟我谈这些，是因为我也和过去的他一样，正被一种很怪的毛病缠身，看了好多名医生都不见效。举例来说，我和朋友一起去洗桑拿浴，朋友热得吃不消，一次次出去冲凉，可我自始至终，舍不得出汗，结果所有的热量似乎都到了头发上，摸上去烫手，和我一起去的朋友赞叹不已，连声说我是异人。当然这种异，其实是怪吓人的，格非写信给我，目的就是以身说法，用他自己的事例安慰我。

在文坛这个不大不小的圈子里，余华、格非、苏童，还有我，常常被放在一起议论。台湾出我们的书，宣传广告上也是这么写的。其实这几个人都比我小，也比我更有才华，尤其是格非，比我小了足足八岁，他成名的时候只有二十二岁。那一年他发表了中篇小说《迷舟》，这是一部至今仍为人们津津乐道的好作品。

我最后认识的也是格非，那是去山东领奖，心仪很久，一见面就好像成了老朋友。记得是在一家很不错的宾馆大厅里，格非孤零零坐在那儿，寂寞无比，见了我们，就像是见了久别的亲人。江苏作家人多势众，出门领奖，很少孤家寡人，动辄一帮一伙，这次我之外，还有周梅森和范小青。格非见了我们，连声说总算见到你们了，又说自己人虽在上海，却是江苏镇江人，老乡见老乡，两眼泪汪汪。可怜格非是坐着硬座，千里迢迢赶来的，到济南已是半夜，不忍心让东道主来接他，将就着在车站前的草地上躺了半夜。夜里凉，格非竟然没有感冒。问他为什么不买卧铺票，回答说是买不到。

在海南，《花城》的主编曾对我说过，你们这几个先锋派，没想到会这么老实。他的话当然有所指，作为主编，他肯定不止一次接待过不那么老实的作家。这年头，作家的文章不一定写得怎么样，大摆作家臭架子的，却大有人在。毫无疑问，格非的小说属于第一流，但是他从来没有架子，不仅没架子，而且没能耐，连张卧铺票都搞不到。

在一次发言中，格非很诚恳地谈到自己一年的总稿酬是多少，他觉得这个数目对于一个作家来说，已经足够，因此作家不应该为了钱而放弃写作的原则。会上和会后，大家都在议论，觉得格非太书呆子气，他所说的那点稿酬根本就不算多。人们的普遍心态，都是觉得房子永远少一间，工资永远差一级，说钱已经足够了，不是书呆子还能是什么？

格非有一块很昂贵的欧米茄手表，是老丈人出国带回来的礼物。我们曾在一家手表店作过比较，那种远不及他那块表的，也要卖好几千块钱。蓝星笔会期间，在三亚一家挺像样的宾馆里，我和王干住一个房间，格非和余华住一个房间。有一天晚上，王干和余华为谁的围棋段位高，大打出手，难解难分，于是格非只能逃到我房间来。晚上临睡觉时，我这人马大哈，忘了将锁已经有些坏的门锁上，结果天快亮时，三名小偷溜了进来。我被窸窸窣窣的声音惊醒，睡意蒙眬中，还以为是格非起来上厕所，后来又以为是他在找安眠药。安眠药放在我的裤子口袋里，我转过身，刚想和他说话，却看见枕头边站着两个陌生人，还没明白过来是怎么一回事，站门口的另一位已向我扑了过来，手对着我潇洒地一挥，一大团气雾劈头盖脸，我只感到眼睛疼喉咙痛，差一点儿窒息，看不见也说不出话。格非被我挣扎的声音惊醒，尚未坐起来，便享受了和我同样的待遇，立刻被掀翻在床上。

好不容易才喘过气来，我当时就明白是遭劫了，格非以为是有人在和他开玩笑，气愤地说："太野蛮了，怎么能这样？"

这次遇险，我和格非一人损失了一块手表。我是块旧电子表，扔了可惜，被偷了也不心疼，格非可就惨了。事后，警察赶了来，是位穿便衣的局长，溜之大吉的小偷当然抓不到，我们却不得不老老实实像写小说那样，坐下来写下事实经过。很多人都跑来问我们，一边问，一边笑，不相信我和格非的遭遇会是真的，因为这件事太戏剧性了。在报上也见到过，真出在自己身上，甚至我们都有些怀疑它的真实性。那喷向我们的气雾，可能是进口货，供女子防身用的，也可能是"敌杀死"，反正那滋味不好受。

　　格非后来很紧张，说如果真知道是小偷，很可能出于本能，跳起来搏斗。余华曾对我说过，格非是个非常勇敢的人，他常常在街上为了打抱不平和别人动手打架。勇敢是一种本能，就像我的本能是懦弱一样，格非不会像我那样叫人抢了就抢了，他一定会奋起反击，我们显然不是那三个小偷的对手。

闲话池莉

把池莉放进我的"专卖店""卖"一回，恐怕有些太不恭敬。池莉新近在台湾出的一本书，一小笔美元还存在我这儿呢，旧账未了却，我却又在这儿拿她换钱，真有些不仁不义。不过《东方明星》的读者仿佛很喜欢池莉这样的"货色"，读者喜欢，就只好委屈池莉了。况且前面出场的几位红火作家都是男的，也该有一位女将出来撑撑场子。

池莉显然是如今走红作家中，最受群众欢迎的一位。《女友》杂志搞过一次最受读者喜爱的作家调查，选十个人，排在第一位的就是池莉。《女友》发行量一百多万，它的统计数字，实在要比《小说月报》权威得多。我没看到这份名单，不过可以肯定的，就是不会有我。如果有，池莉会在说这事的时候附带通知我们。当时在场的还有几位作家，池莉笑着说，我也不记得还有谁了，不过我想，你们几位大概都会有的。池莉这么说，明摆着不想让我们其中的什么人难堪。上有九头鸟，下有湖北佬，仅此一点，就可以看出池莉的"狡猾"，当然这完全是出于善良。

池莉是《小说月报》接连两届"百花奖"的得主，上一届是中篇头奖，这一次更牛气，是双奖，短篇得了头奖，中篇又得奖。好事都让她一个人占了，真让写小说的眼红。作家写出小说来，能有那么多人喜欢，还有什么比这更让人得意？"百花奖"不是评委开个会就能决定的，是活生生地一张张选票加起来的，想做假都难。我不否认自己对池莉的嫉妒，我想很多作家会有类似的小心眼，她几乎每篇小说都被连载，都有不同程度的巨大反响。

在一个文学被人们普遍认为是滑坡的时代里，小说能写到这份儿上，池莉算是一个好样的。走红的小说家和其他走红的明星相比，根本不能同日而语。歌星、体育明星、影星、名导演，都是大众媒介热衷要炒的话题。小说家只能在一个狭小的圈子里活动，除非小说家本人会一些小说之外的插科打诨，否则很难被大众注意。池莉已经为小说家争了脸，靠着自己的小说，毫不逊色地引人注目，这真不容易。如今这个浮夸风盛行的年代，"著名"两个字已变得很廉价。一篇小文章说得很好，说眼下提到著名的作家，常常是不著名的。著名只是广告，只要发表过几篇文章的人，都可以无耻地加上这一前缀。对于一个好的小说家来说，要是你的小说没人看，要是别人甚至自己仅用"著名"这两个字蒙人，也就太没意思了。

池莉和我同岁，都生于反"右派"的1957年。我们的经历和60年代出生的一批新锐作家比较，都有些可供吹嘘的革命资本。池莉好像插过队，当过工人，学过医，还正儿八经地开业替别人诊治过病。当然离名医尚有好一大段距离，不过我记忆中，好像也不是简单的医务室水平，在武汉的楚天台，池莉便替我看过病，讲了一大通，头头是道。

以池莉的小聪明和能干，似乎不用去学什么医，就天生可以是医生。一个能当医生的人，又似乎天生适合当作家。作为一名女作家，池莉的小说里几乎闻不到什么脂粉气，她是新写实阵营中最具有代表性的女作家，是穆桂英式的人物。什么是新写实，众说纷纭，我也弄不太清楚，但是池莉小说中那种医生的认真和冷酷，恐怕要算是一个重要的特征。

池莉写过一篇小说《预谋杀人》，我很吃惊，她竟然能写出这种让人瞠目结舌的玩意儿。这篇小说好像是一个信号，那就是池莉不仅擅长写现代市民的生活，而且可以毫不含糊地走进历史。她不仅是一位描写琐碎事情的好手，同样适合写高度戏剧冲突的故事。换句话说，她想怎么写，就能得心应手地怎么写。池莉在写信时，曾以戏弄的口吻说我是写作的"职业杀手"，其实这词池莉自己留着用最合适。

我想武汉人大约没有不知道池莉的。池莉是红遍全国的作家，可惜只要是作家，在全国平民百姓的心目中，说穿了也就那么回事。除了文学爱好者，很多人知道的，就是池莉如何被迫和人打官司，当然还有一个原因，是她不止一次在电视上作为名人亮过相。池莉在一篇文章中谈到的一件事很有趣：她参加一个以保护牙齿为题的电视晚会，节目是事先录好的，为了做出现场直播的效果，公布了几个热线电话，让观众有疑问打电话过去。节目播出的时候，池莉的一个邻居，捂着自己的牙，跑来借她的电话打。池莉笑着说：

"你现在打电话过去有什么用？"

被牙痛折磨得痛苦不堪的邻居说："怎么没用，电视不是正直播着呢！"

池莉大约是花了好大的力气，才让这位执拗的邻居明白，她不是舍不得让他打电话。所谓直播，不过是为了追求一种逼真的效果。现实中的池莉面对电视上的池莉，又好气又好笑。假的东西千万不能太真，否则连真的东西都会怀疑自己是假的。池莉的邻居便是把现实中的池莉，和正在电视晚会上的池莉，当作了两个不相干的人。

我想，池莉当时恐怕也绕不清谁是真的自己了。

闲话王安忆

王安忆在文坛上无疑算是一员老将了，不是因为年龄大，实在是她在文坛上出风头的日子太长。中国的青年作家中，她可能是最经得起折腾，也是最经得起挑剔的一位。当人们谈起文学的现状时，她显然不是一个可以忽视的话题。十几年前，南京的一批青年物以类聚，凑在一起搞了个同人性质的文学刊物。因为年轻，难免气盛。加上几位写小说的，如李潮和徐乃建，当时在国内已有影响，害得我们这帮年轻人一个个都轻狂得不行，好像天下的文章就我们能写。记得那时聚在一起，常常把一些小说写得正红火的作家，贬得一钱不值。

有一次，李潮发现了新大陆似的对我说："兆言，不得了，现在新冒出来一个女作家，比徐乃建写得更好。"

这在那个年头，是一个了不得的评价，李潮的口吻中饱含了真诚。李潮不仅告诉我，这人的小说写得好，而且说明她是谁谁谁的女儿。王安忆的母亲和我以及李潮的父亲，是同一辈作家。在不知道王安忆的时候，我就听父辈们一边喝酒，一边以论英雄的口气谈过王安忆的母亲。我想王安忆肯定有和我一样的共同点，那就是写作之初，我们总是摆脱不了是谁谁谁的小孩的注脚。我们是在上辈的树荫下开始出道的，也许今天许多人已经不知道茹志鹃这个名字，已经不知道当年让茅盾老先生盛赞的《百合花》，但是文学史上这些事全记录在案。

我发表小说虽然有十几年，但事实上一向不太注意别人的小说怎么写。偶尔读到一两篇得全国奖的作品，只是感到好笑。最初对于王安忆也一样，除了知道她是个十分红火的女作家，对她的作品所知甚少。刚开始是上大学，不是外国小说不会去读；以后又读研究生，又因为论文的缘故，不得不玩命地读中国现代文学作品。老实说，我之所以后来会特别注意她的小说，不仅仅是由于她小说写得好，而是因为她对我的成名起了重要作用。

作家成名可以有许多途径，有的人一炮而红，还没明白文学是怎么回事，仿佛就已被全世界知道，有的人却注定要经过一番磨难，甚至直到死后才被世人认识。我在刚开始写作的时候，曾经饱尝退稿滋味，吃尽无名作家的苦头。那时候，人虽然有几分狂傲，努力要写一些和别人不同的东西，然而稿子只要寄出去，很快就会被原稿退回。一段时间里，我非常羞于投稿，退稿弄得我信心全无，又害得我发誓要写出一鸣惊人的玩意儿来。我一边坚持不懈地写着稿子，一边做着完全不现实的成名梦。退稿只要迟回来几天，我便开始痴心地注意投稿刊物的预告，梦想着或许会在目录上突然出现我的名字。

连续五年没有发表一篇小说之后，我写了《悬挂的绿苹果》，为什么写这样一篇小说，现在已很难说清楚。也许是为了赌气，越是发表不了，我越是要写作。也许是囊中羞涩，不得不考虑养家糊口。当时我和妻子的薪水加在一起还不足一百元，可爱的女儿一岁，万一能侥幸发表就能变成钱，这是所有写小说的人无法回避的俗念头。偏偏这篇小说阴差阳错，竟然发表了出来，换了四百多块钱，我立刻毫不犹豫地搬了一台洗衣机回家。

王安忆是第一个为这篇小说叫好的女作家。有一天我去《钟山》编辑部，人们纷纷告诉我，说大名鼎鼎的王安忆写了一封信来，其中有一段专门表扬了《悬挂的绿苹果》。这封信起了一个非常重要的作用，因为那时候一个大红大紫的人的话对许多编辑有很强的说服力。人们也许未必真心喜欢这篇小说，但是王安忆说这篇小说好，别人就会真以为这篇小说不错。

我研究生毕业以后，进文艺出版社当编辑，第一次去上海组稿，便去拜访了王安忆。我没有当面向她表示谢意，想说也说不出口。反正就是胡乱聊天，既谈小说，也不谈小说，然后在她家里吃了便饭。她住的房子不大，已经照顾性地、充分地体现了一个现代上海人的居住困境。那次给我留下的最深印象，就是她有着良好的食欲。有一个好胃口是做人的福气。

一个月前，在南京举办的城市文学讨论会，最后有一顿自助餐，我因为逃会而没有去，南京作家中最能吃的费振钟，事后用吃惊的口吻告诉我，那天王安忆吃的竟然比他多得多。那是真的吃惊，费振钟用手比画着盘子尺寸，连连摇头。王安忆也许是女作家中最健康的一位，在中国女性当中，她几乎可以算是人高马大。她不是那种小家碧玉的南方女子，她的健康气息总是不停地散发出来，无论是为文还是为人，她的做派都很大气。

王安忆属于那种越写越好的女作家。女作家中很多一出手就是好文章，真正越写越好的并不多。只要放弃追求，女作家或许更容易江郎才尽。社会有时候对于女作家是极宽容的，编辑也好，读者也好，一个不称职的女作家通常比同样的男作家更容易生存。王安忆从来也不知道满足于现在的成就，就是因为这一点，她和别的女作家相比，明显地技高一筹。她曾经是一个高产作家，这些年，她的产量似乎减少了一些，但是产品的质量却无可怀疑。

王安忆私下里说过的一段话对我很有启发。她认为优秀的作家，不是布道的牧师，也不是技艺高超的调酒师。作家是什么，也许永远也说不清。作家是疯子或被放逐者，是不同于牧师和调酒师之外的第三种人。作家将以自己独特的方式布道，他技艺高超，与世隔绝，在别人的理解或误解中得到永恒。

苏童和我

　　苏童和我老是被捆绑在一起，《文学报》的编辑找我组稿，理由也是他们认为我写一篇苏童的印象记最合适。

　　苏童和我的名字被放在一起，起源于几年前省里为我们开了一次作品讨论会。在会上，到会代表纷纷捧场说好话，然后便是大谈我和苏童的不同处。这次讨论会以后，苏童和我的名字老是紧挨着，找我组稿的，无论是写信、面谈还是在电话里交代，临了总有这么一句话："喂，跟苏童老弟也说一声，让他也给稿子。"我曾给苏童带过无数口信，也糊里糊涂地忘了许多必须打的招呼。我收到的信上，结尾像"向嫂夫人问候"的客气话很少，然而向苏童问好的附言却太多。多了也就没用，事实上，我很少代别人向他问好，我想苏童一定也有类似的感觉。

　　苏童和我之间有一种荣辱与共的默契。我们的运气仿佛老是连在一起，我觉得自己常跟着他沾光。这年头作家所能得到的好事美差，有他的份，很快就会有我的一份。我们的运气也是要好一起好，要坏一起坏。

　　不止一个人为苏童和我的这种特殊关系打抱不平。很多人谈论苏童和我，都喜欢像发现新大陆一样地宣布："苏童和你其实不一样。"恰恰就是这句话又把我们连在一起扯半天。苏童和我的确不一样，苏童是英俊少年，我却其貌不扬。朋友们聚在一起，或是羡慕或是妒忌，当面谈论苏童的漂亮，往往变成轻松愉快的话题。按辈分说，我是20世纪50年代出生的作家，苏童是60年代出生的作家，我们放在一起，明摆着我有些吃亏。我这人是土包子，苏童整个是新潮青年。

苏童和我的作品更不一样。这当然是废话，没什么人说我们的作品一样，起码没有人当着我们的面说过类似的话。我不止一次被提问，无论是在大学的课堂上，还是在举办的文学讲座上，经常有人很严肃地站起来，要不然就是递纸条，让我从正面回答我对苏童小说的印象。这是一个非常棘手的问题，虽然我看过苏童的大多数小说，但是三言两语就说出自己的判断，对苏童也太不负责。

我真心地喜欢苏童的小说。苏童的小说有一种当代作家很难有的气质。他的小说是透明的。记得苏童将他的第一本小说集送给我以后，连续几天晚上，我都很激动。苏童的小说喜欢在幽静淡漠中透出无限的感伤，那些简单而又富有韵味的画面，几乎无一例外都是美的挽歌。他小说中的那些女孩子都是水做的骨肉。他的故事是一种凝聚，十分巧妙地被镶嵌在一个透明的玻璃球中间，玻璃球轻轻地转动，我们阻隔在外，不能过分接近他的故事，却又不得不被他的故事所吸引。他的小说在转动的玻璃球中夸张变形，五彩缤纷，幻觉无穷，因为简单，所以丰富。苏童是个漂亮的小伙子，他的小说又比他更漂亮。

梁启超

  康有为是块顽固不化的老石头，他是个认死理的家伙，一意孤行，一条路走到黑。他的弟子梁启超正好相反，灵活机动，说变就变，所谓见异思迁，看谁好就跟谁学。从运气上来说，梁启超也更好一些，他十七岁就中了举人，少年得意，而他的恩师中举却要晚得多。梁启超是识时务的俊杰，活到老，学到老，他拜康有为为师的时候，康还没有中举，在科举时代，一个有功名的人，能拜无功名的布衣为师，其好学精神由此可见一斑。梁启超在《三十自述》中曾表明他为什么拜师康有为：

  其年秋，始交陈通甫。通甫时亦肄业学海堂，以高才生闻。既而通甫相语曰："吾闻南海康先生上书请变法，不达，新从京师归，吾往谒焉。其学乃为吾与子所未梦及，吾与子今得师矣。"于是乃因通甫修弟子礼事南海先生。时余以少年科第，且于时流所推重之训诂辞章学，颇有所知，辄沾沾自喜。先生乃以大海潮音，作师子吼，取其所挟持之数百年无用旧学更端驳诘，悉举而摧陷廓清之。自辰入见，及戌始退，冷水浇背，当头一棒，一旦尽失其故垒，惘惘然不知所从事，且惊且喜，且怨且艾，且疑且惧。与通甫联床竟夕不能寐。明日再谒，请为学方针，先生乃教以陆王心学，而并及史学、西学之梗概。自始决然舍去旧学，自退出学海堂，而间日请业南海之门。生平知有学自兹始。

陈通甫是康有为的大弟子，英年早逝，曾被戏称为康门的颜回，他死了，大弟子头衔自然而然落到梁启超的身上。康有为一生能成气候，翻云覆雨，与梁启超这么一位得力助手有极大关系。宣传和鼓动是梁启超的强项，他所创造的"新民体"在民国初年影响极大。除此之外，他一生都是个好学生，在此后的发展中，无论如何得意，虚心好学、见贤思齐的作风不改，这一点也正好和他的老师相反。1897年，湖南时务学堂聘请梁启超为总教习，这一职务最初想让康有为担当，但是身为湖南巡抚公子的陈三立认为梁"所论说，似胜于其师，不如舍康而聘梁"，于是梁启超到长沙宣传维新思想。在长沙不过两个月，他有了一批得意弟子。戊戌以后，梁流亡日本，这些弟子也跟到日本，其中最著名的便是蔡锷。袁世凯称帝，蔡锷云南起兵，再造共和，梁启超起着十分重要的幕后作用。

梁启超尊师，并不说明他没有自己的思想。早在戊戌变法前，他和康有为在学术上就有一些分歧。到后来，分歧越来越大，他们的政治理想南辕北辙，但是他从来不敢忘本，仍然执弟子礼甚恭。一日为师，终身为父；吾爱吾师，吾更爱真理，这两点都在梁启超身上得到充分体现。康、梁并称，我更喜欢梁启超，其中最重要的理由，是觉得梁启超天真，有人情味，不是总板着一张老师面孔。梁启超的书法不能和乃师相比，他的字出自张迁碑，拙而敦厚，明澈见底，和他为人一样。康、梁的共同点，都是国学功底深厚，不排斥外国的东西，不仅不排斥，而且拼命吸收。顽固派一眼看穿了把戏，譬如，叶德辉就直截了当地说他们："其貌则孔也，其心则夷也。"

和同时代人相比，康、梁对夷的关注，确实超乎寻常，说他们赞成全盘西化，未必有什么大错。我不知道梁启超的外语水平究竟如何，读他的文字，屡屡觉得他孜孜不倦正在学外语。戊戌之后，流亡日本，他开始和弟子一起学日文，显然是学通了，日后一些注明梁启超的译文，很可能是日文的转译。在外语学习方面，针对有人认为日本人的观点来自西方，要想了解西方，应该直接学英文，他有一些很实用的观点：

　　学英文者经五六年而始成，其初学成也，尚多窒碍，犹未必能读其政治学、资生学、智学、群学等之书也。而学日本文者，数日而小成，数月而大成，日本之学，已尽为我有矣。天下之事，孰有快于此者。夫日本于最新最精之学，虽不无欠缺，然其大端固已粗具矣。中国人而得此，则其智慧固可以骤增，而人才固可以骤出，如久餍糟糠之人，享以鸡豚，亦已足果腹矣，岂必太牢然后为礼哉。

古代帝王或者诸侯祭祀社稷时，牛羊豕三牲全备为"太牢"。学习在于效果，只要有效果就行。梁启超的虚心善学，在同时期实属罕见，尤其是在功名显赫的前提下，他仍然像一个好学的小学生。五四运动爆发的那一年，他已经四十七岁，去欧洲游历考察，在船上，他开始发愤学法语。这次出远门，是一年多的时间，他不仅学法语，而且学英文。在家信中，他对自己的学习生活做了这样的描写：

吾在此发愤当学生，现所受讲义：一、战时各国财政及金融；二、西战场战史；三、法国政党现状；四、近世文学潮流……

梁启超死后，据说留下藏书十万卷，遗著一千四百万字。他是一位真正的多产作家，如果不勤奋好学，不可能完成这么多字数，毕竟只活到五十多岁。人的生命是有限的，创造力也是有限的，在有限中能做出这样的骄人成绩，绝不是仅仅"天才"两个字就能打发。康有为之落伍，应该说和不接受新事物有关。梁启超能给后人留下深刻印象，有多方面的原因，中国近代史上的几件大事，戊戌变法，护国反袁，轰轰烈烈的五四运动，他都是最重要的领导人之一，或是台前活动，或是幕后奔走。多年来，很少有人提及他在五四运动中的地位，其实当年学生所以能闹起来，并且惊天动地，和正在巴黎的梁启超向国内致函报告和会消息有直接关系，青岛问题成了事件的导火索，梁启超警告政府，严责各全权代表，万勿在不平等和约上签字。我们习惯于把五四运动称为自发的学生运动，充分的史料证明，当时的学生运动，有政府默认的一面，因为让国内学生这么闹一下，有利于外交人员在谈判桌上讨价还价。

说到底，梁启超还是个书生，在政坛上，他不止一次有过机会，但是仕途得意不是他的人生目的。辛亥革命之后，也就是"中华民国"元年，他到达北京，"都人士之欢迎，几于举国若狂，每日所赴集会，平均三处，来访之客，平均每日百人"，在给女儿的信中，梁按捺不住得意心情，说自己"日来所受欢迎，视孙、黄过数倍"。孙、黄是指孙中山和黄兴。和这些职业的革命家相比，书生梁启超显得十分幼稚。在当时，革命党人和袁世凯既斗争又统一，处于中间位置的梁启超因此成为双方拉拢的焦点。凭他的资格和声望，捞个大官做不成问题，成问题的是他的性格不适合做官。作为国内温和派的代表人物，他有着很好的群众基础，他的受欢迎也说明当时确实存在着深得民心的第三条道路，这条道路能否走通是另外一回事。梁启超当过司法总长，好像还当过财政总长，都是很快就辞职，官场之黑暗，不是他这种书生可以忍受的。

梁启超晚年是清华四大教授之一，他的兴趣广泛，学问渊博，各大学都竞相聘请他去讲课。一些学校为了竞争，竟开出千元一月的高价，按当时的生活水准，这是一个天文数字。特殊的人才，通常都有异秉，有人问梁启超信仰什么主义，他想了想，说："我信仰的是趣味主义。"有人又问他的人生观拿什么做根底，他回答说："拿趣味做根底。"这种直率通俗的话，康有为绝对不会说。梁启超说自己做事总是津津有味，而且兴会淋漓，在他信奉的词汇里，什么悲观，什么厌世，一概不存在。他曾坦白说，自己所做的事，大都是失败，或者严格地说没有一件不是失败，然而总是可以一边失败，一边继续做，他不仅能从成功中获得乐趣，更能从失败中获得乐趣。人生不仅仅为了成功，他坦言自己生活的每一分钟都是积极的、向上的，因为积极向上，所以活得有滋有味。孔子说过"学而不厌，诲人不倦"，是人都可能学习，都可能教育别人，难得的只是真正做到"不厌不倦"，如果没有趣味做支撑，不厌不倦便不可能，也失去了意义。趣味是燃料，是精神活动的源泉，仔细想想，还真不能说梁启超的话没道理。

2000年4月

闻一多

　　郭沫若对闻一多先生有个很新奇的比喻，说他虽然在古代文献里游泳，但不是作为一条鱼，而是作为一枚鱼雷，目的是批判古代，是为了钻进古代的肚子，将古代炸个稀巴烂。这番话是在闻一多死后才说的，他地下有知，大约会很喜欢。闻一多生前曾对臧克家说过："你诬枉了我，当我是一个蠹鱼，不晓得我是杀蠹的芸香。虽然二者都藏在书里，他们的作用并不一样。"

　　闻一多的著名，因为写新诗，因为被特务暗杀，这两件事都具有轰动效应，而容易被人忽视的，却是他的做学问，是他对古典文献所做的考订工作。能否静下心来做学问，从来就是一种缘分，不是什么人都能获得这份荣幸。闻一多算不上科班出身，留学前，他学的是外语；去美国留学，学的是美术；业余的兴趣则是写新诗，所有这些准备，和后来的一头扎在古文献堆里做死学问，似乎挨不上边。类似的例子有很多，鲁迅是学海军出身，后来去了日本，转为学医，日后则以写作为生。郭沫若也是学医的，似乎比鲁迅的程度还强一些，朱自清和顾颉刚在北大读书时学哲学，徐志摩当时只是一名旁听生。徐后来去美国克拉克大学学历史，又去哥伦比亚大学学经济，最后读了政治，据说他去英国是为了向罗素拜师学习，但是等他赶到剑桥，罗素由于行为出轨已被除名。

一个人最终是否有所作为，开始时学什么并不重要，闻一多的有趣，在于他做学问的极端。考察他的生平，写新诗和投身民主运动，时间都不长。大多数的时间里，他都是个地道的书虫，是在"故纸堆里讨生活"。抗战期间，西南联大的文学院落脚蒙自，闻一多在歌胪士洋行楼上埋头做学问，除了上课、吃饭，几乎不下楼，同事因此给他取名为"何妨一下楼主人"。按照我的想法，闻一多所以会走做死学问这条路，多少和他赌气有关。闻一多从美国回来，先担任中央大学的外文系主任，后来又任武汉大学的文学院院长，任职时间都不长，其中重要原因，和这两所学校的保守学风分不开。一个写新诗的人在大学里没有什么出路，在老派的教授眼里，仅仅会几句外文和弄劳什子新文学，都是没有学问的表现。

闻一多显然想让那些老派的教授明白，新派出身的人研究古典文献，不仅可能，而且会做得更出色。他身上的矛盾十分突出，一方面，他认为中国的旧书中，压根就没有一点儿值得保留的东西，声称自己深入古典，是为了和革命的人里应外合，把传统杀个人仰马翻。在一些文章中，他甚至把儒家、道家和土匪放在一起议论，"我比任何人还恨那故纸堆，正因为恨它，更不能不弄个明白"。他身上保持着真正的五四精神，始终清楚地知道自己应该和什么样的东西断裂。但是，另一方面，中国的传统文化又是那样让他如痴如醉，其痴迷程度和任何有考据癖的学者相比毫不逊色。为了深入研究，他走的是最正统的学术道路，从训诂和史料考订下手，为一个词、一个字大坐冷板凳。

认真研究闻一多学术思想的人并不是很多，首先是个难度问题，没有点学问基础，根本就不明白他究竟说了些什么，考据文章对于外行来说犹如天书。今天的人心情大都浮躁，不可能像他那样陷进去，有人就算陷进去了，也是一种书呆子式的陷入，稀里糊涂一头钻进去，变得很愚蠢，再也拔不出来。今天从事古典文献研究的人并不在少数，以研究条件而论，要比闻一多不知强多少倍，可惜更多人只是为研究而研究，为当教授而刻苦，学问成为吃饭的本钱，成为谋生的手段，就像作家的专业是写作一样，为写作而写作，为发表文章便不考虑一切后果，所以研究和写作，不是因为内心的迫切需要，而是因为从事这些专业。换句话说，研究和写作并不是最好的选择，不过瞎猫碰上死耗子，人生旅途中的一种巧合罢了。

闻一多对神话的研究，对《诗经》和《楚辞》的研究，对唐诗尤其是杜甫的研究，都达到了前所未有的境界。这也许和留学接受西方教育有关，他似乎一直努力寻找蕴藏在传统中的现代根源。他计划写一本具有独到见解的《中国文学史稿》，为此做了大量的准备工作，留下许多未完稿的笔记。文学发展中的民间影响和外来影响，是闻一多关注的焦点，他不但研究文化人类学，而且还用弗洛伊德的心理分析来研究中国的原始社会，在方法上，既有最地道的朴学传统，又不缺乏世界最新的人文研究成果。朱自清先生对闻一多的评价很高，认为在古典文学研究领域，年龄仿佛的专家学者，很难有人能与之相匹敌，可惜英年早逝，被暗杀时才四十八岁，正是最应该出成绩的年龄。

说闻一多是一名斗士，应该没有问题。他似乎对"死"有着特殊的兴趣，做的是死学问，下的是死功夫，面对的是永恒的死亡：

> 这是一沟绝望的死水，
> 这里断不是美的所在，
> 不如让给丑恶来开垦，
> 看他造出个什么世界。

闻一多一定非常喜欢"涅槃"这个词，在此境界，贪、嗔、痴，与以经验为根据的我，都亦已灭尽，不复存在，于是达到了寂静、安稳和常在的状态。正因为如此，他才能一头扎进古典文献，在绝望中获得永生，在枯燥里获得快乐。他在给臧克家的信中，曾说自己是座没有爆发的火山，火烧得他浑身疼痛，却没有能力炸开那禁锢他的地壳。他写诗，做学问，后来投身民主运动，都是为了获得爆发的能力。也正是在这个意义上，闻一多始终是一名斗士，生命不息，战斗不止。对闻一多的研究，无论是他的学术思想，还是他的民主精神，其实都远远不够。我想，最容易体现五四实质的应该是闻一多这代人，他生于1899年，与海明威同年，十二三岁的时候，清朝没有了，有几千年历史的封建社会至此宣告结束，皇权在闻一多的脑海中没有留下什么印象；到二十岁，他积极参加五四学生运动，担任学生会书记职务，以后又去美国留学，充分接受西方的民主自由思想。

在闻一多的世界观中，最不能容忍的就是独裁。天赋人权，不可侵犯，是可忍，孰不可忍。李公朴被暗杀以后，很多人告诉闻一多，他已经被列入黑名单，形迹可疑的特务就在他家门前闲逛，而且派人送了恐吓信来。闻一多如果理智一些，就不会去出席李公朴的追悼大会，但是他并不承认这就是中国的铁定现实，不愿意在独裁面前低下自己高贵的头颅。过去的十多年里，他一直埋头书斋，是中国最传统的读书人，与世隔离，现在，沉寂的火山突然爆发，他拍案而起，成为最激烈的民主斗士。在李公朴的追悼大会上，闻一多定有一种寂寞之感，他没有料到偌大的昆明，只有他一个教授来出席这样的纪念活动。据目击者说，那天本来不准备安排闻一多说话，可是他很激动，跳上台去，言辞激烈地说了一通。演讲词后来被收进了中学课本。

闻一多在会上的演讲成为民主的绝唱，他离开会场不久，就被暗杀在大街上，凶手对他连开几枪，其中一枪击中头部，白色的脑浆流得到处都是。在中国的历史上，这是第一次，一位著名的教授，光天化日之下被打死在大街上。重温这一段历史，我总有些想不明白，为什么同为五四一代人，同样是接受了德先生赛先生的教诲，有人为民主献身，有人却明目张胆唆使别人去杀人。多年来我一直在傻想，为什么当时那么多教授，只有闻一多去参加李公朴的追悼会，后来终于想明白，当时学生已经放假，西南联大刚刚解散，很多教授离开了昆明。特务不过是钻空子，这至少说明当时还有些顾忌，真正内心深处感到恐惧的应该是独裁者，因为暗杀本身还是一种恐惧。

秀才碰到兵，有理说不清，这是中国的现实。万般皆下品，唯有读书高，当权者害怕文化人，这仍然是中国的现实。闻一多的死，自然不是毫无意义，它是民主和独裁的一次历史性决战，为后来的共产党获得天下提供了良机。从表面上看，闻一多的身体被消灭了，在独裁面前，个人的反抗很渺小，微不足道，但是却不能说它和国民党的最终垮台没有关系。闻一多的被暗杀，客观上造成一代中国知识分子和当局的彻底决裂，国民党政府因此大失人心，李公朴的追悼会，只有闻一多一个教授去参加，可是为了悼念闻一多，全国各地的纪念活动此起彼伏，谁也拦不住。

2000年5月

想起了老巴尔扎克

初读老巴尔扎克是在1974年，那一年我十七岁，脑子里最美好的小说家是维克多·雨果。我阅读了雨果的大多数作品，如痴如醉地在本子上胡抄乱画。十七岁这一年对我文学上的长进至关重要，意味着我正在告别浪漫主义小说，步入更为广阔的新小说世界。那是读书无用的年代，我高中刚毕业，没有大学可以上，没有工作，对前途既不悲观也不乐观，时间多得像是百万富翁。

在祖父的辅导下，我同时读了巴尔扎克的《高老头》和托尔斯泰的《战争与和平》。那个年代像我这年纪，读完《战争与和平》可不是件容易的事，实际上这部人类史上最伟大的史诗，我读到第三卷就再也读不下去。我不明白祖父说的好与了不起究竟藏在什么地方。

使我爱不释手的是《高老头》，这本书要好看得多，很轻松就读完了，从头至尾趣味盎然。对于一个十七岁的文学少年来说，名作家巴尔扎克如此容易接受，真让人想不到。我一连读了好几本巴尔扎克的小说，有的好看，有的并不好看。差不多全是傅雷翻译的，扉页上有毛笔留下的笔迹，毕恭毕敬地写着他的名字，那是他送给祖父的签名本。记得还有北大教授高名凯的译本，和傅译比起来，简直就是不忍卒读。

巴尔扎克诱惑我的时间并不长久。我开始大量地阅读世界名著，目的不是想当作家，甚至也不是为了提高所谓的文学修养。我拼命读名著的直接原因，就是想在和别人吹小说的时候，立于高人一等的不败之地。说起来真是好笑，巴尔扎克当时只是我吹牛的资本和砝码。真正迷恋巴尔扎克是在我自己开始写小说的时候，那已是70年代末，我从一个无知的文学少年，过渡为一个货真价实的文学青年。

读了太多的20世纪小说以后，我自以为是地认定19世纪的小说已经完全过时，满脑子海明威、福克纳、萨特、加缪，开口现代派、意识流、新小说、黑色幽默。时至今日，我最喜欢的仍然是美国小说，20世纪的美国小说生气勃勃，充满了创新意识。然而完全是出于偶然，老掉牙的巴尔扎克，突然给了我一种全新的刺激。我重读了《欧也妮·葛朗台》，让人吃惊不已的是，这部极其简单的小说，竟然蕴藏了丰富的绝不简单的东西。

巴尔扎克最容易给人们留下某种错觉，仿佛他只会批判现实，老是在喋喋不休地谴责金钱，好像对钱有着刻骨仇恨，虽然事实上他和同时代的人一样爱钱如命，并且让人失望地追逐功名。我第一次在巴尔扎克的小说中读到了全新的思想，这全新的思想就是人们嘴里已经谈得有些可笑的爱。在许多著名爱情小说的书本里，我们读到的是人的欲望，是灰姑娘的故事翻版，是市民的白日梦，甚至是偷鸡摸狗的掩饰。爱在崇高的幌子下屡屡遭到污辱。《欧也妮·葛朗台》引起了我对巴尔扎克一种新的热情。

我情不自禁地又一次读了令人震惊的《高老头》，又一次读了《幻灭》，读了《贝姨》，读了《搅水女人》。傅雷的译本像高山大海一样让我深深着迷。我不止一次地承认过，在语言文字方面，傅雷是使我受惠的恩师。巴尔扎克的语言魅力，只有通过傅译才真正体现出来。是傅雷先生为我提供了一个活生生的巴尔扎克。

在字里行间，在汪洋恣肆的语言宫殿里，在一个对理性世界充满怀疑的年代，我开始重新思索老掉了牙的爱。从表面上看，欧也妮付出的代价是爱，得到的却是不爱，"这便是欧也妮的故事，她在世等于出家，天生的贤妻良母，却既无丈夫，又无儿女，又无家庭"。作为一名极普通的女子，欧也妮的爱使人终于想起圣母玛利亚。正如高老头对女儿的爱让我们想起基督一样，在巴尔扎克的笔底下，爱是无理智，无条件。爱是一道射向无边无际世界的光束，它孤零零奔向远方，没有反射，没有回报，没有任何结果。爱永远是一种可笑幼稚的奉献。欧也妮"挟着一连串善行义举向天国前进"。小说的意义根本不在于表现谁是否得到爱，也不仅是表现谁有没有付出爱，巴尔扎克在无意中探讨了爱的本意，探讨了爱的尴尬处境，探讨了爱的最后极限。高老头对女儿的爱和女儿对他的不爱，这对矛盾关系揭示了人类令人失望的事实真相，爱并不会因为无结果就失去夺目的光辉，金钱可以使爱扭曲，荣誉地位可以使爱变形，然而爱的本意却永远也不会改变。

巴尔扎克对于今天的读者来说，的确有些太古老。他那高度写实、力透纸背的技巧今天看来已经有点啰里啰唆，但是我却在他的作品中读到了最具有现代小说意义的特征，读到了最古老话题的新解释。重读巴尔扎克使我获益匪浅，无论是欧也妮，还是高老头，还是于洛男爵夫人，还是伏脱冷，或者是拉斯蒂涅，或者是吕西安，我得到的理解就是，虽然巴尔扎克发现了金钱欲的巨大作用，但是他的小说首先是爱，其次才是批判或者别的什么东西。

对巴尔扎克的入迷使我有机会想入非非，再也没有什么比罗丹的雕像更能抓住巴尔扎克的本质。那是一个被睡眠折磨得无可奈何的大师神态，他被莫大的幻想迷惑和惊吓，蒙眬的睡眼，嘴唇紧闭，一头失魂落魄的乱发，抖动他的病体就像抖动他的那件睡衣一样。这是一架疯狂的写作机器，仿佛传说中的那位令人惊骇的独眼怪物。他以非凡的创造力建构了一个全新的世界，巴尔扎克是这个凭空创造出来的奇迹世界的君王，正如勃兰兑斯极力赞美的一样，他拥有自己的国度。就像一个真正的国家一样，有它的各部大臣，它的法官，它的将军，它的金融家、制造家、商人和农民，还有它的教士，它的城镇大夫和乡村医生，它的时髦人物，它的画家、雕刻家和设计师，它的诗人、散文作家、新闻记者，它的古老贵族和新生贵族，它的虚荣而不忠实的情人、可爱而受骗的妻子，它的天才女作家，它的外省的"蓝袜子"，它的女演员……

巴尔扎克所创造的世界，成了后来无数作家的梦想。一个固定的文学词汇产生了，这就是"巴尔扎克式的野心"。是否具有不同凡响的创造力，成了我们检验一个好作家的唯一标准。除了令人眼花缭乱的众多人物之外，巴尔扎克小说形式的多样化，同样让后来的作家感叹不已、自愧不如。他不是仅靠一两部小说维持自己声誉的小说家，他的绝技生龙活虎般地体现在他的一系列作品中。就像一滴水也能反射出太阳的光辉一样，巴尔扎克的好小说中几乎都有震撼人心的场面，都有几个了不起的人物，这些人物都具有原始质朴的纯情，都以一种永不疲倦的执着和追求而不朽。

自从文学上出现了巴尔扎克，要想成为大作家，再也不是一桩轻而易举的事。巴尔扎克式的野心刺激着那些在文学上渴望能有一番作为的人。小说作为一门独立的科学，一门独立的艺术，正在越来越博大精深，越来越趋于成熟和完整。巴尔扎克是小说史上最耀眼的一块里程碑。我常常不知不觉地陷入痴想，想入非非、头昏脑涨，目瞪口呆、不知所措。因为有了伟大的巴尔扎克，我们可怜兮兮的脑袋瓜里，我们那支胆战心惊的笔，还能够制造出一些什么样的小说来？"我们还能怎么写"这个命题将折磨我们一辈子。

路过歌德故居

名人故居是道风景，到什么地方，不能不看。我就有这毛病，到了一地，听说有谁谁谁故居，便忍不住要去看上几眼。据说这也是偷窥欲的一种，希望在不经意间，看到意想不到的东西。天下没有无缘无故，老母鸡为什么下这样的蛋，必定事出有因，总有独特道理。

"温故而知新"，看了以往，才能想明白今天；明白了旧社会，才能享受新生活，不能知其然，不知其所以然。那年路过法兰克福，导游算算时间，准备放弃歌德故居。我一听就着急，说哪怕是看上一眼，进去上个厕所，也比过门不入为好。高山景行，私所仰慕，怎么说也是一个作家代表团，到了人家德国地界，这歌德差不多就是中国的孔夫子了，到门前不朝拜，不烧香磕头应个卯，实在说不过去。于是一路协商，最后放弃了另外一处景点，一行人直奔故居。

不得不承认在歌德故居其实没看到什么。和参观大多数名人故居一样，失望注定是难免的。良好的希望开始，不良好的失望结束，这是人生最常见的写照。因为结果不怎么样，就放弃了美好愿望，这不对。不管如何，到了法兰克福，你只要还是个文化人，这歌德故居一定得去。或许导游说得不好，或许因为语言隔阂，仿佛一个调皮的孩子，我跟着参观队伍，听了没几句，看了刚几眼，很快便消失在歌德故居，鱼一样自由自在地游进小溪。

参观参观，要靠自己的眼睛去看，靠心灵去感受。歌德故居已在二战中完全被毁，现在所见是原址的复制品。这是个大宅子，说明歌德的生活背景，绝非穷人出身。穷人家孩子，享受不了这样那样的教育机会。据说歌德父亲是皇家顾问，这顾问是多大的官闹不明白，反正得是个贵族。西方没有科举，穷孩子几乎没有出头的可能。耕读传家、书中自有黄金屋、书中自有颜如玉，这类中国式的老生常谈，在洋人那里没什么意义。东走西看，神游八极，让时光倒流至歌德还在庭园玩游戏的岁月，这时候，中国的曹雪芹正一边喝粥，一边写《红楼梦》。比较两位大师，难免感慨，"作家"这词如今听着有点时髦，那年头却什么都不是。对于那时代的人来说，无论中外，写作都不是什么好活儿，都不挣钱，都没地位。无论曹雪芹，还是歌德，都是因为喜欢写，而不是这个行当伟大，才选择当作家。他们成为作家，可能有很多原因，说来说去，还是因为写出了作品，写出来才是硬道理。

记忆最深，是躲在墙角的一个巨大取暖炉，那是我见过最厚实的铁炉子，看上去像一头熊，黑乎乎蹲在那。猜想它很可能是原物，战火纷飞，只有这么笨重的玩意儿，才可能幸存下来。我喜欢这个在隆冬中给歌德带来温暖的大家伙。

2006年10月26日

托尔斯泰庄园

去托尔斯泰庄园不是太方便。有些中国文化人在莫斯科待了很长时间，一直没机会去托尔斯泰庄园。我们花二百美元租了一辆面包车，天气很热，俄罗斯的汽车只考虑防寒，玻璃厚而且密封，真把人热得够呛。距离二百多公里，一路暴晒，想到是去晋谒托尔斯泰，受些罪也值得。我这个年龄的人，一听到庄园，小时候受过的阶级教育就会作怪。受传统思想的影响，庄园主似乎都不应该是个东西，譬如四川的刘文彩，记得当年看"收租院"群像雕塑，对剥削阶级咬牙切齿。

托尔斯泰庄园据说有三百多平方公里，看着成片的白桦林，看着一眼望不到尽头的林间小路，看着岸边长满绿色植物的碧清水潭，看着保存完好的马厩，看着照片上托尔斯泰曾经使用过的农具，看着他曾经伏案工作过的书桌，联想到他的作品，我的思绪一下子变得很乱，很惘然。为什么提到托尔斯泰便会肃然起敬？首先因为他创造的文学形象感染了我们，教育了几代人。托尔斯泰不仅是俄罗斯人的骄傲，也是整个人类的骄傲。

多想想托尔斯泰，有利于我们重新审视作家这个行当。诺贝尔文学奖没有颁给托尔斯泰，这是一件很丢人的事。托尔斯泰的伟大毋庸置疑，他老人家本来可以免费为诺贝尔文学奖做广告，起码有十次这样的机会，但是评奖委员会始终走了眼，结果后来没有得奖的优秀作家，一想到托尔斯泰再也不会生气。

托尔斯泰的意义，还在于他把写作当作一种个人的修行活动。众所周知，托尔斯泰年轻时是一个浪荡子，与《复活》中的聂赫留朵夫相比，有过之而无不及。他用自己的行为证明，写作既是为了拯救人类，为了教育人民，也是为了拯救自己，教育本人。说托尔斯泰作品对世界发展没有影响不对，夸大这种影响也不对。文学只对那些接触作品的读者才有意义。在这远离了莫斯科，差不多是无边无际的私人庄园，在这墙砌得异常厚实笨重，到处留着宽大烟道的故居，托尔斯泰完成了一系列重要的作品。他想通过作品使世界得到完善，而事实上，只是完善了自己。过去的八十多年，人类并没有因为有了托尔斯泰，就避免了两次世界大战的杀戮。时至今日，愚昧、落后、贪婪、不平等，所有这些在托尔斯泰看来不应该的东西，依然存在，依然生气勃勃。托尔斯泰只不过是以作家的方式，喊出了"不"的声音，这声音是人类不屈不挠精神的一部分。

1998年12月14日

赛珍珠眼里的中国

赛珍珠得过诺贝尔文学奖，过去不像现在，不太当回事。美国文学界不怎么看得上，据说获奖消息传到，正吃饭的她因为震惊，手中的调羹都吓得掉在了地上。

毕竟是个国际奖项，深感压抑的她稍稍出了一口气，美国佬还是萝卜不当青菜，依然不屑。

中国人也一样，自始至终不放在眼里。有一种说法，这届奖本想颁给以性学闻名的弗洛伊德，当时的德国纳粹甚嚣尘上，评奖委员会害怕颁给犹太人引起麻烦，便妥协选择了赛珍珠。她的作品没有因为获奖升值火爆，第二次世界大战即将开打，中国陷入抗战的胶着状态，国府南京沦亡，武汉也丢了，日本人气势汹汹，中国军民同仇敌忾，谁也没心思关注这个写了一大堆中国的美国女人。这些年，到日子，关于赛珍珠开始有些纪念。几个研究者热闹一番，完了也就完了。她的书再版了，没什么市场。赛珍珠纪念馆让写个贺词，我不知道说什么好，信口说了一句：

阅读赛珍珠的作品，可以看到一个西方人眼里的中国。这是个容易忽视的世界，它的存在能让我们有趣地了解自己。

国民政府定都南京后，许多人跑来做官。一次上等人的聚会上，生活在此地的赛珍珠偶然说起了市郊的石刻辟邪，赞不绝口，结果引起哄堂大笑。大家异口同声，武断地说南京周围根本没什么石刻。一位留学归来的青年才俊，直截了当地怒斥，说她是哗众取宠，胡说八道。

为此，赛珍珠感到迷惑不解，她说的是个简单事实。石刻辟邪后来成为南京的标志，等同于市徽，没有人会怀疑它的存在，可是在当年，很多人特别是文化人，对它就是视而不见。

赛珍珠的代表作《大地》拍成了电影，获得奥斯卡奖，轰动一时。成也电影，败也电影，当时的国民政府很不乐意，觉得它严重歪曲，夸大落后。首先，女主角由金发碧眼的美国人来主演，虽然是黑白片，由洋人演的中国女人注定不伦不类；其次，电影中出现了梯田，摄影师没见过，为了画面好看，布景上的梯田像橘子瓣一样，一块一块是竖着的，熟悉的人便忍不住要笑，因为这留不住水，也就不可能种庄稼。这不能怪罪赛珍珠，她的一生充满误读，两头不讨好。西方人嫌她太中国，鄙视她；中国人觉得她是外国人，目光必定怪异和猎奇。认真拜读她作品的人少得可怜，我们心不在焉地说起这位生长在中国的美国作家，总是说说而已，很少去关注她的小说。"不识庐山真面目，只缘身在此山中"，事实上，很多中国作家没看到的东西，恰恰出现在她的文字中间。她眼里的中国，很多相当真实，一点儿也不离谱，只不过这样那样的原因，大家都不愿意接受。

2006年10月10日

第五章　亲情音符

纪念父亲

我对父亲的最初印象，是他将我扛在肩上，往幼儿园送。我从小是个胆小内向的孩子，记得自己总是拼命哭，拼命哭，不肯去幼儿园。每当走到那条熟悉的胡同口，我便有一种世界末日来临的恐惧。父亲将我扛肩上兜圈子，他给我买了冰棍，东走西转，仿佛进行一项很有趣的游戏，不知不觉地绕到了幼儿园门口。等到我哇哇大哭之际，他已冲锋似的闯进幼儿园，将我往老师手里一抛，掉头仓皇而去。

父亲不止一次说过，觉得我这儿子和亲生的没什么两样。他知道这是我们之间一个永恒的遗憾，毕竟血缘关系永远都不可能改变。

我很偶然地从一张小照片上知道自己本姓郑，叫郑生南，照片上的那个小男孩最多只有一岁，这个名字说明我出生在南京。

我很小就开始识字了，在认识方块字这一点上，似乎有些早熟。父亲属于那种永远有童心的人，做了一张张的小卡片，然后在上面写了端端正正的字让我认。那时候他刚从农村劳动改造回来，和他的好朋友方之一起写歌颂"大跃进"的剧本。写这样的剧本究竟会不会有乐趣，我现在实在想象不出，我只记得父亲和方之常常为教我识字，像小孩子一样哈哈大笑。父亲和方之在1957年，因同一件事被打成了"右派"，他们内心深处自然有常人所不能体会到的痛苦，但是他们留在我童年记忆中的哈哈大笑，比他们教我认了什么字，印象深刻得多。

我记得父亲和方之老是没完没了地抽香烟。屋子里烟雾腾腾，两个人愁眉苦脸坐在那儿。他们属于那种20世纪50年代典型的热爱写作的书呆子。

我小时候是一个公认的乖巧小孩，他们坐那儿挖空心思地动脑筋，我便一声不响地坐在他们身后，很有耐心地等他们休息时教我识字。除了害怕上幼儿园，我从来没有哭闹过。我永远是一个害怕陌生、喜欢寂寞的小孩。

小时候做过的最早的游戏，就是到书橱前去寻找已经认识的字。祖父留给父亲的高大书橱，把一面墙堵得严严实实。这面由书砌成的墙，成了我童年时代最先面对的世界。父亲和方之绞尽脑汁地写他们的剧本，我孤零零地拿着手上的卡片，踮起脚站在书橱前，认认真真地核对着。厚厚书脊上的书名像谜语一样吸引住了我，就像正在写的剧本细节缠绕住了父亲和方之一样。

那时候我大概才三岁，有一次大约是发高烧，我在书橱前站了一会儿，不知怎么又回到了小凳子上坐了下来。我经常就这么老实地坐在那儿，因此正在写剧本的父亲丝毫没有意识到异常。现在已经弄不清楚究竟是方之，还是父亲先发现我像螃蟹一样地吐起白沫来，反正当时的样子把他们吓得够呛，他们手忙脚乱，不知所措，慌了好一阵子，才想起来去找邻居帮忙。

1992年12月高云岭

父亲的话题

　　曾写过一篇文章纪念父亲，隐隐地觉得还有话想说，于是将写过的旧文章翻出来看，话好像都说了，又觉得还没说透，下面就是当时写的那篇《父亲的希望》：

　　常有人问我，你写作受了家庭什么样的影响。刚开始，我对这样的问题，一概以毫无影响作答。我想这也是实情，自小父亲给我灌输的思想，就是长大了别写东西。三百六十行，干什么都行，就是别当作家。父亲是个作家，他这么说，很可能让人产生误会，是干一行厌一行。

　　事实却是父亲最热爱写作。他一生中，除了写作，可以形容和描述的事情并不多。记忆中，父亲写作时的背影像一幅画，永远也不能抹去。我所能记住的，是他的耐性，是他写作时的不知疲倦。作为儿子，我不在乎父亲写作方面达到了什么水准，出了多少书，不会去想他得过什么文学奖，有过什么文学方面的头衔，进过什么名人录，还有谁谁谁曾对父亲有过什么样的好评价，这些评价是包装父亲的绝好材料，因为这谁谁谁都是大名鼎鼎的人物。我觉得这些并不重要，父亲生前把功名看得非常淡，我若写文章为父亲脸上贴金，很显然吃力不讨好。

恢复高考以后，我费了九牛二虎之力才考上大学，因为录取的是文科，父亲甚至都懒得向我祝贺。时过境迁，重新回忆二十多年前的情景，我仍然忘不了父亲当时的恐惧。父亲说，为什么非要选择文科呢？很长一段时间内，我都相信父亲之所以不愿意子承父业，要让儿子远避文学事业，是由于他个人的不幸，由于1957年被打成"右派"，由于"文化大革命"时的挨整。一朝被蛇咬，十年怕井绳。后来我终于明白，除了这些恐惧，父亲顽固地相信，一个人若选择了文科，选择了文学，特别是选择了写作，很可能或者说更容易一事无成。

百无一用是书生，这句老话可以做多种解释。父亲热爱写作，一生都在伏案书写。父亲不自信，尤其是在写作方面，受他的影响，我也很不自信。这种不自信或许只是清醒，建立在写作是种高风险行业的基础之上，高风险不仅意味着政治上容易出错，经济上可能受窘，更大的可能是会成为一名空头的文学家。空头文学家不仅浪费自己的生命，还会浪费别人的宝贵时光。当我读到一些很坏、很无聊的文章时，就会想父亲如果还在，一定会非常愤怒地加以指责。父亲生前，我们常为阅读到的文字没完没了地议论，父亲总是一针见血，非常明确地表明什么好，什么不好。他觉得一个人要么别写，要写就一定要写好，写出来就应该像个东西。

我写这篇小文章，想谈谈父亲对我的希望，行文至此，我突然意识到，父亲对我的不希望，远比希望更重要，更有用处。

天下的父亲对子女都会有许多良好的希望，然而希望难免虚无缥缈，难免好高骛远，难免太浪漫。不希望却是非常具体，非常简单和直截了当。坦白地说，希望通常要落空，影响我做人的标准，并不是父亲的良好希望，而是父亲深深的担忧。父亲不希望我成为空头文学家，不希望我为当作家而硬着头皮当作家。我所要努力的方向，只是不要让父亲的不希望变成事实。

2001年10月2日中秋佳节

一字不差地将写过的文章抄下来，当然不仅仅是偷懒。去医院参加例行体检，遇到很多单位的熟人，这些熟人曾经也是父亲的朋友。他们看到我，纷纷向我祝贺，理由是前天的本地晚报头版上登了一条消息，说我女儿的一篇作文入选了《中学语文读本》。这并没有什么了不得，但是标题比较隆重，又配了照片，熟人见了忍不住要议论。我忽然想起自己的文章刚发表时的情景，一方面父亲好像很不当回事，一方面又暗暗得意，我现在的心情正好与他当时完全一样。

女儿今年才十八岁，已经出了两本书。她说起自己的心情，说没什么特别激动的，她说我爸爸出的书更多，不就是写了一些东西。这次有作文入选教材，她甚至都犹豫是否要告诉我，怕我又要对她说大道理。这种姿态和我当时刚发表作品时一样，不是因为成熟，不是故作谦虚。我不止一次告诉那些对文学世家这话题有兴趣的人，说作家后代的文学梦想和其他人可能略有些不同。或许耳闻目睹的缘故，作家后代享受文学成功的乐趣，要比别人小得多，因为我们都生活在父辈的阴影下，说一点儿也不沾沾自喜不是事实，说一下子就忘乎所以更不是事实。父辈像一座山似的挡在面前，作为小辈或许取得了一些成绩，但是真没有太多的理由骄傲。

父亲过世转眼已十年了，我现在住五楼，闲时喜欢看楼下的樟树，那是刚搬进来时种的，也不过三年工夫就长得郁郁葱葱，很像回事。古人说"树犹如此，人何以堪"，从树想到人，不由黯然泪下。十年是一个不短的数字，过去的十年，正是我写作最旺盛的时候，也是所谓个人最出成绩的日子。父亲喜欢书，书架上有一层专门用来放自家人的书。父亲过世时，我正式出版的书只有两三本，当时出书很困难，但是父亲已很得意，现在一层都放不下了，如果他还健在，真不知会如何高兴。

言传身教看来真是很厉害。我发现自己现在与当年的父亲相比，在唠叨方面，有过之而无不及。我无数次地提醒女儿，说我们并不想沾光，可是不知不觉就可能沾了光，因此保持一份清醒非常必要。父亲生前是一家杂志社的主编，我发表小说的时候，大家都会想，这家伙近水楼台，开后门太方便。"外举不避仇，内举不避亲"，说是这么说，真正操作起来，其实有很大难度。我如今要说父亲对我在文学方面的要求，要比对别人更严，相信的人有，怀疑的人也会有，因为人们通常更愿意从"人之常情"去思考问题。父子关系毕竟是一种特殊的关系，我没必要做那种"此地无银三百两"的解释，想说的只是，别人怎么说并不重要，重要的是自己真把事情做好。事实胜于雄辩，我曾经很努力地想用实战成绩来证明自己，而这种证明才是对父亲教育的一种最好报答。

我想起自己最初发表的两篇小说，那是二十多年前的事，两篇小说写于同一天，上午完成一篇，写完了给父亲看，父亲说还有点意思，就是卷面太肮脏，即使巴尔扎克也不过如此，我为你重誊一遍吧。结果父亲帮我一笔一画地抄，我却在下午风风火火地又写了一篇小说，当时真没想到写小说这么容易，小说在同一个月里分别由两家刊物发表了。记得父亲改了几个字，父子还为是不是病句争了一场，我自然是错，然而不服气，狂得莫名其妙。我似乎有过一段才华横溢的日子，可惜在接下来的五年之内，连一篇小说也发表不了。很长一段时间，父亲根本不看儿子的小说，他知道我还在写，写什么也懒得问。一个人真要想当作家，别人帮不了忙。我的小说终于有机会发表，终于有一点儿影响，父亲那一阵特别忙，别人对他说你儿子的小说写得不错，他便对我说，喂，把那什么小说给我看看。看了也就看了，喜欢或不喜欢，满意或不满意，反正是儿子的东西，儿子大了，有些事已经管不了。

回想父亲对我写作的帮助，热情鼓励少，泼冷水打击多。可怜天下父母心，热情鼓励是希望子女有出息，泼冷水打击是怕子女走错路。他更多的还是不闻不问，父亲生前常说，学医可以传代，学画也可以传代，唯有这写作传不了代。他告诉我，作家不走自己的路，一辈子都不会有出息。他还告诉我，作家的后代不成为作家是正常的，成为作家反而不正常。我想我能有今天，不要说自己想不到，长眠于地下的父亲也不会想到。唯一可以肯定的是，他一定会发自真心的高兴。文学是父亲喜欢的事业，薪火相传，虽然属于意外，毕竟不是一件坏事。

自从父亲过世，每年清明、七月十五日、除夕夜，我都惦记着要烧些纸钱。父亲生前，对所有的迷信活动都不相信，我受他的影响，也并不深信，但是，还是要忍不住这么做。很多事是不能忘记的，如果没有父亲，就不会有我的今天。还是那句话，我能成为作家，既是无心插柳，又是事出有因。

2002年9月23日

太太学烹饪

我们家最讲究吃的时候，也就是太太上烹饪课那一阵。过去，我曾经买过好多本关于烹饪的书，没事睡觉前翻翻，看过就算解馋了，并没有真枪真刀地操练过。我这人对于想象力的满足，远远超过对于实际生活的要求。往文雅里说，是注重精神的享受，小说家属于知识分子，知识分子的好处，就在于能够平日吃着食堂，把做得不好的菜肴，硬吃出好的味道来。老实说，我害怕自己动手做菜，尤其是大动干戈地做，一是没时间，第二点也重要，那就是懒。

太太的学校里办了个烹饪班，学校办班的目的是为了赚钱。这年头，许多时髦的事，说得再好听，其实都是准备从别人的口袋里掏出钱来。来上课的学生都是有工作的成年人，口袋里多多少少有些钱。上课的动机也简单，先从自己口袋里掏钱，学了些鸡毛蒜皮的烹饪技术以后，再去别人的口袋里掏钱。烹饪班的学生，有想下海开馆子的，因为现如今餐厅的利润极高；有想混一纸文凭的，混一张所谓厨师结业证书，去外国招摇撞骗，打打工骗点外汇。

近水楼台先得月，太太是本校人员，可以大靦老脸地蹭课。当时我们家新分了房子，第一次有了像样的小厨房，女儿又在幼儿园全托，而我呢，也稍稍能开始赚些稿费。天时地利一时间全都占了，此时不学烹饪，更待何时。太太学会了烹饪，最沾光的无疑是我，因此"人和"这一点也不缺，所以极力鼓励，就怕太太改变了主意。

太太当真去上烹饪班了，虽然是夜校，到底有点科班的样子。首先名正方能言顺，来上课的老师，是从外面的馆子里特邀的。有一位感觉良好，口才也棒，可惜毕竟年轻，只是三级厨师。教师的级别低，学校和学生两方面都没有面子，于是自作主张给请来的老师涨级别，反正课堂上先这么介绍，介绍完了，大家鼓掌，没人会站出来像派出所查户口那样核对一番。

老师固然有些心虚，支支吾吾打着哈哈，正经八百地开始上课，就怕让学生看出破绽来，非常用心地教着，一板一眼不敢马虎，口气却大得不得了，上来就是三板斧，说这样烧怎么不对，那样炒怎么又错了，自己跟谁谁谁学过，谁谁谁怎么夸奖过自己，自己的学生谁谁谁在国外现在怎么样。再穿插几个关于吃的小故事，学生顿时就服了。

很快就上完了理论课，几周下来，便进入了示范阶段，每堂课好歹做几个菜让大家尝尝。菜是学校的门卫去采购的，买回来了，同样委托门卫洗干净，送到课堂上。此外备好了液化气炉灶，还有油盐酱醋各种调料。实践课比理论课有趣得多，耳听为虚，眼见为实，听人讲一大堆，不如自己看着做一回。来上课的老师大显身手，一边讲，一边做，做好了，便请大家品尝。当学生的起初还羞答答，喊到谁了，谁便用筷子夹着尝一点儿。接着是下一位再尝，因为只有一双筷子，每一位都挺文雅地放在嘴里，细嚼慢咽，煞有介事地点头喊好。

学生的脸皮很快就厚起来，看来人的天性都是馋的，平时看不出，是由于没什么东西可以吃。难怪要说人越有的吃，就越馋。一大群学生，男男女女就一双筷子，吃过来吃过去，似乎也不卫生，于是便有人发明自带筷子和调羹。大家跟着模仿，把个好端端的上课，弄得跟过节似的。文雅也很快没有了，老师的菜还没做好，大家已抄好了家伙，就等着开吃。老师一声令下，筷子和调羹立刻在盘子里打起架来。记得我太太那一阵子，临去上课，就把一把擦亮的不锈钢小勺子放在口袋里，那模样比女儿去儿童乐园还要神气。

老师示范了一段时间，便让学生自己动手。每个学生都有机会做一次菜，做好了，最诱人的保留节目，还是让大家尝。菜做好了，不吃也是浪费，况且如此用心做出来的菜，味道岂能不好？老实说这样的烹饪课，让谁去上都会乐意，可惜时间太短，最后，学生们聚在一起，再美美地吃上一顿，说结业，也就依依不舍地结业了。

结业以后，尽管业余，太太也算是科班出身了，感觉特别好。回到家里，一套又是一套，烧什么菜，都呼应着菜谱。这是我有史以来最大饱口福的年头，可惜也是时间太短，时过境迁，转眼女儿上了小学，太太有自己的工作，还要管女儿弹琴和学习，人一忙，要馋，也只能在脑子里想。食堂的菜实在不好吃，然而人要是没时间，也只好乖乖地吃食堂。烹饪有术是有闲的时候才能偶尔为之的事情，而所谓有闲，也是昙花一现，说过去就会过去。对于今天的三口之家来说，最空闲的那段日子，也就是小孩子在幼儿园上全托的时候，在这前后，如果不靠老人，如果不请保姆，我们这一代人，谁不是忙得死去活来呢！

1994年1月16日

女儿语录

　　女儿一天天大了，说上小学就上小学。放学回来，书包往桌上一扔，做作业。话明显地比过去少了，越来越像个大人。童言无忌无欺，小孩子的话通常第一等的生动，女儿曾说过许多有趣和耐人寻味的话，好像是抢救文物遗产，不记下来，实在有些可惜。

　　女儿被蚊子咬了，心烦意乱，很严肃地问妈妈："妈妈，既然是被蚊子咬了一口，怎么不是少了一块肉，反而多了一块肉呢？"做妈妈的开始解释，这种简单的问题往往越解释越复杂，女儿听着不耐烦了，恍然大悟地说："我知道了，蚊子在咬人的时候，在肉上拽了一口，把肉拉出来了，所以会多一块肉出来。"

　　女儿晚上睡觉前，也喜欢捧一本书看。她到处扬言自己要成为叶家的第四代作家，并且要让第五代、第六代都当作家。有一天晚上，她把小人书放在一边，眼泪汪汪地暗自伤心。总以为她是在幼儿园受了什么委屈，一问，却吞吞吐吐地说："我是在想，万一，你和妈妈离婚，爸爸有了后妈，他想对我好，又不敢对我好，怎么办？"这话当然不像话，肯定是受了电视上的影响，于是狠狠教训她，让她不要瞎想。女儿因此破涕为笑，再问她为什么会有如此荒唐的想法，笑着摇头不肯说；又问她为什么不想些高兴的事，回答说："我喜欢悲剧。"

女儿常常被追问，问她长大了干什么，她的逻辑是：上小学，上中学，上大学，上留学，结婚，生小孩。听者无不捧腹大笑。

女儿很小就对人的起源感兴趣，告诉她，人是从肚脐眼钻出来的，深信不疑了很长时间，终于诘问妈妈："人这么大，怎么能从肚脐眼里钻出来呢？"又问："我是妈妈生的，妈妈是阿婆生的，那么最最头上的那个人，又是谁生的？"只好用进化论开导她，告诉她人是猴子变的。女儿目瞪口呆，愤怒地说："瞎说，大猴子应该生小猴子，怎么会生个人出来？"

女儿三岁以前，捧着一本书，可以认认真真看几个小时，都觉得这孩子有异秉，这几年却变得什么事都没常性，要她弹琴，非要画画；要她画画，又偏要剪纸；不肯好好地睡觉，不肯好好地吃饭，忍不住跟她说道理，总算眼睛瞪多大地听着，临了，叹口气总结说："我觉得，我是天下最痛苦的人了。"

女儿最不喜欢吃的食物就是茄子和豆腐。对于豆腐，她用反问进行回答："豆腐有什么好吃的？我就不吃。"对茄子却仿佛有什么深仇大恨："我就不上幼儿园，幼儿园又要吃茄子了。"

女儿给家里的人像梁山泊一百零八将一样排了座次："奶奶第一，爸爸第二，我第三，妈妈第四，爷爷最后。"

女儿说："爸爸，我有个想法不敢说，说了你要骂我。我想当班长，你说我会不会当？"

女儿的两个堂姐都嫁给了外国人，一个远嫁欧洲，一个远嫁拉美，于是和她开玩笑，说她长大了也要嫁给外国人，她听了，大不以为然，摇头说："还要学外语，烦死了。"

女儿做梦都想拍电影，电影拍不到，退求其次，说上电视拍个广告也行。这一阵发大水，她老是觉得遗憾，抱怨说我们家也住在楼下，水怎么不把我们家淹了？"要是我们家淹了多好，"她很有心计地说，"这一来，人家都捐钱给我们，我们家不就发财了吗？"又说，"要是淹的话，还有人来采访我们，我不就是上电视了吗？这多好。"

女儿的秘密

女儿的秘密是开始有了隐私，女儿现在已经上初中了，接电话，常常是找她的。总记得她小时候的情景，老气横秋地拿起电话，稚声地问对方是谁。有一次她的情绪不太好，台湾有长途过来，问，你爸爸在不在？她说不在。对方又问，什么时候回来？她气鼓鼓地说，不知道，你过一会儿再打。过了一会儿，人家电话又来了，她还是老一套应付。那时候，台湾打电话过来，似乎也不是很容易，起码是心理距离上觉得很远，然而对于女儿来说，无所谓，台湾来的长途，和爷爷奶奶的电话，没什么区别。结果那一天，害得人家前前后后，挂了好几个长途电话。

上小学时，女儿就有一小号码本，用铅笔写了一长串名单。不过打电话的机会不多，天天在学校见面，找不出什么一吐为快的话要说。就算是打电话，也就三言两语，大不了问上什么课，带什么作业，或者是代向老师请假。许多同学的号码记是记了，从来也没打过。那时候的女儿，好像没什么秘密。

上了中学，情况自然发生了变化。过去电话铃响，十有八九是我的，现在女儿的电话，已经足以和我平分秋色。好在毕竟是初中生，来电话的，大多是同性，有时候也聊些女孩子的事情，更多的还是谈功课，核对作业，为一个不相同的答案争吵。

当然这都是当着父母面的，如果双方的大人都不在，她们一聊半天，说些什么，闹不清楚。谈得很神秘，我们一到家，立刻就不谈了。

我们知道女儿已经到了有隐私的年龄，有时候来电话，我们去接，对方竟然很无理地不说话，悄悄将电话挂了。我们有些想不明白，女儿却说，我知道是谁打的。她说知道，当然是真的知道。说起来很有趣，女儿一方面要强调尊重她的隐私，譬如，用带锁的小日记本，在扉页上写着抗议偷看的警句；一方面又忍不住要偷偷地向她的妈妈泄密。

对于女儿来说，保留自己的隐私和泄露个人秘密，同样都是乐趣。她毕竟还只是初中生，许多事情乐意说出来，和爸爸妈妈一起分享。她所需要的，只是我们能尊重她，这种尊重已经是一种觉醒的平等的意识。她总是忍不住事先声明，自己把秘密告诉我们，我们必须尊重她，即使是错了，我们也不应该责怪，否则下次再也不告诉我们。

如果她错了，我们按捺不住，还是要责怪。于是女儿便感到委屈，而我们也感到担心，担心她下次有什么事，再也不告诉我们。女儿正在一天天地大起来，个人的秘密会越来越多，瞒着我们，也在情理之中，这一点，我们在理智上能接受，在感情上，还得慢慢地习惯才行。

1997年11月22日

对女儿的期待

新年里，一位女记者前来采访，让我谈谈对女儿的期待。我信口说了些，大致意思是自己没什么期待。我是个宠小孩的父亲，养不教，父之过，和现在许多做父亲的一样，明知溺爱对小孩不利，可是偏偏硬不起这份心肠。我一直后悔自己对女儿的培养太平庸。如果一切可以从头来，肯定不会让女儿学钢琴，要学音乐便让她拉二胡，倒不是标榜国粹，而是想让她和别的孩子有些不一样，现在满世界都是弹钢琴的。

女儿学钢琴，完全偶然，最初是幼儿园办电子琴班，说小孩开发音乐细胞如何重要，于是火速去店里买了一架电子琴。那时候买一台日本原装电子琴，得花半年的工资。为了上课，妻子骑自行车，又要驮女儿，又要带着那个有违交通安全的电子琴，现在想到都后怕。女儿学电子琴，学了三四年，就被人指责，说电子琴不能算乐器。我对音乐是门外汉，而且的确也不喜欢电子琴。女儿三年级时又买了钢琴。一提起自己的学琴经历，女儿就抱怨我们耽误了她，因为一切都要从头来，手上的坏毛病，据说全是弹电子琴养成的。

　　从一开始，就没想把女儿培养成音乐家，说穿了，也就是让她弹着玩玩。总算找到了一个好的钢琴老师，对她要求严，加上妻子像工头一样地督促，逼着练，如今要说玩，也应该算是会玩了，可惜并不是太喜欢这样的玩。我觉得女孩子除了学点音乐，最好也能练练书法。也许是有了这样的遗憾，才把希望寄托在女儿身上。音乐和书法是我所不能的两件憾事，现在的父母在儿女身上下本钱，往往注重的不是小孩的天资，更多的是出于过去的遗憾。自己不行，在某方面没出息，所以才想到让后代不走父辈的老路。如今的小学生，功课多得已经不人道，真不忍心在功课之外再增加女儿的负担。我大学有个同学，写了一手的好字，几次想到让女儿跟他习书法，都是说说而已，如今女儿已经十四岁，正上中学，考试一场接着一场，对于书法，显然也只能是心向往之。

　　做父母的，当然不会希望自己的女儿没出息。什么叫出息，其实是个说不清的话题。我对女儿没有什么过高的期待，只是希望她一生平安、幸福、心地善良，能不能出人头地，是她自己的事情，各人头上一方天，没必要强求小孩干什么。我从小就没什么理想，如今人到中年，对理想更是万念俱灰。人生是一步一步走出来的，把每一步走踏实了，这就很好。

1998年2月13日

为女儿感动

常在文章中看见"逆反心理"几个字，有人说它是一种生理现象，表现在十六岁的女孩子身上尤其严重。在过去的一个月中，我充分领教了女儿的这种"逆反"，喊她干什么，硬和你对着干，晚上很晚睡，早上睡懒觉，忍不住就看无聊的电视，然后便大谈歌星。

我不是个严厉的父亲，却是个唠唠叨叨的大人。女儿出国前的一个月，我们之间并不是很愉快，发生过的激烈争执数量相当于她长到十六岁的总和。老实说，我们都很失望。

我一次又一次失态，有一天，竟然动手打了她。一直到现在，我都不明白为什么会发生这样的战争。自从女儿出国定下来，我一直在为她操心，起码自己觉得是这样。在父母的眼里，孩子永远长不大，我们不停地要求这样，要求那样。作为父亲，我不明白为什么只看到女儿的缺点，女儿会弹钢琴，一次又一次考上重点学校，这次又以出色成绩获得出国留学一年的机会。她毕竟只是个中学生，我不明白自己还希望她怎么样。

我为她在异国他乡的遭遇烦神，有个美国朋友来做客，他正翻译我的一部长篇小说，挺真诚地说："你的女儿英语很好！"一个来旅游的英国女孩，在我们家住了一个星期，用英语和她整晚聊天，谈喜欢的流行音乐，谈男生女生，可是我对女儿的英语程度还不放心，老是和尚念经一样地让她再背些单词。我知道自己在女儿的眼里很可笑、很愚蠢，越是可笑愚蠢，越要老生常谈。女儿出国的前十天，有机会去上海与曾经留过学的中学生联欢，她很希望我们全家一起去，我一口拒绝了，理由是有稿子要赶。女儿很失望，她知道自己有一个很没有情调的父亲，所以都没想到坚持。

我总是让女儿再用点功，要她记日记，要她看一两本名著。在这一个月中，我完全失控，一看到她看报纸的娱乐版，把频道锁定在无聊的肥皂剧上，嗓门立刻大起来，动不动就把她弄得眼泪汪汪。

有一天，她去买东西，丢了一个帽子，我竟然很生气地让她去找回来。我不是心疼帽子，而是担心她什么东西都不知爱惜，出国后会为此吃苦头。这是很无聊的大动肝火，我平时很宠女儿，因为无原则的放纵，妻子总说我把孩子给宠坏了。也许担心她出国不能自理，也许担心她出国会过于放纵，我突然失去了理智，变得连自己想起来都觉得可憎。不仅我不讲道理，女儿也变得非常蛮横。我们成天吵，吵得大家都伤心，不仅伤心，甚至寒心，以至于大家都希望早日成行。终于到了8月9日，去上海机场送她，临上飞机，她悄悄塞给母亲一个小本子，上面密密麻麻的全是字。她的母亲已经在伤心流泪，看到小本子上的这些信，更是泪如雨下。

　　我做梦也没想到女儿会留下如此美丽的日记。她希望我们在思念她的时候，就翻翻这小本子。作为父母，总觉得女儿不懂事，可日记上的内容，分明让我们明白，真正不懂事的，是我们这些自以为是的大人。

　　其实，何止女儿有点逆反心理，扪心自问，我们自己的心态也早就失衡，变得不可理喻。我曾经一再感叹，觉得女儿没什么爱心，因为现实生活中，差不多都是父母在为她服务，帮她叠被子，帮她倒水，半夜里起来帮她捉蚊子，强迫她喝牛奶。也许因为那些本能的爱，我们已经有些畸形，却忽视了一个最简单的事实，那就是女儿已长大。她不再需要婆婆妈妈的唠唠叨叨，需要的是另一种关爱，是理解。我不得不说自己深深地为女儿感动，女儿日记中表现出的那种爱，那种宽容，那种对父母的理解，让我无地自容。

　　征求了女儿的同意，从她临行前的日记中，挑出三分之二的篇幅，让读者阅读。我想，这些书信体的日记，不仅适合我们看，也适合其他的父母，它代表了一大批孩子的心声，这中间有委屈，有倾诉，有矫情，更有源源不断的真情实感，它有助于我们了解自己的孩子，解除两代人之间可能会有的那些隔膜。过去总以为只有父母才爱孩子，其实孩子更爱我们。父母的爱可能有时很自私，因为自私，会走向反面，会泥沙俱下，充满杂质，而孩子的爱是一股清澈的泉水，透明、纯净、美好，更接近爱的本义。

2000年3月13日

第六章　故人故事

徐老师

我是工厂考进大学的。那时已经做了四年工人，是钳工，好歹也算有了点儿手艺。高考制度恢复，我们这些让历史误了一大截好青春的年轻人，一窝蜂都去考大学。

考大学就得复习功课。中学毕业考试，我们考数学是珠算，只学了加减乘，除法还没来得及教，轻而又松就算毕业。准备考大学，"复习"二字无从说起，得老老实实从头学，于是请了徐老师教我数学。

徐老师比较瘦，会拉小提琴和二胡，住在秦淮河边一排旧房子里，没什么家具，墙壁上是地方就贴着他临的古碑帖。

第一次见面的印象已不太深，只记得他很热情，很认真。我当时的志愿是报考数学系。这是个很有浪漫主义味道的选择。那年头有一个叫陈景润的书呆子像今天的电影明星一样走红，我很想在数学上与他一比高低。

不知道徐老师是否打算把他的学生培养成陈景润第二。他按部就班地教我数学，几乎是从中学一年级开始。作为一个名牌大学的数学老师，即使对付我这么个志大才疏的初中生，他也没学会搭架子。一是一，二是二，他只知道认认真真地教。不会，教；再不会，再教；还不会，还是再教。寓教于乐，诲人不倦。

我那时候的学习够得上"刻苦"二字。哥德巴赫猜想绝非那么容易就能猜出来。考大学难免急功近利，难免盼望速成。俗话说久病无孝子，我对数学的感情说淡就淡，这山看着那山高。有一天我对徐老师说："我不想报考数学系了，干脆还是考文科容易一些。"徐老师说："只要你想学，报考什么都是可以的。"

于是我开始在应付文科考试上下功夫。准备了没几天，市工人大学招生，这是个机会，我糊里糊涂就报名应考，竟然高分录取，是热处理专业。徐老师说："你怎么又要学工科了？"我十分为难，谁都向往名牌大学，工人大学的招牌似乎弱了些，然而那年头盼望能读书的人像正月十五的夫子庙，多得气都喘不过来。个人志愿和理想是一回事，有奶便是娘，捞着书就读却是另一回事。徐老师说："工科自然要数学，我乐意继续教你，难道你真的喜欢热处理？"

我说我当然喜欢，毕竟是有书读了，一样发校徽，坐在明亮的教室里，远离工厂机器的轰鸣。我说，只要我想学，还怕学不好？徐老师似乎也赞成我的观点，含笑不语，点点头。

事实是第一天上课便让我感到忍无可忍。完全是为上学而上学，教室里叽叽喳喳，教师在讲台上信口开河，我可怜兮兮地坐在那儿，横竖都别扭。下课铃声响了，男男女女，十分愉快地说着话。我感到很孤独，热处理这专业究竟和我有什么关系呢？别人的高兴、愉快、兴奋启示着我自己的选择出了差错。

我终于又对徐老师说不打算再学热处理。徐老师脸上流露出一些惋惜之情，他不是在乎我放弃了一个读书的机会，而是觉得太不应该三心二意。无论学什么，三心二意是最大的敌人。徐老师没有责怪我，责怪又有什么用呢？我重新开始准备参加高考，考文科，离考期只有一个月的工夫。信心这玩意儿已经打了折扣，我后悔得恨不能去买几服药吃吃。徐老师仍然指导我复习数学。考文科，数学这门功课并不太重要，我也不可能在数学上下太多功夫。徐老师只是耐心认真地教我，绝不含糊，他用他的认真和耐心感染我。他老是让我感到一种无形的压力。这无形的压力，就是你必须认认真真、一心一意。

考大学已是十几年前的旧事。我依然还没改掉三心二意的老毛病，但是，至少我还能经常想到徐老师，想到他那诲人不倦的认真态度。徐老师教给我的数学知识早就忘得差不多，他当年留给我的那种无形的压力，却让我终身受用。

陈瘦竹先生

　　我在南京大学读了七年书，课堂上聆听陈先生的教诲却没有几次。印象中都是讲座，记得有一次是讲莫里哀的喜剧，从头至尾，陈先生都很严肃，即使说到俏皮话，也面不改色。

　　陈先生与我祖父、我父亲都熟悉。我考上大学以后，有一次遇到我父亲，陈先生说："让你儿子来找我好了，我有话对他说。"于是我就去见陈先生。当时我很拘谨，也很狂妄，刚上大学，雄心勃勃，志大才疏，什么都想干，又不知道怎么干。

　　陈先生直截了当地问起我今后的打算，我犹豫再三，不知如何回答。这次谈话给我留下了一个非常窘迫的记忆。陈先生很热心地为我订了一个学习计划，那就是将来不管从事什么职业，在大学期间，除了课上好，必须每天两小时外语，两小时古文，每周一篇散文，每月一部短篇小说。

　　说起来便惭愧，如果真正贯彻执行陈先生的学习计划，一定受益更多。不管怎么说，这学习计划是我当时的座右铭。人难免偷懒，难免三心二意，有了这样的座右铭，一旦荒废了时间，起码可以让我感到自责和不安。

读研究生时，有机会比较多地拜访陈先生，每次见到，必然问我最近的学习打算，叮嘱再三，让我经常去，说哪怕只是闲谈也好。

和陈先生在一起，我总是拘束和脸红，当我见他放下大厚本的外语原著，手上用来读书的放大镜不知放在何处，笑呵呵向我走来时，一种自己是坏学生的内疚立刻涌上心头。虽然我已经下了不少死功夫，而且取得了一点点很微弱的成绩，但是从陈先生家出来，我每次都能萌发出新的发愤用功的念头。

南京大学中文系有个传统，三年寒窗，研究生毕业，弟子一毛不拔，老师倒过来请学生美美地吃一顿。我的导师是叶子铭老师和邹恬老师。用叶老师的话说，陈先生是我们专业的老爷子，自然应该请坐首席。在学校读书，唯有到了这一刻，师生欢聚一堂，举酒相祝，才突然明白下面的路，全靠自己去闯。对授业恩师的感激之情，千言万语，都凝集在一杯薄酒之中。

宴席上的陈先生变得十分豪爽，喝酒便喝酒，一饮而尽，吃菜就吃菜，吃到临了，酒足饭饱，一个弟子为他撕去一只鸡腿，一个弟子怕他吃得太多，连忙阻止，陈先生笑容可掬，说："没关系，我能吃。"

我永远忘不了陈先生，忘不了那严肃，也忘不了那笑容。陈先生为我制订的学习计划，仍然是我现在工作、学习的座右铭。时光如流水，事过境迁，学校的生活，遥远得仿佛是书本上的故事。我常常变得消沉，变得世故，变得急功近利。一生中能遇到好老师是最大的幸福。在消沉世故和急功近利的海洋中，老师的教诲如春风，如时雨，一次次给人鼓舞，给人鞭策，给人无尽力量。

在先锋书店喝茶

　　钱晓华在南大读书的时候，常到家里来做客，我们算是校友，他年轻，对人客气，我仗着是学长，就不客气。有什么事，他喜欢商量，说是向我请教，其实心里早有算盘。譬如说要办一家书店，问我怎么样怎么样，我提供不了什么好主意，只是不愿意扫他的兴。街面上书店已经很多，而且根据历史经验，办书店大都不赚钱，要赚也是微利。好在反正年轻，什么都是干，吃点苦头也无妨。他是文化人，想到混浊的商海里插上一脚，不小书店，还能干什么？

　　结果出乎预料，先只是一个小门面，地点在城南，有点影响，后来就闹大了，搬到南大的校门口，门面仍然小，却是曲径通幽，里面大厅豁然开朗、富丽堂皇。论雅，论品种齐全，论装潢讲究，南京个体书店中间，先锋书店大概数一数二，我这人虽然孤陋寡闻，本地外埠的个体书店见过不少，能折腾到这一步的，真还不多。

　　去先锋书店喝茶，似乎是钱晓华的创举，他生长在茅山脚下，对茶道情有独钟，自己善饮，以己度人，于是猜想别人也会

267

喜欢。书店选书，可能是个浪漫的过程，一边挑选，一边喝茶，别有一番情调。记得开始创办书店，钱晓华曾很傲气地说，自己比别人懂书，知道文化人喜欢什么书，因为他就是个不折不扣的文化人。这种话，只有书呆子才能说出口，事实证明说得不错。

书店作为文人聚会的地方，历史上便有来头。二三十年代，日本人内山完造在上海开书店，有头有脸的文化名人，不敢不去光顾。先锋书店在南京文化人中，已有广泛影响，其中大学生最多，在校门口走几步路就到。玩书的人也喜欢，想要什么书找不到，去先锋书店碰运气，往往带着意外惊喜而归。熟人在那儿碰面，书友在那儿聊天，都很平常。品茶论书，难免文化人酸气，然而既然到处铜臭，有些迂腐穷酸，也没有什么不好。

在先锋书店喝茶，不收费，又是钱晓华书呆子气的地方。开书店，不想多赚钱不对，也维持不下去，钱晓华自有钱晓华的妙招。既然去先锋书店，喝那么好的茶，又看那么多的好书，不随手带几本走，书店主人无所谓，关键是对不起自己。

1999年10月15日河西

处境

　　人总是生活在不同的处境中，鸟喜欢树林，鱼游在深渊，不同处境，便有了不同的景观。有一年在上海，我和苏童还有余华去见一位台湾人，从宾馆里出来，迎面碰见一位衣冠楚楚的中年人。他很理直气壮地扯住了我们，从上衣口袋里掏出蓝色塑料封面的工作证，自称钱包被小偷偷了，希望我们帮助帮助他。我和余华不约而同地把难题推给了苏童，苏童掏出了皮夹子，给了几张零钱，没想到那人很不满意，揪住苏童不放，一定要他皮夹里的大票子。苏童当时很狼狈，连声说这钱自己还要用，于是在我和余华的笑声中，苏童像贼似的逃之夭夭。

　　这个自称丢了钱包的家伙，在我们走之后，肯定故伎重演，守株待兔，等候下一位从宾馆里出来的好心人。这年头好心人不多，这家伙未必就能靠此雕虫小技发大财。其实一开始就知道怎么一回事，早明白这不过是乞丐中的骗术。这以后，在南京状元楼宾馆召开城市文学讨论会，会议期间，几个人溜出去上厕所，苏童为报当年在上海的一箭之仇，草草地完事了，对站在厕所里的侍应生大喊："喂，你们后面几位，付小费！"我和孙甘露走在最后，顿时就脸红了。那个侍应生微笑着看我们，我们哭笑不得，眼睛竟不敢正视，因为实在不知道该如何付小费，不知道应该付多少，付多了心疼，付少了让人笑话。离开厕所以后，孙甘露一边摇头，一边说被苏童陷害了。可以想象那侍应生正用失望和鄙视的目光，瞪着我们可怜巴巴的背影。

　　类似尴尬处境，生活中经常会碰到。我们常常觉得自己是个人物，有机会出入高档宾馆，却不曾料到这地方本来不是我们应该待的，动不动就会出洋相。"肉食者鄙"，上等人屡屡会遭到下等公民的捉弄，我们如果远离了上等人环境，便会远离这种麻烦。有钱人以为自己口袋里有了钱，可是为了保住面子，最容易丢的也就是面子。我赞成公共厕所收费，明码标价，价格高一些也不妨，但是对那种箩筐放几张大票子，放几张美元或者法郎吓唬人的公共厕所，原则上敬而远之，能躲则躲。真憋不住了，干脆做出老子和你一样的穷无赖样，因为法律并没有规定必须付小费。

　　在公园里，尤其在那些情侣出没的地方，会遇上大煞风景的微笑服务。有一种乞丐，手上拿着几张钞票，面额越来越大，这也是讲究经济效益的一种表现，悄悄掩到你面前，手伸过来乞讨，通常是一言不发。这是一场心理攻坚战，从表面上看乞丐似乎处于下风，但是反败为胜却是常事。很多意志不坚定的人，在这种微笑的冷面杀手面前，不得不心甘情愿掏出钱来。对于那些情侣来说，在你心爱的人面前太吝啬了，总是有损自己的形象。如果你这时候带着孩子，表现得没有同情心，那么平时对孩子灌输的爱的教育便等于零。在乞丐面前，脸红的注定是施主你自己。

　　道高一尺，魔高一丈。人心不古了，乞丐不像乞丐，施主有时也会不像施主。如今乞丐的伎俩高明，施主的铁石心肠也跟着厉害。在公共场所，一些衣着十分时髦的女郎，会很勇敢地训斥乞丐，全不顾是否该做出些淑女的样子来。一些父母在孩子面前表现也是如此，好像平时让人欺负够了，总算逮住了一个恃强凌弱的机会。有时候我会有一个截然相反同时又很滑稽的念头，这就是我们的乞丐和施主都堪称一流。我们的处境，偏偏就出这样的一些奇人。外国有种专门培养乞丐的学校，教学生如何获得别人的同情，由此可见，乞丐完全有必要建立一个世界性的组织。这种专门学校还应该到中国来聘请教授，中国的乞丐一定能培养出高徒，而学生最好也到中国来实习，若能打动这里的施主的心，在国外乞讨根本不会成问题。

纪念一个朋友

我的好朋友实在算不得太多，主要是不善于交友，自从当了作家，满脑子都是写作，除了写，我好像不知道再干些别的什么才好。似乎习惯于和自己想象中的人物对话，许多欲望已经在创作中得到满足。

我交的朋友，大多是他们来找我。他们陪我聊天，看我写得太苦，都叫我悠着点儿写。我有时也想到出去找朋友聊天，聊天是一件有趣的事，可以多得到一些写作的信息，譬如体验生活。但正是这个一闪而过的念头，使我放弃了走出书斋的企图。我压根就不相信体验生活，况且为了自己写作，去找朋友聊天，起码也是对朋友的不恭敬。

我的一个朋友去世以后，我一直为此感到心痛，不仅仅是想到一个年纪比我还年轻的生命逝去了，也不仅仅是因为少了个知心的朋友。人总是要死的，"海内存知己，天涯若比邻"，扯开去说，只要是知心的朋友，或死或活都是一样的。我的心痛是因为自己太马大哈，因为我的朋友在生命的最后关头，忍受了太多的痛楚，我甚至不知道这位朋友得了不治之症。我想我的朋友在弥留之际，一定希望我去看他一眼。

最后一眼见到我的那位朋友，是在火葬场。他躺在人造的鲜花之中，经过所谓整容，已完全不是我熟悉的那个模样。这是一个我所完全陌生的人，涂着胭脂，戴着一个假发套，西装革履，手上拿着一块洁白的手帕。

我不敢相信自己的眼睛，真的不敢相信。直挺挺躺着的那个人仿佛和我毫无关系，我知道我的朋友已经死了，我知道躺在那儿的就是他，可是我一时悲伤不起来。

我的朋友太生龙活虎了，《风流一代》向我组稿，我一直犹豫着不知该写一篇什么样的稿子。今天又打电话来催，刚挂了电话，我便想到了这位死去的朋友。他那副生龙活虎的样子，好像突然又活生生地出现在我面前。我几乎是立刻就决定要写他了。我没有在晚上写稿的习惯，挂了电话以后，经过一个小时的沉思，虽然已经十点多，虽然明天就是大年夜，而且我的书房正好今天住了亲戚，然而所有这一切都不能阻挠我立刻坐下来写稿的决心。

我决心在给《风流一代》的这篇稿子中，纪念我的朋友，也是事出有因。六年前，我的这位朋友找上门来，说是很喜欢我的小说，要给我写一篇文章。

后来终于写了一篇文章，这篇文章就发表在《风流一代》上。我从没有给《风流一代》写过稿子，事实上在今天通电话以前，我也没想到自己临了会写这篇文章。好像是很突然的，然而我相信这种突然，其实是一种注定。

我的朋友是一位精力旺盛的小伙子，我们第一次见面，说了些什么，现在已经记不清了，我所能记得的，就是他生龙活虎的样子。不是所有的年轻人都能做到生龙活虎。

那时候，他正在一所中学里教书。很显然，他更热爱写作，而写文章的目的，似乎也只是为了跳出教育界。很快那篇关于我的文章就写完了，我不知道他通过什么关系，让这篇文章刊登在《风流一代》上。这篇文章并不重要，重要的是通过这篇文章，他和我、和当时的《风流一代》的主编，都成了好朋友。我正是和这位主编一起去参加他的追悼会的。这位当年的主编在火葬场感叹地说：

"如此有才华的人，这么年轻就死了，真可惜！"

我所以说那篇写我的文章不太重要，原因就是我的朋友对我太厚爱，厚爱往往会太多溢美之词。我想我的朋友之所以会对我那么好，其实也完全是爱屋及乌。他喜欢我的小说，因此便认为值得和我交朋友，认为和我在一起，是一件很有趣味的事情。有一阵子，他经常来我家，打听我正在写什么，告诉我某刊物上又有了关于我的评论。

到后来，他对我正在写的小说已了如指掌。我的小说刚写完，他就赶来，将我的稿子拿去复印。我写稿一向一稿就定，因为没有底稿，每次寄出去，都害怕弄丢了，送出去复印，又有些舍不得银子钱，于是麻烦他去找人。他那时已经离开中学，在一家报社工作，求他的人多，他便毫不客气地让那些求他的人乖乖地替我复印。

我的这位朋友很快就发现我是一位很无用的人，替我复印只是他帮我做的无数事情中的一桩。在如今这个办什么事都得靠关系的现实世界中，我承认自己是一个走投无路的书呆子。我所以选择写作，也许正是因为自己不善于面对现实世界。我的朋友似乎很同情我的处境，他总是十分乐意地承担为我尽力的义务。连我的女儿病了，都是他帮我去找医生。

有一次，我女儿两颗乳牙还没有掉，牙的背后就迫不及待地长出了新牙。大家都说要赶快去医院拔去乳牙，否则新牙便会往里长，影响美观。我当时很着急，既心疼女儿小小年纪，便要吃拔牙的痛苦，又为女儿未来的相貌担忧，最后是我的朋友带着女儿去拔牙的，我没有勇气去。多少年前，一位医生替我拔牙，像杀猪似的，拔了足足四十分钟，都没把一颗牙拔下来。一想到这段痛苦经历，我的腿肚子就打战。我害怕亲眼看见女儿的痛苦，结果当女儿拔了牙回来，向我傲气十足地展示两个小洞洞，向我讲述拔牙的过程，我才意识到自己真是没用。

我的朋友不仅是帮我的忙，而且也帮我其他的朋友的忙。正是因为有了这位朋友，有时候，我竟然也觉得自己开始有了些能耐。出于感激，我和妻子也尝试着能为我的朋友做些什么。可是我们还是太没用，想帮忙也帮不上。我们为他的婚事着急，曾为他介绍过一个对象，见了一次面，就吹了。

终于我的朋友自己搞上了一个对象，大致定下来以后，便带来给我们看。我的朋友年纪已经不小，操办自己的婚事未免有些过急。我从第一次就感觉出他对自己的婚事不太满意，然而还是很快就当了新郎。结婚时，自然要大办喜酒，而且让我也去参加婚礼。我给了他一百块钱，让他随便买一样什么礼物当作纪念，对于婚礼那样的热闹，却实在不想去凑。我的朋友也不勉强我，只是很真诚地说："也好，你不去最好，这样的人家，你去了，会觉得俗的。"我连忙解释，我的朋友又说："真的，这样的婚礼要去，一点儿也没意思。"

这以后，便有一阵子没见，再见时，我的朋友已是一脸疲倦。自然是谈了些婚姻如何不称心的话，我作为朋友，又好歹比他大两岁，便劝他将就着过。他苦笑着说："我要是不将就，恐怕早就没办法过了。"我的朋友走了，我和妻子闲谈，说他不结婚时，我们老想着要为他找个朋友，真结了婚，又是这么不快乐，那何苦还要结婚呢？

我想我的朋友一定尝试过寻找爱情，既然愿意结婚，说明他一定相信这种爱情的存在。我至今仍然相信男女成了夫妻之后，会产生爱情，很多人都是在婚后越来越相爱。然而我的朋友显然惨遭失败，婚后的他完全变了一个人，来看我的次数明显减少，每次来了，都怕提起自己的小家庭，又偏偏每次都要提起。我的朋友过去从来不苦笑的，可是结婚以后，他常常苦笑。

有一段时间突然不见了他的踪影，过去一向是他来找我，因此他若不来，我真不知该到什么地方去找他。我们自然是往好处想，毕竟不是单身汉了，也许小两口现在已经如胶似漆。有一天，他终于来了，剃了个大光头，见了我，苦笑了半天，不说话。我问他怎么了，他十分平静地看着我，说："你知道，我差一点儿死掉。"原来他的脑子里突然被发现生了一个瘤，他指着脑袋上的伤疤告诉我，医生从什么地方，掀开了他的脑壳，又怎么样取了那个瘤。他告诉我，幸好不是恶性的，又幸好发现得早，要不然，后果不堪设想。那天他没有任何的紧张，整个儿是一种大病痊愈的兴奋。我虽然很吃惊，但是他的情绪影响了我，我丝毫也没想到他的病还会有另外一种潜藏的可能性。

我记忆中最深的是他临走，苦笑着告诉我，他做了这么大的手术，全是他兄弟照顾他的，而他那位新婚不久的妻子，却几乎没尽过什么义务。

我的朋友临走时，曾留给我一个地址，是他结婚的"小巢"的。我买了几盒"太阳神"前去看他，连续去了三次，都没见着，最后，只能将东西留给他的邻居。隔了一个月，我的朋友戴着一顶假发套来了，他原先有些秃顶，一戴上乌黑的假发，给人的印象有些滑稽。他告诉我目前正在练气功，并开始练书法，离开时，还借了我一大本字帖。他的气色很好，小夫妻的关系已有所改善，那天中午在我们家吃饭，胃口也不错。他还告诉我，他已经决定去上班了。

这以后又过了一段时间，有一天他气冲冲地跑到我家，把我拉到书房，把一个摩托车安全帽往地上一摔，半天说不出话来。我问了半天，他才告诉我，说他的妻子偷偷和人约会，在路上给他逮住了，这摩托车的安全帽，便是那男人的。任何男人遇到这样的事，都会气得要命，我的朋友当然不会例外。我当时真不知该怎么劝他，事实上这时候说什么话都是废话。我记得自己说了句很书呆子的话："既然这样，那就离婚好了！"还书呆子气地借了几本有关离婚的法律书给他。

一直到我的朋友死了，我才知道他患的是恶性脑瘤。许多人都知道这个秘密，偏偏就是我不知道。他的妻子自然是首先知道这一秘密的人，正是因为她知道，她的某些做法，从道义上来讲，就太有些欠缺。从发现长脑瘤到离开人世，不过一年时间。我的朋友死了以后，他的妻子想去火葬场看他最后一眼，朋友的哥哥和弟弟都不要她去，理由是她给我的朋友造成了巨大的心理痛苦，而且在最后弥留之际，都没有去医院尽过妻子应尽的义务。当死亡威胁着我的朋友时，他的妻子以一句"我们只是名义上的夫妻"，就搪塞了一切责任。当然，在这里，我并不想指责谁，只是想到我那位生龙活虎的朋友，就这么撒手人寰，太冤了。

同时，我也为自己没能到病榻前去看他几眼，陪他说几句无关紧要的话，感到深深的内疚。我根本没想到过他会死。朋友总是在失去的时候，才突然感到一千倍的重要。活着的人，很少去想友谊的意义，等到人死了，再去想，又已经来不及。记得知道噩耗的时候，我整个傻了，当我在电话里重复这一噩耗时，我的女儿首先哭了，小孩子做不了假。我放下电话，人处于麻木之中，真不敢相信这竟然是真的。

然而这又的的确确是真的，在不知不觉中，一切开始了，一切又结束了。

1994年2月8日

回忆两个人

　　1986年的4月里，我开始为自己的前途着急。这时候的前途就是职业问题，眼见着研究生要毕业，毕业了以后干什么，突然之间已经迫在眉睫。我理想的选择是留校，并不是喜欢教书，而是觉得在学校里时间待长了，一切已经习惯。一动不如一静，我喜欢大学里的氛围，如果可能，让我在大学里当一辈子的老学生也无所谓。

　　但是我变得有些浮躁，虽然想留校，在择业志愿上却没敢填写。那年头，研究生找工作还不像今天这么困难，只要你真心愿意去，大多数单位都会伸出双手热情地欢迎你。我填的三个志愿分别是出版社、《钟山》杂志社、省社科院文学研究所。分别和有关的领导谈了话，都表示欢迎，都说你愿意来，我们当然乐意。

　　最后去了出版社，那里福利好，很快就会有新房子。坦白说，我完全是为了房子才去出版社的。那时候，我对以后要干什么，仍然十分茫然，只知道自己已经快三十岁，既然成家，谈不上立业，起码要把家搞得像个样子，稍稍改变一下自己的生存环境。我当时住在沿街的一间小平房里，囊中羞涩，女儿快两岁了，一家三口窝在狭小的空间里，干什么都别扭，想写文章，想看书，总是不能称心如意。

每当想起自己当年去出版社，我就有一种屈辱感，因为这是向世俗大大地让了一步。不是说当编辑有什么不好，而是我内心根本不想当编辑。人穷志短，我觉得为了一套不怎么样的房子，就把自己贱卖，就放弃自己的理想，实在对不起教我养我的父母和师长。人在屋檐下，不能不低头，我对自己说，反正是定了，那么就下决心做个好编辑，编些好书。天下事无可无不可，凡事认真去做，去做好，这就足以自慰。

于是这一年的5月，我主动请缨，风尘仆仆去北京组稿。离毕业还有两个月，我似乎已经等不及，很冲动地到了北京，冒冒失失拜访了许多作家。我的家庭背景，在这种时候起了关键作用，大家很给我这个小辈面子，想见谁就能见到谁，并且都答应给稿子。由于我在学校里学的是现代文学，对当代文坛的知识差不多等于零，于是父亲的老朋友林斤澜伯伯让我去见李陀，他们当时在一个单位工作，是《北京文学》的正、副主编。

等见到李陀，才知道他年龄原来也不大。当时李陀已经声名赫赫，圈子里的人戏称他为"陀爷"，然而我却一无所知。结果在李陀家里，我非常虚心地上了一课。用"听君一席话，胜读十年书"形容这次见面略微有些夸张，可是我确确实实受益匪浅。是李陀第一次为我撩开了当代文坛的朦胧面纱，他属于那种才气逼人的作家，说什么话一针见血，爱憎分明。我不知不觉想起了俄国的别林斯基。

李陀给我开了一批名单，要我在未来当编辑的岁月里，很好地关心这些人的作品。名单中很多作家，后来名震一时，写出了不少让人赏心悦目的小说。这些人的名字现在没必要说出来，因为其中有好几位大将，已经成为我的好朋友。李陀是一位伯乐，睿智过人，慧眼识英雄，除了善于发现人才，他留给我最深的印象，是他对文学本身的热爱。

在李陀的名单中，有一位福建作家袁和平。李陀特地指出，袁和平是最早关心环境问题的作家，他的小说着力于人和自然关系的研究，这在当时很不容易。这年年底，我恰好有机会去厦门，有了先入为主的印象，与袁和平一见如故。这时候，我已经对编辑工作产生了兴趣，见了他，忘不了问他正在写什么，能不能给我所在的出版社写稿。袁和平已经是福建作协的一位什么官员，因为当时人多、事多，他说了什么，已记不清楚，反正这问题没有深入下去，仅仅开了个头，就不了了之了。

当时是参加好几家出版社联合召开的长篇小说讨论会，这是我第一次参加这种文坛聚会。会议很热闹，也很嘈杂。在十天的会议期间，我不仅有幸结识了袁和平，还结识了秦文玉。袁和平是东道主，秦文玉是出版社邀请的作家代表。参加这次会议的有很多走红的作家，秦文玉与我是同屋，他和袁和平是鲁迅文学院的同学，我们似乎还说得来，常常一起逃会去干些别的事情。

有一天晚上，唐敏夫妇请客，袁和平喝了许多酒，他在内蒙古插过队，大家想既然他是海量，就应该让他多喝一些，结果便醉了。文友相聚，有人醉是常事。回到宾馆，大家一起说笑，慢慢地酒劲上来了，袁和平去厕所呕吐，吐得很厉害，人坐在地上，死死地抱着抽水马桶不放，一阵接着一阵做痛苦状。因为是在我房间，我便过去照料他，他先还说"没事，没事"，可是突然抱着我大哭起来。我感到很意外，因为这场面颇具戏剧性，刚刚还一起说笑，怎么一转眼工夫，就像小孩子一样鬼哭狼嚎？俗话说酒能乱性，他的举动让我感到有些尴尬，一时真不知说什么好。我是向来不会安慰人的，没别的办法，就只能陪他坐在厕所的地上，替他捶背。

袁和平哭了一阵，指着自己的心口，十分凄楚地对我说："兆言，你不知道我心里有多痛苦！"

我不知道这话从何说起，人喝醉了，说什么话也别当真。我不知道他有什么痛苦，这次在厦门，更多的是看到他的得意。这种得意其实不难从言谈中发现，袁和平在文坛上已经有了些名声，而且仕途春风，得意感仿佛短大褂里的长内衣，想掩藏都掩藏不住。官场得意是明摆着的事情，是他们这期鲁迅文学院同学的共同之处。有人曾称这批人是文坛上的"黄埔系"，虽然刚毕业，但是一个个都已身居要位，已做了官或即将做官。

后来还是老同学秦文玉说破了谜底。他说袁和平是真的痛苦，因为他已经很长时间没写东西了，对于一个写东西的人来说，还有什么比不能写东西更痛苦的呢？我当时似乎没有这方面的体会，毕竟刚从学校出来，有些器官很麻木，虽然也写了一点儿东西，基本上和文坛无关。我的身份是编辑，是一个没有什么名分的小编辑，会议期间遇到一位会算命的文人，号称"黄半仙"，自称是"妖女唐敏"的师父，他看着我的手掌，说你这人可以写点诗，不过绝对不能写小说。记得我当时很沮丧，面对那帮当红的作家，总觉得矮人半头。

　　那天闹到很晚，第二天，袁和平又跟无事一样。后来，在没人的地方，他拍着我的肩膀，为那天晚上的事抱歉，连连说自己出洋相了，见笑见笑。再后来，会议结束，大家分手，各奔东西。这以后，我们又见过几次面，他似乎在官场上越来越得意，红光满面，来去都有车，每次见面，都向我热烈祝贺，说想不到你竟然写出来了，而自己真是惭愧，这些年来一直想写，可始终不曾写出什么像样的东西。他虽然是福建人，个子不高，人却很魁梧，也许祖上是山东人的缘故，看到我，总喜欢表现出一种北方人的豪爽。

　　袁和平显然属于那种很有办法的人，我的一个朋友曾说过一句笑话，说到了福建的地盘上，有事就找袁和平，没什么问题解决不了。我曾问过他，是不是真像传说中的那样神通广大，他不承认也不否认，只是摇头一笑。这一笑，似乎等于默认了。

　　和袁和平在一起，难免会谈到秦文玉；和秦文玉在一起，也同样会想到袁和平。

　　秦文玉和我是江苏同乡，南京师范学院毕业后去了西藏，在那儿一待就是许多年。说到缘，我愿意结识袁和平，因为有李陀的介绍；结识秦文玉却完全由于会议期间同屋。秦文玉没有那些当红作家的架子，他显得很虚心，开会认认真真记笔记，听人讲话总是很专注的样子。会前会后，喜欢和别人真诚地谈文学，别人有时候其实很不真诚，他似乎也没有察觉。

　　由于住在一起，加上袁和平的缘故，我们变得很熟。有一次为了一个什么文学问题，我说了一句在他看来大约很狂妄的话，他吃惊地看着我，半天没有说话。最后，喃喃地说："你不写东西，要是写了，就知道不容易！"我毕竟是刚从学校里走出来，年少气盛，无知胆大，他显然不忍心多教训我。

记得他常常和我谈自己未来的打算，他当时是《西藏文学》的副主编，正在北京学习。是党校还是别的什么速成学校，已经记不清楚。他属于那种愿意不断学习的人，能吃苦，而且不怕吃苦，自己已是大学生，后来又去鲁迅文学院深造，像他这样的人，大约只要是个机会，总不会轻易放过。一方面，他想写这写那，野心勃勃，写作计划巨多；另一方面，他又不能不为自己的前程、地位操心。似乎是想回到家乡来，叶落归根，他在西藏待了那么多年，衣锦还乡也不为过；又想留在北京，不管怎么说是首都，天子脚下，山高池深，更有利于发展。

临别那天晚上，参加会议的人纷纷展示自己买的土特产。我突然发现自己应该买些紫菜带回去，秦文玉也深有同感。然而一切已经为时太晚，第二天一大早我们就要离开，我比他略迟，他好像是天不亮就要上路。没想到第二天我醒来，发现床头放着一包紫菜，一封短信，他人已经走了。原来在我们住的楼下不远处就有一个菜场，他起来赶了一个早市，不仅自己买了一份，还顺带给我也捎了一份。

我很感激，回到南京，便将紫菜钱如数给他汇去。不久收到他的回信，说我锱铢必较，反倒太伤感情，好歹同住了那么多天。信末了大谈自己如何杂乱，不能尽兴写作，又说到自己的前程仍然摇摆不定。这以后，我们见面的机会要比见袁和平更多，他是个喜欢跑动的人，回乡探亲，参加江苏文学方面的聚会，隔一段日子便能见上一面。每次见面都是匆匆，无非老熟人一般打打招呼，竟没有一次深谈的机会。

记得有一次去无锡开会，我们一行人排着队一起进站，上了车，久等他不来，直到火车已经离站，才看见他脸色煞白，气鼓鼓地从车门口那面走过来。我们没想到他已经和检票员吵了一架，吵得很厉害，为什么事也记不清了，反正听他身边的人说，秦文玉这样的老实人，真急起来，也有些书呆子气。火车是不等人的，他自己豁出去了，和他一起的人却紧张得要命。

随着时间的推移，我们之间似乎交换了角色，开始认识的时候，我是出版社的小编辑，秦文玉是出版社看中的作者。渐渐地，我因为不断写些东西，也成了庞大作家队伍中的一员，而他最终去了北京，成了作家出版社的领导。在中国，因为写作走上仕途的人太多，袁和平是这样，秦文玉也是这样。无论是袁和平，还是秦文玉，他们后来遇到我，无一例外地表示出对我的羡慕，羡慕我一直在写东西。这些年来，他们应该说都很得意，在官场上如鱼得水，但是，他们的内心其实都不平静，因为他们毕竟都是写作出身。写作才是他们的老本行，官场给他们带来满足，显然也带来了遗憾。

秦文玉曾给我写过一封很热情的信，字写得龙飞凤舞，衷心祝愿我能写出更好的传世作品，为国争光。我觉得有些好笑，因为大家是老熟人，何至于如此客套，他的口气天真得像前辈和领导。仕途春风往往会使人的性格发生不大不小的扭曲，开会时坐主席台，有话说无话说都得发言，大道或者小道的消息都比别人先知道，不断地有人敷衍讨好，为了能在他主事的出版社出书，所有这些世俗的应酬，会让一个本来很熟悉的人变得陌生，有时甚至变得滑稽。

最初听到秦文玉出车祸的时候，我绝对没有想到事情会那么严重，只知道袁和平当时和他在一辆车上。报告消息的人说秦文玉正处于昏迷状态，我当时就想到日后见到秦文玉和袁和平，一定要问清楚他们的历险经过，后来听说秦文玉从此就没有醒过来，说不行就不行了。

我曾经设想过遇到袁和平会怎么样，我和秦文玉之间的交情，虽然不像他们之间那么深，毕竟有过一段交往。我想如果遇到了袁和平，我们一定会回忆过去，大谈秦文玉。然而有一天，突然在报纸上看到了袁和平病逝的噩耗，白纸黑字，我不相信真会有这样的事情。

"福寿康宁，固人之所同欲；死亡疾病，亦人所不能无。"生死由命，这是没办法的。我印象中的秦文玉和袁和平，都是生气勃勃的人。秦文玉在西藏锻炼过，袁和平在内蒙古当过知青，他们的共同点是不知疲倦，要生活有生活，要环境有环境，既精力充沛，又前途无量。谁也不会想到他们竟然英年早逝，仓促之间，便莫名其妙地离开了人世。按说这两个人完全可能在文学上大有作为，袁和平在不多的文学创作中，已经显露出了才华。秦文玉的才华也许略逊于袁和平，但是吃苦耐劳方面似乎更胜一筹。才华和吃苦耐劳是一个优秀作家的基本素质。有了这样的基本素质，只要用心去写，写出好作品来，这一点儿也不奇怪。要是老天爷保佑，他们还活着，从官场上抽出身来，全力以赴地写作，结果怎么样，真是难预料。

　　我想如果大家有什么遗憾，不仅仅是由于他们走得太早、太匆匆，还在于他们未能实现自己的文学梦想。官场得意，处级或者厅级干部，出入有车，住大房子，公款出国，毕竟不是一个写作人追求的目的。我不反对从事文学创作的人做官，人各有志，我只是忘不了多年前袁和平醉酒后表现出来的痛苦，那情景仿佛就在眼前，一伸手甚至都能触摸到。对于一个以文学为事业、为生命的人来说，文学创作才是第一位的，而人类的最大苦恼，莫过于梦想的破灭。过去的许多年里，作家们被人为地剥夺了许多机会，后来，这些机会好像已经还给了作家，但是很多人又轻易地让它失去了。

　　死者为大，我在这篇回忆文章中，没有任何责备的意思。扪心自问，这世界丰富多彩，这世界诱惑太多，作家不是圣人，没必要求全责备。从前种种，譬如昨日死；以后种种，譬如今日生。我只是觉得自己有话要说，一直想把这话说出来，以纪念早逝的两位朋友。骨鲠在喉，一吐方快。李白说："生者为过客，死者为归人。"杜甫又说："存者且偷生，死者长已矣。"文章不管怎么写，话不管怎么说，都是留给活人的，我们既是过客和偷生，有些事也就不用太在乎，想说就说吧。

1999年3月8日

拿到新房钥匙以后

拿新房钥匙之前，我一直不明白，为什么要花那么大力气，装潢自己的新居。不止一个人警告我，说装潢得累坏半条命。我是个禁不起惊吓的人，还没有开始着手准备装潢，已经被即将来临的工程吓得够呛。

我安慰自己，家就是家，是身体的延伸，是撒尿拉屎感到最方便的地方，用不着太当回事。装潢所以觉得吃力，是有人把家当作了作品，我不是艺术家，没必要向自我挑战，和自己过不去。人贵有自知之明，不懂不要装懂，"好"这玩意儿没有底，怎么都是住人，马马虎虎装潢一下，赶快搬进去拉倒。

我有几个搞美术的朋友，拿到新房钥匙以后，首先想到的，是转嫁危机。现在流行找装潢公司，我虽是外行，对装潢公司却有一种天生的不信任。装潢公司的设计，总有些批发商的味道，捧出一大沓图纸，从一开始就打算消灭你的个性。我可不愿意住标准间，既然是我的家，好歹得和别人有些不一样。

请搞美术的朋友设计，是杀鸡用牛刀。我事先并没有想到事情会那么复杂，养兵千日，用兵一时，冒冒失失地就抓差，逮

288

住了便不撒手。首先是请两大高手"会诊"，运筹帷幄，纸上谈兵。"两大高手"是另一位画家朋友的戏语，他听说我找了速泰熙和杨志麟，立刻预测我会有一个很不错的结局。他说："这两位高手出山，怕是再也没有人敢班门弄斧，给你的房子乱出主意了。"

读大学的时候，最时髦的一个词是"异化"，我没想到自己那么快就做了装潢的俘虏。我怎么想都觉得这事情并不复杂，让搞美术的朋友设计，花钱找个说得过去的工程队，请个监工，熬上两个月，水到渠成，一切都结束了。两位公务私事都很繁忙的画家，一下子就落到了我的陷阱里。速泰熙的年龄稍大一些，不好意思硬逼，能指手画脚出些点子就行。我像领导下任务一样，让杨志麟兄画图纸。杨志麟只比我大一岁，正是干大事的年龄；杨太太金磊是我大学同届不同系的同学，是个对装潢有独到见解和极度热情的女士。我蛮不讲理地利用了他们的热情，很巧妙地就将他们夫妇拖下了水。

我原先的幼稚构想和蓝图，遭到了担当新房主设计的杨志麟的迎头痛击。记得他们夫妇第一次来新房，异口同声说了许多不允许和不可以，言之确凿，不容商量。我一下子就被弄蒙了，从此不敢轻易开口。装潢的不允许和不可以，有很大的学问，通过这次装潢，还真学到不少东西，大有重读研究生的感受。刚开始，什么都不懂，什么都得问，在杨志麟的严格指导下，名师出高徒，到装潢快结束时，我发现自己已经差不多可以拿学位了。

杨志麟在闲谈中，对当前装潢热衷的一些常见病痛心疾首。这症状在其他艺术领域，在我们置身的文学界和美术界，同样泛滥成灾。今天很多装潢都是太过，一过就煞风景。宁愿不足，也千万不要太过分，这是个简单朴素的真理，放之四海而皆准。杨志麟对我提的两点基本要求深表赞同，认为这是他乐意为我所驱使的重要前提。我希望自己的房子，一要简单，二不要太新。杨志麟认为这很有挑战性，因为无论简单，还是不太新，都说说容易，真正做好太难。现在稍稍懂些装潢的人，都知道要简单，简单其实最不简单。至于不太新，更难把握，做旧往往比做新更复杂。

我希望自己的房子，不要让别人产生刚结婚的联想，我已经一把年纪，别让人觉得是在赶二婚的潮头。流行的装潢能不用最好不用，譬如红的或者白的榉木，譬如复合地板，譬如进口或者国产的各种墙纸墙裙，譬如那种不中不洋的多头吊灯，譬如罗马柱。我是个不流行的人，不喜欢西化，也不愿意仿古，无法想象一房雕花的红木家具，放在我的新居里，会成什么样子？书成了我新居中的重要元素。一万多册图书，也许是装饰墙壁最好的材料。如果四壁都是书，虽然有些像图书馆，但是的确很符合我的理想。坐拥书城，这感觉非常良好，积财千万，无过读书。"文化大革命"中，造反派来抄家，愤愤地对父亲说："你们家除了书，还有什么东西，老老实实交出来。"父亲事后回忆，颇有感触：百无一用是书生，我们家除了书，真没什么值钱的东西。

许多来我新居参观的人，对我的书橱赞不绝口。书橱是最简单的东西，经过高手处理，和常见的就不一样。我说不出自己的书橱好在哪里，谁要是不相信，欢迎参观，耳听是虚，眼见为实，我犯不着在这里做广告。我的书橱上下都是玻璃门，流行的书橱下半部必有一个小台阶，而且都是半截子玻璃，不是玻璃的部分，究竟藏不藏书，很可疑。我的一个朋友嗜酒如命，一排书橱的下半截放的全是酒瓶。

我的新房，最有特色的是一面青砖墙。杨志麟设计图纸的时候，有一天打电话过来，很沉重地说："不知道你能不能接受，有面墙，要玩些花样，弄一面青砖怎么样？"

这是一着险棋。老实说，我很犹豫，好端端的墙壁，敲了，重砌。墙处于最显眼的位置，如果成功，出奇制胜，一下能给人很强烈的冲击；如果失败，连最糟糕的退路都没有。

结果还是弄了一面青砖墙，现在，这面独一无二的青砖墙，已经成了最重要的风景，谁来了，都要盯着看半天。施工时，参观者不断，因为当时还看不出效果，许多人表示怀疑，甚至嗤之以鼻。为这面墙，花了大气力。先是寻找青砖，在南京可以找到各种规格的青砖，什么样才合适，得仔细比较。我们夫妇像捡破烂的，专找正拆房子的区域乱窜。我曾见到过民国时期的青砖，是达官贵人家的宅子，规格大小和普通砖不一样，非常细腻，很可能是进口的，最后放弃的原因，是这砖带着富贵的官气，和我的平民身份不般配。

现在的青砖，是我妻子觅来的，那是真正的民间手工老青砖，生产的年代最迟也得是晚清。因为是手工，大小不一，伤痕累累。考虑到节省空间，用切大理石的机器拦腰剖开，每加工一块工钱是五角钱，是买一块砖价钱的七倍。就像说不出书橱好在哪里一样，我仍然不知道该怎么表扬这面青砖墙，反正这墙看上去旧旧的，平和清淡，一下子就让我找到过去年代的那种感觉。

用一个朋友的话来说，房子虽新，却和历史接上气了。

就这一道青砖墙，足以证明设计者的不同凡响。

怎么也没想到临了会那么认真，想简单，却要花比复杂更大的力气。前后工期并不多，七个月，用了近七个立方的木料，从环保的角度看，近乎犯罪，七个立方能装一卡车。工人说装潢过无数人家，没有一家玻璃用这么多。木门和抽屉的小拉手，一共两百多粒，即使比我面积大一倍的人家，通常也超过不了这个数目。整个装潢风格不张扬，毕竟是高手的设计，猛一看，没什么特别的地方，细细品味，到处都见匠心。我现在成天听表扬，都说这房子装潢到位，清新脱俗，应该去参赛。刚开始，我还有些虚荣心，希望别人来欣赏，现在已经有些烦了，私人的空间不是样品房。我和杨志麟开玩笑，说你是画画的，是美术系的教授，一幅画能卖很多钱，装潢设计是偶尔玩玩票，一出手技惊四座，别人参观后都说以后要找杨志麟。我已经"谋害"了你一次，现在弄不好，还要继续"谋害"，真不好意思。

杨志麟为我设计房子的同时，正为上海一座高楼的八十七至八十八层出谋划策，担当艺术品布置的总设计。法国艺术总监对他的构思非常震惊，没想到中国竟然有这样的人才。说起这座高楼来头大，叫什么什么大厦，世界第三高楼，上海人今天没有不知道的。

1999年8月23日碧树园

把钟拨快些

　　我家所有的计时器都留了些提前量，这是一个很幼稚的习惯，自己心里其实都有数，在计较时间时，早已将这些提前量扣除了，譬如我女儿上学，她总是在七时三十分出门，而校方的规定，是这时间一定得到达学校。我们家的计时器普遍快了十分钟，所以女儿从来不迟到。

　　在一个讲究时间效率的时代里，把钟拨快些，有时不失为一个自我安慰的好办法。时间节奏越变越快，变得让人连喘口气的机会也没有。据说经济越发达的地方，时间便越紧张。今年3月去深圳，听负责买单的老总说，如今深圳人的时间观念，紧张到了连吵架都懒得吵的地步。开着小车在街上走，一不留神撞上了，大家跳下车来，看看多少钱可以了事，立刻摆平。对于自己有车可以开的阶层来说，分分秒秒都是银子，不值得为吵架斗嘴浪费时间。

　　时代的发展，使得计时器本身不值钱了。只要我们抬头去找，是地方就能见到钟。戴不戴手表再也不是有钱人的专利，现在的小学生都戴手表，坏了就扔，有时候还没坏，就不知扔哪儿去了。值钱的已是计时器之外的东西：首先是时间本身。一寸光阴一寸金，这个古老的比喻，正在由夸张变为现实；其次，流行的是什么情侣表、时装表，以及那种硬是把宝石镶上去的，或是镶上某某伟人头像的手表。昂贵并不是因为这表准确不准确，或者经用不经用。用来计时的手表正在变成一种奢侈品，甚至变成一种收藏起来为未来服务的文物。

二十年前还不是这样，记得那时候我去一家小工厂当工人，同时进厂的是一批中学刚毕业的年轻人，其中一名小伙子是乘着父亲单位的小汽车去的，当时就成了小厂里议论的重点。另一位被大家津津乐道的是一位女孩子，她也没什么出奇之处，能引起工人们广泛兴趣的，不是因为她长得漂亮，而是她戴着一块手表，一块配着金属表带的男式表。在那个特定年代里，刚毕业的中学生戴手表，几乎和坐小汽车一样露脸。我就听见不止一个工人谈起过那位女孩子的男式手表，当我写这篇文章的时候，充满了羡慕的咂嘴声，仿佛又在我耳边响起。

在那个时代，是一个时间多得恨不得拿来送人的年月，时间从来也没有这么贬值过。既然工人们把年轻人有没有手表看得那么重，一直到进厂的第二年，我才悄悄地买了一块手表塞在口袋里。至今我仍然保持着要把手表揣在口袋里的习惯，这习惯也许是一种潜藏着的记忆。因为我当时实在不想让那些吃辛受苦的老工人用异样的眼光看着我，年纪轻轻就戴个手表很有些耀武扬威的意思，我这人从小就害怕引人注目。

不管现在的人相信不相信，二十年前的年代就是那么穷，那么寒酸。从我家骑车去远在郊区的工厂要四十分钟，那年头从来不堵车，我按老时间出门，就不可能迟到。我是钳工，到了工厂以后，换上肮脏不堪的工作服，将袖子捋老高干活，因此我的手表几乎一直是在口袋里睡大觉。

有没有手表真的不是太重要，我已经习惯了在固定的时间醒过来，每天事实上只是在临上班前，匆匆瞄一眼床头的小闹钟。车间在固定的时间会铃声大作，提醒你吃饭或者下班。路途太遥远了，午休的时间只有半小时，勉强可以完成吃饭，因此所有的工人都在厂里凑合着吃一顿。我成天和机器打交道，自己也就和一部机器差不多。除了上班，我便毫无目的地胡乱看书，那年月已是"文化大革命"的后期，家里又开始雇用保姆，那保姆和今日常见的小保姆不一样，绝对认真负责，什么事都用不到你烦神。

我看了许多书，什么书都看。上班之外，没有别的消磨时间的事可做。没有电视，没有流行歌曲，也没有什么体育比赛。英文中把消磨时间称为"杀时间"，一个"杀"字十分传神。这几年新流行的词是"休闲"，就其本义来说，休闲恰恰是说明现代人太忙。休闲是一闲对百忙的意思，而我在那时候，闲得却是货真价实。我一本接一本地看书，目的不是想学些什么，因为我没想自己日后会上大学，会读研究生，会当作家，读书只是纯粹意义的消磨时间。南京的酷暑大名远扬，当时也没有什么电风扇，我年纪轻，不在乎热，别人在外面聊天纳凉，我照样在台灯下面读小说。

一个人意识到时间的存在，也许并不一定是件好事。如果我们能在意识到时间之后，再彻底把时间给忘掉，其实比什么都好。人只要活得充实愉快，就不存在浪费时间这一教条的说法。在时间流逝以后，我们将发现自己永远顾此失彼，我们得到什么的时刻恰恰意味着同时正失去了什么。多少年来，我一直向往着这样一种生活——我向往着所有的计时器都停止运动，人们将最充分地放纵自己，一切都按照本能去运行和操作，饿了就吃，困了就睡，想干什么就干什么，人人都按照自己的生物钟行事。这种浪漫主义的想法自然是行不通的，但是我觉得要是有机会想象一下这些不切实际的念头，对时间的看法，说不准就会产生一些和传统的观点截然不同的东西。

鲁迅先生关于时间的看法，曾经被很多人当作格言来督促自己。时间是海绵里的水，只要用劲挤，总还是有的。这话在我身上，好像也屡屡起过作用。我初次意识到时间的重要，是在决定考大学以后。记得当时高考刚刚恢复，一下子为数众多的人都做出了近乎统一的决定，就是发了疯似的要上大学。考大学成了时髦，只要是所学校便可以成为考场，霎时间，多少有些想法的人，都把高考当作改变自己现状的重要机会。大家赤膊上阵，在考场这条窄窄的羊肠小道上拼个你死我活。那段日子里，我常常掰着手指计算，随着考期临近，下班回来，我把能属于自己的时间分成若干小节，然后在不同的时间里看不同的书。这种临时抱佛脚的考试差不多要了我的小命。

进了大学，我产生的第一个念头，是没必要做一个书呆子式的好学生。很多大学生都想把被"文化大革命"耽误的青春追回来，都想一口吃成一个胖子，都想成为陈景润式的人物，但是很多人一直到大学四年级的时候，才明白逝去的青春是补不回来的。"昨日之日不可追，今日之日须臾期。"时间在那个特殊的年代里，对一代即将告别青春的年轻人来说，显得从未有过的昂贵。大学里规定晚上十点钟熄灯，用功的同学熄灯后，就跑到厕所去苦读。附带说一声，男生宿舍的厕所臊味臭气熏天，给人的感觉，是擦一根火柴就能点着。

自从开始考大学，多少年以来，我对于时间，应该说是抓得比较紧的，当然还谈不上把时间海绵里的水统统挤干。"水至清则无鱼"，我只能说是尽可能对自己有个要求。很多事对于我来说已经成了习惯，除了读书、写作，我大约没别的什么爱好。吃喝玩乐我一样也不在行，而且我讨厌一切例行假日。星期天的即将来临，往往影响我的创作激情，一想到这一天孩子不去上学，妻子要在家收拾房间，还要去父母那里尽儿子的义务，我常常会有一个字也写不出来的恐惧。过年过节也是种多余，说实话，我并不是觉得时间昂贵，才去珍惜它，我所做的，不过是尽量把时间花在自己喜欢的事情上。正因为如此，我最怕耽误别人的时间，也最恨别人耽误我的时间。前人已说过这样的话，耽误别人的时间是谋财害命；耽误自己的时间，则是慢性自杀。

清代学者魏源曾说过，志士惜年，贤人惜日，圣人惜时。这话多少有些矫情和夸张，不过用来骗骗自己也未尝不可。人类对于时间的态度，想到了总比不想到好，少浪费总比多浪费好。甚至像把钟拨快些这种幼稚行为，也没什么错的。人不可能走在时间前头，无论怎么珍惜也还是免不了浪费。不管我们为时间贴上了什么金，不管我们怎么夸张地形容它，我们仍然永远不是时间的对手。我们要做的，也许只是偶尔能够设想一下时间这玩意儿的存在。